CHRONIQUES DU MONDE-HORS

Le cycle d'Akilàm

Livre 1

L'HÉRITIER DES SABLES

CHRONIQUES DU MONDE-HORS

LE CYCLE D'AKILÀM
LIVRE 1 : L'HÉRITIER DES SABLES
LIVRE 2 : LA CITÉ MYTHIQUE

LE CYCLE D'AHUKAÏ
LIVRE 3 : LE PRINCE DES ABYSSES
LIVRE 4 : LA PROPHÉTIE PERDUE

LE CYCLE D'ALÖE
LIVRE 5 : L'ENFANT DE LA SYLVE
LIVRE 6 : LA CRÉATURE POUVOIR

ISBN 978-2-9577504-6-7

Dépôt légal : premier semestre 2020
Loi n°49-956 du 16 juillet 1949 sur les publications destinées à la jeunesse : juillet 2020

Illustration Nicolas Jamonneau
Correction Stéphane Manfredo
Graphiste STF-Prod

Laure Enza

L'HÉRITIER DES SABLES

Roman récompensé par le Premier Prix Littéraire
(catégorie Jeune Adulte)
Festival du Livre de Niort 2023
Festival du Livre CAP de LIRE Antibes 2022

IA

Création artistique et littéraire 100% humaine

Aux Alphas les plus anciens,
fidèles dans le souffle ardent de Méditrà...

Naissance

Un hurlement déchira le silence du crépuscule dans la cité fortifiée, nichée en demi-lune contre le flanc abrupt de la montagne.

Chaque habitant se terrait derrière les murs de torchis ou les palais d'ocre. Les hommes avaient rabattu leur turban et veillaient devant les portes. Les femmes serraient leurs enfants près de l'âtre éteint. L'heure était grave. L'épouse du roi Jàhlel mettait au monde leur douzième enfant, dans la tour la plus large du château qui couronnait le sommet escarpé.

Pour ne pas porter malheur à la famille royale, les habitants de Barkàn se cloîtraient chez eux en attendant la délivrance. Chacun restait inactif afin de ne pas gâcher l'énergie des dieux-majeurs. Celle-ci pourrait alors se concentrer vers le point le plus élevé de la cité : la tour de briques rouges dans laquelle la reine Firouz était enfermée depuis l'apparition des premières contractions.

Les ruelles étaient désertes, les places de marché silencieuses, les arènes abandonnées. Les guerriers-chasseurs rongeaient leur frein dans les salles d'armes. Les agricultrices guettaient, derrière les murailles. On n'entendait rien dans la cité-état du désert de Méditrà, comme si chacun retenait son souffle depuis le lever du jour. La population était inquiète.

Le roi Jàhlel lui aussi était inquiet. Il faisait les cent pas dans l'alcôve qui jouxtait la chambre de son épouse. Le monarque était un homme encore vigoureux pour son âge. Son corps était puissamment musclé par les exercices guerriers et la chasse. Malgré ses tempes grisonnantes, il arborait avec fierté une longue chevelure de guerrier, qu'il laissait flotter librement sur ses épaules lors des cérémonies officielles. Pour le moment, il en avait fait une tresse serrée, dissimulée sous son djelh indigo.

— Assieds-toi, Jàhlel, tu me donnes le tournis, grogna une voix surgie d'un coin sombre de la pièce.

— Je ne t'ai pas demandé de me tenir compagnie, Nàssih, répliqua sèchement le roi, le conseil des sages est clos depuis longtemps. Tu peux regagner tes appartements, noble vieillard.

— L'angoisse te rend irrespectueux, Majesté.

— Je ne suis pas angoissé.

— Alors, cesse ce manège, s'impatienta le vieil homme, tu vas finir par attirer l'attention des dieux-majeurs, avec ce va-et-vient incessant. Seule Firouz a besoin de leur protection.

— Crois-tu vraiment à toutes ces simagrées ? jeta Jàhlel qui s'immobilisa tout de même et prit place sur un tabouret, crois-tu que Brùl et Oxèn vont bénir cette naissance sur le simple fait que douze-mille âmes se figent pour apporter leur soutien spirituel à la reine en plein travail ?

Nàssih garda les poings serrés sur son bâton de ministre. Son visage parcheminé ne laissait rien deviner de ses pensées, mais le roi le connaissait parfaitement et ne fut pas surpris de la réponse.

— Je pense qu'il faudrait quelques servantes pour apporter du réconfort à ta femme, ce qui est impossible selon nos lois, marmonna le vieillard, incapable de masquer complètement son affection pour la reine.

Jàhlel posa une main sur l'épaule de son ministre. Sentir que son désarroi était partagé soulageait son fardeau.

— Mais ton peuple est attaché aux traditions, reprit le vieil homme, c'est ainsi que la société fonctionne. Les forts bénéficient de la protection divine. Les faibles sont soumis ou périssent, pour ne pas perturber l'équilibre. Tu dois te montrer fort et inébranlable pour gouverner un tel peuple, même si tu penses autrement.

— Les douleurs de Firouz n'en finissent pas. Cet accouchement est tellement différent des autres, protesta le futur père.

— Peut-être l'enfant à naître sera-t-il différent, lui aussi ? proposa Nàssih avec un accent d'espoir, sache que tout le monde prie en ce moment pour que ton épouse mette enfin au monde un garçon.

— Tout le monde, dis-tu ? Mon pauvre ami, es-tu devenu aveugle ? On parle tout bas de malédiction. La grande-prêtresse Sahàr elle-même répand la rumeur. Onze enfants et pas un seul héritier mâle à qui léguer le trône. Par Brùl et Oxèn ! Aucun descendant digne de porter la couronne ! Chacun cherche quelle faute j'ai pu commettre pour mériter un tel châtiment !

— Tu exagères, comme toujours. Personne ne remet en question ton honneur. Tu es un roi juste et puissant.

— Arrête ça, mon vieil ami, soupira le roi en écartant son turban, tu sais combien l'influence du clergé pèse sur notre royaume.

— En effet, je sais tout. Je ne suis pas un Premier ministre fantoche, malgré mon grand âge. Les temps sont troublés et on accuse ton manque de conviction religieuse. On dit que les dieux-majeurs se sont ligués contre toi. Ce sont des fadaises. Aucun fait ne vient étayer ces suppositions.

— Notre dernière bataille contre les Ghoùrs a été un fiasco…

— La victoire n'était pas écrasante, mais tu as conclu un accord pacifique avec le jeune roi Iliàn, en faveur de notre cité-état.

— Les Barkàns sont de fiers guerriers-chasseurs assoiffés de conquêtes. Cette situation de paix ne les réjouit pas, soupira Jàhlel en haussant les épaules, de plus, la sécheresse sévit depuis des mois et pousse les nukùms affamés vers nos murailles. De nombreuses récoltes ont été perdues et les agricultrices sont en colère. Au lieu de chercher un remède ou les causes véritables de nos malheurs, les prêtres accusent mon manque de foi.

— Ton libéralisme les agace. Ils se vengent avec leurs armes.

— Semer le doute et la discorde au sein du peuple n'est pas patriotique. Je gouverne avec sagesse, tu l'as dit toi-même. Qu'importe si j'honore correctement les dieux-majeurs ?

— Tu es le roi, le général, mais aussi le chef religieux de Barkàn, tu dois tenir ton rang en toute circonstance.

— L'ancien précepteur prend toujours le dessus, chez toi, n'est-ce pas, Nàssih ? Tu ne peux t'abstenir de m'abreuver de leçons…

— Je crois avoir été plus qu'un maître pour toi, Jàhlel, et je te connais mieux que quiconque. Avoue qu'en ce moment même, toi le puissant guerrier du désert, tu serais capable de prier Aqà et Trà, déesses des femmes, pour qu'elles t'apportent un héritier ?

— Tu te trompes sur un point, mon vieil ami, soupira Jàhlel, je suis en train de les supplier, c'est vrai, mais surtout pour qu'elles préservent la vie de Firouz, ma bien-aimée.

Ignorant les protestations du vieillard, le roi pénétra soudain dans la chambre royale où brûlaient des herbes aromatiques dans un brasero. Malgré la chaleur de l'été, on avait calfeutré les ouvertures, même les conduits de la vaste cheminée, afin d'empêcher les mauvais esprits du désert de pénétrer dans la pièce. Le roi savait que devant chaque porte un prêtre-guerrier montait la garde.

Dans la grand-salle du palais, une foule silencieuse attendait aussi depuis l'aube. Une procession de prêtres-sorciers et de prêtresses-apothicaires guettait les premiers cris du nourrisson afin de réciter les incantations qui devaient suivre la naissance.

Les onze filles royales étaient assises sur des coussins. Les plus âgées essayaient d'empêcher les plus petites de remuer. Autant de servantes veillaient et portaient des flacons d'huile d'olive, des compresses de laine. Elles entretenaient un petit feu sous un chaudron d'eau frémissante et un pot de bouillon au lard, destiné à redonner des forces à la future mère.

Cependant, la reine Firouz était seule, livrée à elle-même pour son accouchement, comme le voulait la coutume barkàne. De nombreuses femmes mouraient en couche et leur bébé ne leur survivait pas, car personne d'autre que leur mère n'avait le droit de les nourrir ou de les soigner pendant leur première année. Cette cruelle tradition était destinée à éliminer les êtres les plus faibles, dans un pays aride aux maigres ressources.

Le grand lit au sommier de sangles était vide. Une baignoire de cuivre, signe d'un luxe incroyable dans cette cité du désert, dégageait une buée odorante. Des fleurs de jasmin flottaient sur l'eau tiède qui aurait dû aider la reine à se détendre.

Dans les plis du djelh indigo des reines barkànes, Firouz se tenait à genoux sur un petit tabouret de bois, la tête appuyée sur une table basse agrémentée d'un coussin. Elle portait toujours son diadème incrusté de turquoises, signe de son appartenance à la famille royale. De longues mèches flamboyantes collaient à son front inondé de sueur.

Elle reprit son souffle avec peine et serra les doigts sur le rebord d'un panier en osier destiné à recevoir l'enfant. Prince ou berger, dans le pays de Barkàn, chacun respirait sa première bouffée dans une corbeille de ce genre, qui ne ressemblait en rien à un berceau. Cette ruse était destinée à éloigner la convoitise des nukùms, mauvais esprits friands de petites âmes neuves.

Jàhlel fit un pas vers sa femme, qui tourna ses grands yeux turquoise dans sa direction. Elle l'arrêta d'un geste.

— Tu ne dois pas m'aider, mon ami. Va-t'en vite !

— Firouz, ma bien-aimée, je crains que…

— Ne crains rien, je te donnerai un héritier, c'est sûr ! Cet accouchement ne ressemble pas aux autres. Par Aqà ! Je n'ai jamais autant souffert, ajouta-t-elle en grimaçant.

Comme Jàhlel restait immobile, le regard plein de tendresse, la reine rabattit la capuche de son djelh sur son front.

— Ne me regarde pas, mon roi ! J'ai l'air faible.

— Mais non, ma belle, ma courageuse Firouz, ma turquoise du désert.

— Ne fais pas un pas de plus !

Elle glissa de son banc de repos et s'assit sur la chaise d'accouchement, un objet au dossier patiné par le temps, qui avait servi à la venue au monde des onze princesses. Son visage se crispa dans un masque de douleur et d'émerveillement en même temps.

— Jàhlel ! Je sens que ton héritier arrive enfin. Il faut que je le pousse au-dehors sans aide. Il faut que je lui donne la vie toute seule. Va-t'en, par les dieux ! souffla-t-elle entre deux halètements.

Elle commença à relever les pans de sa robe pour attraper la tête du bébé. Il n'en fallut pas plus à Jàhlel pour tourner les talons. Selon la religion barkàne, il lui était rigoureusement interdit de voir une personne nue, pas même sa propre épouse.

Il ferma la lourde porte et retourna dans l'alcôve. Sans un regard pour Nàssih, il souleva la tenture qui masquait une petite fenêtre en ogive et s'accouda au rebord. Comme la nuit tombait, une brise fraîche se leva. Jàhlel observa les étoiles qui commençaient à scintiller à l'est, tandis que le soleil mourant jetait ses dernières lueurs sur les montagnes.

Le monarque lui adressa une discrète prière. Il savait que cela ne se faisait pas, car les femmes redoutaient le dieu guerrier, l'astre aux rayons perfides. Il porta une main sur ses yeux et supplia Brùl de lui donner un fils.

Sacrilège

C'est à ce moment-là que retentit le cri de Firouz. Elle laissa éclater sa douleur, elle se libéra dans un dernier effort de l'enfant qu'elle portait en elle depuis sept longs mois lunaires. Elle libéra en même temps le roi de son immobilité silencieuse, et il se précipita vers la porte de la chambre.

Cependant, aucun vagissement ne suivit la délivrance. L'estomac noué d'angoisse, Jàhlel attendit quelques instants, le front appuyé contre le chambranle.

Nàssih se redressa et traversa la pièce avec une agilité insoupçonnée pour un vieillard. Il se cramponna au bras de son ami, car il devinait ses intentions.

— Tu ne peux pas y aller, Jàhlel. Tu ne dois pas l'aider !

— Lâche-moi, vieux fou ! Qu'importe la loi ! Firouz a besoin de moi !

Le roi se libéra sans ménagement de l'étreinte du vieil homme et se précipita dans la chambre. Il distingua aussitôt son épouse qui gisait sur le sol. Elle était recroquevillée sur elle-même, mais tenait fermement le petit panier d'osier dans ses bras. Entre ses jambes, le sang imbibait son djelh. Un flot écarlate intarissable.

Jàhlel réprima la nausée qui le saisit. Il avait pourtant déjà vu tant d'hémorragies, tant de plaies mortelles. Il avait assisté à l'agonie de tant de guerriers sur les champs de bataille.

Néanmoins, le spectacle qui s'offrait là lui dépassait en horreur tout ce qu'il avait vu. Firouz avait la pâleur d'un spectre. Toute chaleur la désertait pour glisser entre ses cuisses, se répandre sur les tapis de laine.

L'homme se jeta à genoux, essaya de ranimer sa femme avec des gestes maladroits. Il la secoua, la frictionna, l'embrassa, cherchant à insuffler la vie dans ce visage exsangue. Les prunelles turquoise ne formaient plus qu'une fente sans lumière entre les paupières bleuies. Les coins de la bouche étaient flétris par les rides de l'effort.

Firouz écarquilla soudain les yeux, elle plongea son regard dans celui de son époux avec une fixité morbide.

— Cet enfant… souverain… murmura-t-elle dans un souffle.

— Ce sera le plus grand roi de Barkàn, promit le roi.

— Oh non… bien plus encore… au-delà des murailles… par le monde… le grand monde hors…

La reine délirait, un faible sourire aux lèvres, puis sa tête roula sur le côté. Ses bras se détendirent et libérèrent le petit panier et son contenu. Jàhlel se pencha au-dessus, le cœur battant.

Il avisa un nourrisson joufflu et chevelu qui ouvrait de grands yeux sombres et le regardait fixement. Il le débarrassa de la petite couverture de laine qui l'emmaillotait pour découvrir la peau encore gluante de vernix et les bourrelets potelés d'un nourrisson bien portant ! C'était pourtant un orphelin, condamné à mourir suivant la tradition barkàne, quel que soit son sexe.

Le roi resta pétrifié de douleur. Il venait à la fois de perdre la compagne chérie de toute une vie et la possibilité d'avoir un héritier, car selon la loi, l'enfant sans mère devait périr. Il laissa retomber le panier sur le sol et le petit être, projeté sur le tapis, se mit à hurler à pleins poumons.

Ces vagissements vigoureux furent le signe immédiat d'un retour à la vie dans le palais de Barkàn. Des coups résonnèrent à la porte. Les servantes apportaient de l'eau chaude et des onguents pour soulager la mère et l'aider à baigner le nouveau-né. Les prêtres voulaient entrer pour connaître le sexe de l'enfant et savoir s'ils devaient adresser leurs prières aux dieux des hommes ou à ceux des femmes.

Des voix se répercutèrent dans les sombres corridors de la citadelle. La nouvelle de la naissance se répandit à travers la cité-état qui s'éveilla soudain, à la tombée de la nuit.

Jàhlel entendit aussi les murmures empressés de ses filles, autorisées à quitter leurs coussins. Soudain, mû par une étrange impulsion, il se pencha sur le petit être qui gesticulait sur le tapis, les poings serrés, les yeux luisants de colère. Il le prit entre ses larges mains et s'approcha d'une fenêtre dont il arracha la tenture. Il leva les bras au-dessus du vide et présenta l'enfant au ciel étoilé.

— Moi, Jàhlel, roi tout puissant du pays de Barkàn, chef suprême des armées et grand-prêtre incontesté, devant Brùl, le dieu ravageur qui t'a vu naître, je te donne un nom secret, pour ton âme immortelle. Par Oxèn, je t'insuffle ton humanité.

Il murmura d'une voix inaudible, au creux de l'oreille minuscule. Puis, il posa le bébé sur le sol et soupira.

— Par Trà, pourvoyeuse de vie et de mort, je te donne la puissance du désert.

Il se dirigea aussitôt vers la baignoire, trempa sa main dans l'eau encore tiède et frictionna le petit corps.

— Par Aqà, la déesse trompeuse, je te donne un nom commun, pour ton enveloppe charnelle. Tu t'appelleras Akilàm. Je te protégerai, je l'ai promis. Ta destinée sera grande, comme le prédit ton nom.

Soudain, il avisa le vieux ministre qui l'observait depuis l'encadrement de la porte. Son teint était blême et ses yeux luisaient de tristesse, mais lorsqu'il parla ce fut, une fois de plus, un appel à la raison.

— Tu ne peux pas faire ça, Jàhlel. C'est un orphelin.

— C'est l'enfant d'un roi.

— Sa mère est morte. Il n'a pas le droit de survivre.

— Je suis son père, je le protégerai. Les quatre dieux-majeurs le protègent maintenant !

Il ignora une fois de plus les remarques prudentes du vieux ministre. Il psalmodia une prière, berça le petit être avec vigueur. Apaisé par ce contact, le bébé se calma. Il referma sa minuscule bouche et, par réflexe, téta la peau du cou de son père. Malheureusement, il n'y trouva pas de lait et il se mit à hurler de plus belle.

Jàhlel traversa alors la pièce à grandes enjambées et ouvrit la porte d'un geste rageur. L'antichambre était bondée. Tous les visages se tournèrent vers lui. Les expressions étaient indécises, chacun attendait des nouvelles avec anxiété. Le roi tendit son rejeton emmailloté à bout de bras, l'assistance aperçut seulement une petite tête, hérissée d'un duvet cuivré, qui s'époumonait.

— Voici Akilàm, mon… héritier, mentit Jàhlel d'une voix blanche.

Un cri s'éleva soudain dans la foule.

— C'est un fils !

Un déferlement de joie se répandit alors. Les hommes lancèrent le salut martial à leur chef, les femmes entonnèrent des prières de bénédiction. La bonne nouvelle explosa dans la grand-salle, se déversa dans la ville, dans le peuple amassé au pied du palais aux fenêtres enfin illuminées.

Sous la direction de la grande-prêtresse Sahàr, les religieux se précipitèrent autour de l'enfant et formèrent une ronde de noirs manteaux. Ils entonnèrent les chants sacrés destinés à la naissance d'un enfant mâle. Ils invoquèrent les dieux guerriers Oxèn et Brùl, à la puissance infinie.

Pour ne pas provoquer la vindicte des déesses Aqà et Trà, les femmes procédèrent à un rapide rituel. Elles accomplirent les gestes symboliques, déposèrent une goutte d'eau et soufflèrent une fine pellicule de terre rouge sur sa tête. Enfin, tous se prosternèrent. La cérémonie du Nàitr s'acheva au milieu des cris et des chants. Tout fut aussi rapide que le discret baptême sacrilège auquel avait procédé Jàhlel.

Le roi, hypnotisé par la liesse de ses sujets, se rendit d'un pas machinal dans la salle du trône, puis sur la terrasse qui surplombait la foule. Il laissa son peuple se réjouir pendant un moment. Il tint son paquet vagissant toujours à bout de bras, tandis que des cris de guerre couvraient les chants de joie.

Enfin, le monarque sembla s'éveiller de sa transe. Il cala le bébé au creux de son bras et se tourna vers une servante, qui attendait béatement derrière lui.

— Doujà, apporte du lait de chèvre bouilli dans un vase de Sevràj, ordonna-t-il d'une voix rauque.

Seuls quelques proches entendirent cette phrase, mais la consternation se lut aussitôt sur les visages. Ils venaient de comprendre que si l'enfant hurlait autant c'est qu'il n'avait pas encore tété, qu'il n'avait pas pu téter.

Le silence et la tristesse tombèrent sur la foule avec la même rapidité que l'allégresse un instant plus tôt. Les aînées des princesses se précipitèrent dans la chambre de la reine en retenant leurs cris. Le roi enroula son turban sur sa tête de sa main libre. Il cacha aux yeux de tous, sa chevelure et le chagrin qui barrait son front.

Il n'était pas d'usage de se couvrir à la nuit tombée. Ce geste fut perçu comme un signal de grand malheur par la foule en contrebas. Personne n'avait pu entendre les paroles du roi, mais chacun comprit ainsi que la reine était morte. D'un seul mouvement, toutes les capuches furent relevées, les turbans déployés, et un silence de plomb s'abattit à nouveau sur la ville du désert.

Une servante s'avança avec un bassin de cuivre empli d'eau froide. Une autre la suivit avec un vase d'argile aux flancs arrondis, en forme de femme donnant le sein. Jàhlel s'aspergea le visage et les bras, puis il étendit la main au-dessus du récipient et récita la formule rituelle du sevrage. Il invoqua une fois de plus la déesse Aqà, ainsi ce lait remplacerait-il sans danger celui de Firouz. Malgré la vague de réprobation que provoqua son geste, il saisit le vase et déposa le bec effilé dans la petite bouche qui cherchait à téter par instinct.

Le bébé commença par s'étouffer en aspirant trop vite le lait au goulot trop large. Il toussa, cracha. Quelques gouttes perlèrent même par ses narines. Puis, il s'habitua peu à peu à la raideur du bec verseur et avala le contenu du vase jusqu'à la dernière goutte.

— La cérémonie de Sevràj est achevée, déclara le roi simplement, le prince Akilàm est accepté dans la communauté.

Il redressa le nourrisson contre son épaule, comme il avait vu faire tant de fois son épouse. Le bébé émit un rot sonore qui en aurait fait rire plus d'un si l'heure n'avait pas été au deuil. Enfin, le petit s'endormit, emmitouflé dans le djelh royal indigo.

C'est alors seulement que Jàhlel redressa le front et décida de défier encore les dieux-majeurs. Trà et Aqà, pour ne pas avoir protégé sa femme. Oxèn et Brùl, pour ne pas lui avoir accordé un héritier sans conteste. Il se tourna vers l'assemblée et prit la parole :

— Peuple de Barkàn, voici le prince Akilàm, ton nouvel héritier. La reine Firouz a payé un lourd tribut aux dieux pour obtenir la venue de cet enfant. C'est pourquoi, après la cérémonie de Passàj, où le corps de la reine sera rendu aux dieux-majeurs, nous n'observerons pas le deuil traditionnel. Certes, vingt-neuf jours seront consacrés à pleurer une reine courageuse et fière, mais aussi, nous vivrons vingt-neuf nuits de liesse et de banquets à fêter la venue d'un futur roi.

Il y eut des murmures circonspects. Jàhlel était réputé pour ses idées controversées, mais à ce moment précis, il faisait preuve d'une impudence inédite. Il osait mêler les cérémonies de mort et de vie. La grande-prêtresse Sahàr, gardienne des traditions, roula des yeux furibonds, mais se tint en retrait, incapable de prendre une décision, tant les événements insolites se précipitaient.

C'est alors qu'un prêtre s'approcha et Jàhlel l'invita d'un signe de tête à s'exprimer librement. Le front baissé sous sa capuche noire, le jeune homme n'en avait pas moins l'air arrogant.

— Grand roi guerrier, tu es aussi le chef suprême du culte de ce pays et aucune de nos règles ne t'est inconnue, commença-t-il d'une voix bien distincte, même si ton cœur est assailli en ce moment par des sentiments contraires, je suis sûr qu'il n'a pas pu échapper à ta très grande perspicacité le problème qui se pose à nos consciences très pieuses...

— Nous écoutons toujours les paroles d'un érudit, ironisa le monarque, tu sais bien que la sagesse qui anime un homme aussi jeune que toi nous laisse admiratifs, Othmàn.

— Tu me flattes, ô, grand roi, mais ma sagesse n'atteint pas la tienne, car je n'ai pas trouvé de solution à ceci : ainsi que le veut la tradition, nul, à part la mère, n'est autorisé à porter la main sur un enfant avant sa première année, date à laquelle il est placé sous l'autorité de la famille après la cérémonie de Sevràj...

— Je connais cette règle, prêtre Othmàn. Elle est destinée à éviter que ne prolifèrent les orphelins.

— En effet, noble roi, notre pays est rude et nos lois sont impitoyables, mais elles sont destinées à préserver la vie des plus forts en éliminant le poids que font peser les plus faibles sur la cité, avança le jeune prêtre d'une voix cérémonieuse.

— Si tu continues à insinuer que mon héritier est un maillon faible qui entrave la survie de la cité, je te fais emprisonner pour avoir osé insulter ton futur roi et chef spirituel.

Jàhlel avait parlé sans hausser le ton, mais le jeune prêtre blêmit sous la menace.

— Par ailleurs, cet enfant n'est pas concerné par la loi de l'an-premier, assena le monarque.

— Comment ? Il vient tout juste de de naître, c'est un nourrisson qui...

— Tu as pu le constater de tes propres yeux, le prince Akilàm vient de recevoir la cérémonie de Sevràj sans dommage, insista le roi, il a réussi à téter un vase fait pour la bouche d'un enfant âgé d'un an. Il est donc sevré et n'est plus sous l'autorité exclusive de sa mère.

— Mais...

— Tout le monde en est témoin, la cérémonie s'est terminée avec l'approbation unanime des dieux-majeurs, puisque l'enfant ne s'est pas étouffé. Ma lignée est donc sans conteste.

Ce sursaut d'autorité provoqua un remous parmi les houppelandes noires des prêtres qui se tenaient à la droite du trône, telle une volée de corbeaux. Othmàn courba l'échine et recula vers ses confrères sans mot dire.

Jàhlel le fixa un moment, conscient d'avoir encore attisé la rancœur du clergé qui, la veille, était prêt à le destituer sur le fait qu'il n'avait pas de descendance mâle après vingt ans de règne. Dans l'assistance, la grande-prêtresse Sahàr rongeait son frein. La naissance d'un héritier direct contrecarrait les plans qu'elle manigançait depuis des années.

Le roi balaya du regard l'assemblée qui retenait son souffle et soudain, un faible sourire éclaira son visage, il déclara d'une voix radoucie.

— Demain nous irons aux temples rendre grâce aux dieux-majeurs et accomplir le rituel de la crémation pour notre reine adorée. Mais ce soir, nous festoierons en l'honneur du prince Akilàm.

Un soupir de soulagement parcourut la foule qui emboîta le pas au roi, son nourrisson lové au creux du bras. Jàhlel lui jeta un regard attendri, mais une ombre passa sur son front.

— Maintenant, je ne peux plus reculer, murmura-t-il, Akilàm, mon orphelin, mon prince, mon héritier. Je serai ton père et ta mère. Tu survivras et tu régneras, je t'en fais le serment.

Prison

Une brise chargée des effluves du désert pénétra dans la salle d'étude par les fenêtres tendues de voiles de lin qui servaient à filtrer la lumière violente du soleil.

Comme ses deux sœurs encore élevées au palais, Akilàm était assis à son écritoire et regardait maître Ouàkil, avec le masque de l'élève attentif. Pourtant, son esprit vagabondait depuis un long moment.

Dehors, l'astre à son zénith faisait trembler l'horizon de terre ocre. L'enfant savait que, dans les champs en périphérie de la ville, les femmes s'apprêtaient à prendre un peu de repos à l'ombre des tentes, tandis que les guerriers-chasseurs monteraient la garde sans faillir.

Que n'aurait-il pas donné pour les rejoindre, fièrement juché sur un liopàr dressé ! Il scruterait l'horizon, le poing sur son épée, prêt à toute éventualité. Par exemple, une charge de pachyds aux défenses affûtées, ou bien une attaque de scorps ! Ils arriveraient par vagues entières, ravageraient les cultures à coups de pinces et planteraient leur dard mortel dans le dos des fuyards. Alors, Akilàm brandirait son arme et fendrait les insectes venimeux à tour de bras. Ou bien, il déjouerait l'approche des nukùms maléfiques, ces diables affamés qui rôdaient autour des murailles de la troisième enceinte. Ou alors…

— Prince Akilàm ! Je ne te le demanderai pas une deuxième fois.

Le maître l'empoigna par sa queue de cheval et le secoua violemment. L'enfant se demandait, à chaque fois, comment un être si chétif pouvait posséder une telle vigueur. Le précepteur avait beau être un homme maigre, il n'en possédait pas moins une grande force nerveuse.

— Alors, petit écervelé. Vas-tu enfin répondre ? s'exclama le maître en colère.

Akilàm serra les mâchoires. Les deux princesses, encore en âge d'assister aux cours particuliers avec leur petit frère, observaient la scène sans bouger. Hassoudà fronçait les sourcils, marquant son impatience, tandis que la gentille Ilhàm grimaçait des mots silencieusement, espérant qu'Akilàm pourrait lire sur ses lèvres.

Ce dernier eut l'impression d'entendre les formules mathématiques dans son cerveau, comme si sa sœur les lui soufflait mentalement. Pourtant, il resta imperturbable et se retint de répondre par provocation. Ouàkil le lâcha enfin, il grommela des imprécations. L'enfant lissa sa chevelure cuivrée et resserra les pans de son djelh indigo.

— Je te l'ai déjà dit cent fois, Akilàm. Ce n'est pas parce que tu es fils de roi que je vais admettre ton arrogance, déclara le maître.

— Je ne suis pas arrogant, mais tes exercices m'ennuient, ils sont trop simples, déclara le prince en haussant les épaules, je ne devrais pas être dans une salle d'étude, mais sur le terrain. Va le dire à mon père.

D'un même mouvement, les deux princesses baissèrent le nez sur leur parchemin. Le maître fit volte-face, blanc de rage, mais il domina sa colère.

— Ton manque de respect est intolérable et mérite d'être puni. Ton père, le roi, a un pays à diriger et je ne vais pas l'ennuyer avec l'éducation d'un prince ignare et fier de l'être. Je saurai me faire respecter par mes élèves sans faire appel à qui que ce soit.

Ouàkil reprit des couleurs et il maîtrisa sa voix :

— Voici ma punition : après la collation de zénith, tu ne te rendras pas à l'exercice en compagnie de maître Fàhres. Tu resteras dans cette salle d'étude jusqu'à ce que tu aies résolu toutes ces opérations à l'aide de ces algorithmes, dit-il en désignant le grand parchemin tendu au mur sur lequel des colonnes de chiffres étaient tracées à l'encre.

— C'est injuste. Je ne suis pas ignare, loin de là. Tu me punis pour ce que je sais déjà, commença le prince avec sincérité, j'en ai assez de ressasser toujours les mêmes choses, c'est pourquoi je ne prends même plus la peine de te répondre.

Le vieux maître avait déjà fait signe à l'une des servantes d'aller prévenir le maître d'armes.

— Il n'y a pas de protestation possible, Akilàm. Tu es l'élève, je suis le professeur. Si tu n'apprends pas les mathématiques avec moi, tu apprendras au moins le respect. Maintenant, concentre-toi sur ton travail !

Les épaules du prince s'affaissèrent. Une fois de plus Ouàkil avait fait mouche. Non seulement il le privait de la seule activité intéressante de la journée, mais en plus il avertissait le grand Fàhres du comportement désinvolte de son élève pendant les cours théoriques. Décevoir le guerrier au passé glorieux était la pire des punitions. L'enfant fronça les sourcils et trempa son calame dans le petit encrier de nacre.

Si Akilàm préférait aux études intellectuelles l'exercice physique et l'apprentissage de la chasse, ce n'était pas par dépit. C'était un enfant intelligent, à l'esprit vif et à la mémoire étonnante. Il était capable d'une grande concentration et savait déjà résoudre tous les problèmes que l'on posait aux enfants de son âge. On aurait dit qu'il devinait les réponses justes de façon instinctive. Il suivait, avec une trop grande facilité, les cours que ses aînées peinaient à comprendre. Il s'ennuyait pendant les longues matinées, enfermé dans la classe du vieil érudit.

Fin pédagogue, Ouàkil avait tout de suite décelé en cet élève des possibilités immenses et inexploitées. Malheureusement, la résistance d'Akilàm mettait ses nerfs à rude épreuve. Au fil des ans, les rapports entre le maître et l'élève s'étaient dégradés. Par ennui, l'enfant ne faisait plus aucun effort et l'admiration qu'éprouvait le maître pour sa vive intelligence s'était muée en agacement. Chacune de leurs joutes verbales leur laissait un sentiment d'amertume réciproque.

Akilàm attendait avec impatience le jour de ses dix ans. Le jour où il quitterait le cocon familial et les commodités du palais royal pour vivre dans une caserne de brique sans aucun confort, dans laquelle il n'aurait qu'un coin de natte à partager avec les autres enfants de son âge. Il pourrait alors se frotter à la formation collective de la càsrn où tous les enfants de Barkàn étaient préparés à un métier utile pour la communauté.

Lorsque chacun avait reçu une formation complète, il passait les épreuves de l'Adùl, destinées à évaluer ses connaissances, ses compétences et sa résistance. Les mieux notés obtenaient un certificat de citoyen et une charge dans le métier choisi. Les moins méritants devenaient serviteurs. Le système était archaïque, mais d'après les ministres, il protégeait le peuple.

Akilàm, destiné à en être le chef, devrait réussir les examens de tous les corps de métier, mais aussi l'Exl, une épreuve uniquement réservée aux futurs rois. Il fallait survivre dans le désert pendant dix jours, armé d'une épée et d'un arc. Seul un survivant était digne de régner. Akilàm rêvait souvent de ce moment comme une libération et non une épreuve.

Les habitants du pays de Barkàn ne s'aventuraient dans le désert que sous bonne garde. Les dangers étaient trop importants et trop variés pour un simple mortel. Revenir vivant après une décade dans le désert était le signe de la protection incontestable des dieux-majeurs. Pour Akilàm, cette future étape était plutôt synonyme d'aventure, d'évasion. Une occasion de quitter les murs trop étroits de sa cité.

L'enfant ne redoutait pas les longues années d'apprentissage, la vie en communauté dans des casernes sans commodité, la rudesse des maîtres-guerriers. Au contraire, il les appelait de tout son cœur. Il se sentait si seul, dans ce palais où il était l'unique petit garçon depuis que son neveu

Zàim, le fils de sa sœur aînée, était parti en càsrn. Non que leur entente fût cordiale, mais sa solitude lui faisait même regretter leurs bagarres quotidiennes. Il avait soif de connaissances utiles et variées, d'amitiés fraternelles et de rivalités enrichissantes.

Il enviait ses sœurs, qui fêteraient leurs dix ans à la fin du prochain cycle de Lùn et quitteraient le palais. Les préparatifs de la cérémonie officielle battaient leur plein et des domestiques nettoyaient chaque recoin, jonchaient le sol de palmes fraîchement cueillies, faisaient brûler de l'encens dans toutes les pièces.

Les cuisines bruissaient d'une agitation incomparable sur laquelle régnait l'immense Badirà, servante-chef au visage lunaire, mais au caractère intransigeant. C'était l'une des rares domestiques que les enfants royaux craignaient, surtout quand Akilàm les entraînait à chaparder des dattes fourrées dans la réserve.

Heureusement, la corpulente cuisinière avait d'autres sujets d'occupation. La cérémonie de Sepàr était normalement une fête intime et familiale, à laquelle on ne conviait que les prêtres et quelques parents proches. Ce n'était pas le cas au palais où les festivités seraient grandioses. Non seulement les fillettes étaient des princesses, mais de plus, Hassoudà avait décidé de devenir grande-prêtresse, c'est-à-dire d'appartenir à la caste très glorieuse des apothicaires.

C'était la voie la plus ardue, car tout échec à l'examen final était puni par la mort. Trop de secrets dangereux étaient délivrés pendant la formation pour être colportés par des incompétentes. Akilàm admirait sa sœur pour avoir fait ce choix prestigieux.

Il coula un regard en coin vers la petite fille studieuse, penchée sur son pupitre. La courbe élégante de son front était nimbée de la lumière tamisée par le lin tendu aux fenêtres. Elle était belle, avec ses longs yeux noirs et son teint plus pâle que le parchemin. Elle sentit le regard insistant de son frère. La princesse fronça les sourcils et lui lança un coup d'œil réprobateur. Akilàm piqua aussitôt du nez dans ses problèmes mathématiques.

Peu après le repas de zénith, les fillettes quittèrent le palais pour se rendre aux gymnases royaux avec leur maître d'armes et pratiquer toutes sortes d'exercices physiques destinés à endurcir les habitants de Barkàn dès le plus jeune âge.

Accoudé à l'une des fenêtres de la salle d'étude, Akilàm leur lança un regard désespéré tandis qu'elles s'éloignaient sous un soleil de plomb. Ilhàm lui fit un petit signe tandis qu'Hassoudà suivait fièrement l'immense Fàhres dont l'abondante queue de cheval dépassait du turban rouge des maîtres-guerriers. Le prince soupira.

Au cours du repas, sa sœur avait tenté de lui faire la morale, à voix basse, tandis qu'ils se régalaient de lait caillé salé et de viandes marinées dans du miel.

— Tu n'es pas raisonnable, petit frère. Par ton attitude, tu troubles notre propre apprentissage. Quand apprendras-tu à contenir ton orgueil et à accepter les enseignements de notre professeur ?

— Je ne suis pas orgueilleux, je suis réaliste. Je connais déjà ce que maître Ouàkil nous enseigne, protesta Akilàm, je voudrais en savoir plus et il ne peut me l'apporter ! Il ne connaît de la vie que la théorie. Il n'a jamais vu les animaux sauvages dont il nous enseigne les mœurs. Il n'a jamais participé à un combat. Il vit caché dans les parchemins. Pire encore, il pense que le monde se borne aux frontières de Barkàn ! Je veux en savoir plus ! Je veux de meilleurs maîtres !

— Tu devrais avoir honte de t'exprimer ainsi, objecta une voix timide.

La douce Ilhàm avait l'air désolée.

— Tu ne sais rien de ce qu'a fait notre maître Ouàkil dans sa jeunesse. Son nom commun signifie : *celui à qui on confie ses affaires*. Crois-tu que notre père nous aurait confiés à un homme méprisable ?

Akilàm, incompris, haussa les épaules. Il préféra rester silencieux, il n'arrivait pas à faire comprendre ce désir de toujours repousser ses limites. Tout le monde le prenait pour un prince imbu de sa personne, alors que c'était l'inverse. Les connaissances mises à sa disposition étaient limitées pour ses capacités. Il brûlait de curiosité, il voulait progresser sans relâche vers un destin plus grand.

Ilhàm, d'habitude plus réservée, profita de cette pause pour ajouter :

— Toi qui admires tant maître Fàhres pour sa puissance et ses hauts faits, sache qu'il est aussi un érudit, un maître de l'arithmétique et un fin stratège. Il a déjoué la dernière attaque des Ghoùrs, il y a trois années grâce à de savants calculs. Il ne serait pas à cette place d'honneur au sein du gouvernement s'il n'avait été qu'une montagne de muscles sans cervelle. La force n'est rien sans la réflexion, Akilàm. Penses-y, toi qui veux devenir roi.

Akilàm resta bouche bée, car la douce Ilhàm, qu'il aimait tant, se méprenait elle aussi sur son compte. Hassoudà, vexée de voir sa sœur lui voler la vedette, en profita pour assener un coup bas.

— Penses-y, toi l'orphelin qui n'aurait pas dû survivre si on avait honoré la loi du plus fort qui sévit dans Barkàn.

Le repas se termina dans un silence exceptionnel, Akilàm ne trouvait pas les mots pour répondre à cette cinglante vérité. Il se sentait tellement différent de l'image du prince altier qu'on lui attribuait, il se sentait prisonnier de son statut d'héritier. Il aurait voulu s'enfuir dans le désert pour se libérer de ce rôle étriqué.

— Allons, au travail, mon jeune prince !

Ouàkil se tenait dans l'encadrement de la porte, les mains sur les hanches. Le maître griffonna quelques indications dans la marge puis il tourna les talons.

— J'ai autre chose à faire de ma journée que de surveiller un élève rebelle, ajouta-t-il avec un demi-sourire, je vais donc te laisser seul face à ton travail et à ta conscience. Tu n'auras qu'à frapper quand tu auras terminé. Je laisse une servante derrière la porte.

Il s'éclipsa derrière le lourd battant et Akilàm entendit la clef grincer dans la serrure de bronze. Dans un premier temps, il s'assit docilement à son pupitre et commença à travailler. Néanmoins, l'immobilité et la réflexion le lassèrent rapidement. Il bâcla les derniers exercices, il trempa copieusement sa pointe dans l'encre et gâcha inutilement du parchemin.

Une mauvaise idée germait dans son esprit malgré ses bonnes résolutions. Il se leva brusquement, se dirigea vers la fenêtre la plus proche et observa le paysage, une main en visière au-dessus des yeux.

Au loin, là où la chaleur faisait danser l'horizon, il distinguait le désert de Méditrà, ocre et roux, qui mordait les champs de blé et d'orge entretenus avec l'opiniâtreté propre aux Barkànes, sous la protection des guerriers-chasseurs. Au sud, Akilàm devinait plus qu'il ne voyait, les montagnes de terres rouges où l'on exploitait les mines de turquoises. Elles faisaient la fierté de tout son peuple, mais aussi attisaient la convoitise des cités-états voisines.

La demi-lune de Barkàn était inexpugnable. Le dernier siège du peuple Ghoùr en témoignait, Akilàm se le rappelait bien. Le plus haut mur d'enceinte de la ville se campait fièrement face aux dangers extérieurs, il allongeait sa large courbe d'est en ouest et plongeait ses extrémités aux confins de la montagne rouge. C'était *là-bas* que l'enfant, qui n'avait jamais quitté le palais, rêvait de se rendre. Une force irrésistible le poussait à découvrir ce qui se passait au-delà des murailles.

Son regard revint vers les obstacles qui s'échelonnaient devant lui. Tout d'abord, la salle d'étude se situait au premier degré, dans la tour des rois. À ses pieds, un épais taillis de verdure, entretenu par des armées de jardinières et défendu par un mur d'enceinte de taille modeste.

« Facile à franchir... » se dit Akilàm.

Derrière ce mur, un autre demi-cercle fortifié retenait les quartiers militaires de la garde royale, les différents gymnases, les arènes et les écuries royales. Au-delà, la ville-majeure de

Barkàn s'allongeait paresseuscment dans un dédale de ruelles pavées, de temples trapus et de villas cossues. Tout ce petit monde privilégié se tenait à l'abri de la première enceinte.

« C'est encore faisable... »

Sous cette muraille fortifiée s'appuyait la ville-mineure : un amoncellement d'habitations modestes et de jardinets utilitaires où vivait la frange la plus modeste de la société barkàne.

« Peu importe, tout est matière à découvrir... »

Akilàm se dressa sur la pointe des pieds, il essaya d'apercevoir l'enchevêtrement des immeubles en terre battue, le treillis d'échelles et de passerelles de cordes qui entravaient la circulation. C'est là que se dressaient les habitations des servants au crâne rasé, mais aussi, une multitude de grandes càsrns austères. La ville-mineure, comme on l'appelait communément, était défendue par la deuxième enceinte, un mur aussi large, aussi haut et aussi bien gardé que les autres.

« C'est mon peuple, après tout, et je ne le connais pas ! »

Enfin, en périphérie, encerclée par la troisième enceinte, bourdonnait la ville-marchande. Akilàm tendit le regard, c'est là que se situait toute l'activité de Barkàn. Aux portes du désert, une large bande fortifiée retenait les places de marché, les entrepôts de toutes sortes, les boutiques et les ateliers des femmes art-artisans. Les prêtres-marchands y collectaient la totalité des récoltes et des productions afin de les comptabiliser et de rétribuer à leur juste valeur tous les travailleurs Barkàns.

C'est là aussi, depuis que la trêve avec les ennemis Ghoùrs avait été signée, qu'on laissait pénétrer les caravanes de Nmàds. Elles venaient des contrées lointaines, par-delà le désert rouge de Méditrà ! Akilàm, qui n'avait pourtant jamais quitté le palais, avait entendu parler dc ces peuples d'étrangers et brûlait de les rencontrer.

Ils n'avaient pas le droit de rester longtemps dans la cité qui n'admettait aucun immigrant, mais ils pouvaient installer leurs tentes à l'abri de l'enceinte pour quelques jours. Ils restaient le temps d'écouler leurs stocks de marchandises insolites et de raconter, en échange de quelques turquoises supplémentaires, leurs histoires merveilleuses de carrioles volantes et de lumière magique !

Le prince ne les avait jamais rencontrés, mais à travers les récits amusés des servants du palais, il connaissait déjà leur accent chantant. Il croyait tout savoir de leurs mœurs peu recommandables de chapardeurs et de bonimenteurs, de leur avidité devant les broches ornées de turquoises qui servaient de monnaie dans la cité.

« Je vais quitter ce palais étouffant sur le champ ! »

La salle d'étude n'était pas une prison, sauf dans l'esprit du prince. Trois fenêtres fendaient largement la façade au premier étage. Au-dessous, les jardins du palais cuisaient au soleil, un bosquet de figuiers étalait des feuilles arrondies et des fruits bouffis de sucs. L'enfant se pencha par-dessus la balustrade et estima la distance qui le séparait des premières branches. Il la jugea raisonnable et décida de tenter l'évasion.

Il retira de son front le ruban orné de turquoises qui le désignait comme prince héritier et le glissa dans une poche de son sarouel. Par habitude, il passa à sa ceinture un petit coutelas au manche en corne ouvragée et enfila un djelh aux couleurs neutres, qui le protégerait aussi bien des regards indiscrets que des rayons dangereux du soleil.

Il enjamba le rebord de la fenêtre et glissa la pointe de ses pieds entre les jointures des briques. Un lézard se glissa le long d'une fissure. Le prince l'avisa et s'en servit de point d'ancrage. Il l'agrippa avec force, puis il se laissa couler le long de la paroi.

Tel un jeune félin, l'enfant entama sa descente vers les ramures qui caressaient la pierre. Enfin, il agrippa l'une d'elles et se laissa choir. Il atteignit le sol sans dommage et lâcha prise. La branche s'envola en sifflant. Personne ne se précipita aux fenêtres. Le petit eut un sourire triomphal, il s'adossa un moment contre le tronc et aspira l'air odorant à grandes goulées.

« Presque libre ! »

Il traversa sans encombre le jardin qu'il connaissait bien puisqu'il abritait ses jeux depuis son plus jeune âge. Il avait l'impression de traverser une vasque de fraîcheur, à l'heure même où le soleil embrasait le reste du monde. Il suivit les canaux qui bénéficiaient de l'inclinaison naturelle du terrain pour irriguer les jardins en terrasses. Il évita les bassins où les servantes retroussaient le bas de leurs djelhs et piétinaient le linge en cadence. Elles ne le remarquèrent pas.

Enfin, il atteignit le mur d'enceinte qu'il escalada sans difficulté. Il profita de l'ombre des oliviers pour passer inaperçu. Les gardes étaient assoupis à l'ombre des palmes tressées au-dessus de leur abri. Lorsque la guerre n'était pas imminente, ils n'étaient pas tenus de faire leur ronde aux heures où Brùl était le plus impitoyable.

L'enfant ne craignait pas grand-chose, si on le rattrapait, il serait à nouveau réprimandé. Il en avait l'habitude. Son cœur battait pourtant à tout rompre. Cette tentative d'évasion était un fait extraordinaire dans sa vie de reclus. Accroupi contre un créneau, Akilàm observa l'enceinte avec perplexité. Elle était bien plus haute du côté des gymnases que du côté des jardins royaux !

En bas, malgré la chaleur étouffante, l'activité soldatesque n'avait pas cessé. Des guerriers-chasseurs et leurs servants allaient et venaient entre les écuries et les centres d'entraînement. Il entendit des ordres fuser, des montures rugir, des chiencàls aboyer. S'il choisissait de descendre en s'agrippant aux briques, on le verrait sûrement.

Akilàm tenta le tout pour le tout : il emprunta le chemin de ronde et décida d'atteindre les escaliers de la tour sud, la plus proche de lui. S'il se faisait prendre, il rabattrait son djelh pour s'identifier et mentirait en racontant qu'il rejoignait ses sœurs et maître Fàhres pour l'entraînement.

Le souffle court, il se glissa devant la porte des gardes du palais, le ronflement qui s'y répercutait le rassura aussitôt. Il dévala l'escalier taillé à flanc de muraille et sauta sur le sol de terre battue le plus légèrement qu'il put.

« Enfin dehors ! »

Rencontres

L'enfant était à présent en terrain inconnu. Il n'avait jamais eu la permission de déambuler seul dans l'enceinte d'entraînement. Depuis qu'il avait l'âge de suivre les exercices militaires, il n'avait fait qu'emboîter le pas à son maître d'armes sans aucun détour. La stature et l'autorité naturelle de Fàhres suffisaient à canaliser l'énergie débordante du prince qui n'avait jamais osé faire un pas de travers.

Akilàm, pour lors, n'était plus soumis à l'imposante présence de son mentor. Il pouvait déambuler à sa guise. Cela le faisait trembler de joie, mais aussi d'appréhension. Sans un soutien protecteur, ce lieu devenait inhospitalier pour un enfant de neuf ans. Les bâtiments étaient austères, les cris des chiencàls d'une férocité inhabituelle, les larges voies sablonneuses n'offraient aucune cachette. Une troupe en armes ou un liopàr pouvaient surgir à tout moment de l'angle d'une ménagerie. Il serra machinalement son poing sur son poignard. La peur n'allait pas le clouer sur place ni lui faire rebrousser chemin, au contraire !

Il contourna le gymnase royal et s'enfonça dans un dédale de rues plus étroites. Les bâtiments rectangulaires, sans ornement, projetaient entre eux une ombre bienvenue. Le prince avança, rasséréné. Comme il n'avait croisé personne depuis un moment, il se montra moins prudent. Il se dirigeait droit vers ce qu'il croyait être la sortie de la ville quand un battant d'écurie s'ouvrit brusquement devant lui. Pris au dépourvu, il n'eut pas le temps de se cacher et resta bouche bée.

Une escouade de servants se précipitait à la suite de chiencàls au pelage tacheté qui tiraient furieusement sur leur laisse. Les animaux du désert, domestiqués par les hommes, avaient encore des réflexes sauvages. Il fallait les laisser courir librement et chasser dans les dunes si on voulait faire d'eux des machines de guerre.

— Qu'est-ce que tu fais là, petit ? cria un servant, ôte-toi de notre chemin ou tu vas te faire mordre !

Akilàm bondit dans l'angle de la porte restée ouverte et observa la troupe s'éloigner dans un nuage de poussière dorée avec des aboiements aigus. Il resta un moment sans bouger, puis une étincelle jaillit dans son esprit encore ébahi : *« personne ne m'a reconnu ! »*

La présence d'un enfant dans ce secteur ne semblait pas troubler les adultes. Il quitta son abri sans méfiance pour traverser la rue. C'est alors qu'une main s'abattit sur son épaule. Il fit volte-face pour observer son attaquant. Il découvrit le large sourire aux dents gâtées d'un gros servant.

— Et alors, mon gars, tu t'es perdu ? demanda le chef d'équipe occupé à refermer le battant de la porte, tu sais que tu te trouves dans les quartiers royaux ? Tu n'as pas le droit d'être là.

— Je voulais voir des liopàrs, murmura l'enfant qui ne mentait qu'à moitié.

— Ah, mais ce n'est pas possible, ça ! Les liopàrs sont élevés dans les ménageries royales. Tu ne peux pas t'en approcher. Tu n'as qu'à attendre la parade de la prochaine fête d'Oxèn. C'est qu'on aura un lot de beaux mâles fraîchement capturés. Ça sera une belle fête, s'exclama fièrement l'homme, comme s'il possédait lui-même ces bêtes.

— J'ai fait tout ce chemin pour rien, soupira Akilàm d'un air déçu.

— Eh oui ! Tu n'as même pas le droit de rôder près des chenils royaux. File vite avant qu'un maître-guerrier ne te trouve !

— Je ne sais plus par où je suis arrivé, répondit l'enfant, embarrassé.

— C'est bien ce que je pensais, déclara le servant en souriant, si tu n'as pas un meilleur sens de l'orientation, ton maître d'armes va te frotter les oreilles. Les gymnases des nobles familles sont à ta gauche, derrière les écuries que voici, puis tu prendras la voie qui descend vers le sud, les escaliers en enfilade. Tu seras devant le gymnase des familles-majeures. Cours !

Akilàm le remercia d'un signe de tête, soulagé de n'avoir pas été découvert. Il opéra un demi-tour pour suivre les indications qu'on lui avait données avec tant de facilité. Grâce à cette rencontre fortuite, il venait d'en apprendre beaucoup en peu de temps. Par exemple, à deux pas des gymnases royaux, d'autres enfants de son âge s'entraînaient ou déambulaient dans les rues sans être le moins du monde inquiétés. Finalement, il n'aurait peut-être pas besoin d'attendre l'âge de Sepàr pour rencontrer des camarades de jeu.

Son front se rembrunit, tandis qu'il avançait en suivant les indications du servant, ses pensées s'entrechoquèrent. *« Pourquoi mon père ne m'autorise-t-il pas à fréquenter d'autres garçons, alors qu'ils sont si proches, au cœur même de l'enceinte d'entraînement ? Pourquoi suis-je élevé exclusivement en compagnie de mes sœurs, dans un palais transformé en prison, avec une armée de domestiques empressés, aussi vigilants que des geôliers ? De quoi veut-on me préserver ? »*

En effet, la vieille Doujà le suivait partout, comme s'il avait encore besoin d'une nourrice à son âge. Même si la servante était muette, il savait interpréter ses regards et ses gestes depuis sa tendre enfance.

« Pour qui se prend-elle, cette vieille servante ? Il lui arrive même d'avoir des attitudes maternelles. Sous prétexte

qu'elle a tenu un grand rôle lors de mon baptême, elle se donne le droit de veiller sur moi en toute circonstance, avec la bénédiction de mon père de surcroît ! »

Akilàm rêvait de découvrir le monde uniquement pour braver cet interdit. Il se demandait quelle était cette force qui le poussait à dépasser toujours les limites ? L'univers ne semblait pas assez grand pour ses aspirations.

Emporté par le flot de ses pensées, l'enfant avançait tout droit. La colère, autant que la touffeur de l'après-midi, lui faisait monter le rouge aux joues. Enfin, il descendit les escaliers creusés à flanc de falaise et se trouva dans un quartier impressionnant. Les gymnases et les cirques d'entraînement dressaient fièrement leurs murs rouges, les voûtes résonnaient des cris et des encouragements les plus divers.

C'est là que s'entraînaient les guerriers de Barkàn où la noblesse n'était pas acquise par la naissance, mais par la réussite aux épreuves de l'Adùl. C'est là aussi qu'on admettait les enfants, pour les confronter de façon régulière aux aspects les plus ardus de la cité-état.

Dévoré de curiosité, Akilàm se glissa dans l'enceinte d'un gymnase qui semblait particulièrement animé. Dans la galerie circulaire qui contournait l'arène de sable, régnait une fraîcheur bien agréable. Il marqua un temps d'arrêt pour habituer ses yeux à la pénombre et avança sans se cacher. Afficher un air dégagé et naïf était apparemment la meilleure façon de passer inaperçu.

Il pénétra dans une seconde galerie, plus étroite et ajourée d'arches élancées. Il avança jusqu'à une balustrade qui surplombait l'arène dans laquelle s'entraînait une escouade de jeunes garçons, sous la houlette de maîtres d'armes attentifs.

L'heure n'était plus à l'échauffement, mais à l'affrontement. Chacun tenait une épée de bois, un bouclier de cuir, et se lançait avec énergie et plus ou moins de dextérité, contre son adversaire. Tous les enfants arboraient la queue de cheval réglementaire et portaient le même uniforme : des bottes et des gantelets en cuir souple, un sarouel de couleur claire maintenu par une large ceinture et, sous un corselet de cuir rigide, une ample chemise de lin aux manches longues.

Comme l'entraînement avait lieu à l'intérieur, les élèves étaient autorisés à abandonner leur turban et leur djelh sur les bancs. Tous ces vêtements traditionnels étaient destinés à protéger les Barkàns des morsures de Brùl. La seule partie du corps visible des petits athlètes était le visage, pour lors rouge et luisant, car malgré la fraîcheur relative dispensée par des meurtrières placées en hauteur, la chaleur les mettait en nage.

Akilàm soupira d'aise à la vue de ces garçonnets, suant et ahanant sous les ordres précis des maîtres, dans le fracas des armes de bois. Il appuya son menton dans ses paumes pour les observer, quand une voix tonitruante lui perça les tympans.

— Vas-tu te joindre à nous ou comptes-tu prendre racine sous cette arcade, petit drôle ?

Akilàm leva les yeux sur un guerrier, presque aussi grand que Fàhres, qui le toisait d'un air furibond. Le prince décida de jouer les enfants perdus, comme avec le servant, et se composa un visage contrit.

— Je crois que je me suis trompé de gymnase. J'observais l'assemblée, pour en être certain, mais je ne reconnais personne, dit-il en haussant les épaules.

— Tu ne reconnais personne ? Tu t'es trompé ? répéta l'homme dont le ton ironique n'augurait rien de bon, tu te moques de moi, petit malin, hein ?

Le maître roula des yeux furieux. La feinte ne fonctionnait pas cette fois-ci. L'homme attrapa l'enfant par une oreille et le secoua violemment.

— Vu ton âge et ton gabarit, tu es exactement dans le lieu qui convient, galopin ! Tu vas te dépêcher de descendre dans l'arène avec les autres ! Si tu cherches encore à te moquer de moi, grand maître Jounàdi, tu tâteras du plat de mon épée !

Les vitupérations du vétéran dominèrent les bruits du gymnase et les garçons levèrent le nez vers la balustrade. Akilàm redressa le menton, c'était la première fois de sa vie qu'il était humilié de la sorte.

— Lâche-moi ! Tu n'as pas le droit de me malmener.

— Quoi ? Je n'ai pas le droit de quoi ? Par Brùl ! Écoutez cet avorton qui se prend pour un prince !

Le guerrier faillit s'étrangler de rage. D'un geste brusque, il fit pivoter Akilàm et lui flanqua un coup de pied qui le fit débouler dans la galerie, puis il l'attrapa par la ceinture et l'emporta d'une seule main.

— Tes parents sont peut-être de famille-majeure, mais tu es loin d'avoir gagné le droit de me parler sur ce ton, gronda le soldat, tu vas te mettre au combat sans attendre et, après l'entraînement, je t'infligerai moi-même la punition que tu mérites, chenapan !

Akilàm ruait comme un diable, il n'avait qu'une idée en tête : sortir son bandeau de turquoise de sa poche et clouer le bec à ce monstre. Jamais maître Fàhres ne se serait permis un tel comportement. C'était inadmissible de la part d'un enseignant !

Il se débattait tant qu'il ne réalisa pas que Jounàdi l'avait emporté dans l'arène, au beau milieu des garçonnets qui le dévisageaient avec une curiosité envieuse. Il fut brutalement projeté au sol et le sable pénétra dans ses yeux et ses narines. Il se releva aussitôt et frotta ses paupières.

— De l'eau ! Mes yeux brûlent ! cria-t-il.

Un éclat de rire général souleva toutes les poitrines et se répercuta avec vigueur contre les voûtes du gymnase. Akilàm contempla d'un air éberlué les gamins hilares et les maîtres moqueurs.

— Par Brùl ! Il veut de l'eau ! criaient-ils tous en chœur.

Ses joues devinrent cramoisies, mais il redressa le menton et serra les poings, prêt à en découdre.

— Ça suffit maintenant, tonna une voix.

Le calme revint instantanément dans la troupe, mais les élèves dévisagèrent encore Akilàm avec un amusement non dissimulé.

— Reprenez l'entraînement, crièrent les maîtres et les enfants s'activèrent à contrecœur.

— Qu'est-ce que c'est que cette idée bizarre ? Il n'y a pas d'eau dans nos contrées, mon gars. Tu dois le savoir, dit Jounàdi d'un air contrarié.

Akilàm resta muet, les poings serrés. Sa réaction avait été celle d'un enfant gâté, même Fàhres aurait eu honte de lui. Impossible maintenant de révéler sa véritable identité sous peine d'entacher jusqu'à la réputation de son père, le roi.

— Tu as dû passer trop de temps dans les jupes de ta mère pour invoquer si bêtement la déesse Aqà, marmonna Jounàdi qui lui arracha son djelh et le jeta sur un banc.

Il passa un petit corselet de cuir raidi autour de son torse et se mit à le lacer avec dextérité, puis il lui remit une épée longue et un bouclier rond. Sans lui laisser le temps de réfléchir, le maître le poussa vers un grand garçon qui le dépassait d'une tête.

— Allez ! Courage ! Montre-nous que tu n'es pas une fillette. Bats-toi contre Ethàn, c'est notre meilleur élève.

Akilàm ne pouvait plus reculer, tout le monde le regardait. Même les enfants qui avaient repris le combat l'observaient du coin de l'œil. Il inspira avec vigueur et décida de se concentrer, il jaugea son adversaire avec attention.

Le garçon était grand, épais et musclé, mais il ne semblait pas tellement plus âgé que lui. Les traits de son visage étaient nettement marqués. Un nez droit, un menton carré et volontaire, de larges oreilles et un front haut, couronné d'une toison brune. Ses grands yeux étaient pourtant d'un bleu limpide, bordés de longs cils qui lui donnaient l'air paisible d'un drùm de voyage. Ethàn inclina la tête avec un sourire sans malice.

— Un combat loyal en trois points vitaux ? proposa-t-il d'une voix assurée.

Akilàm acquiesça sans mot dire et se mit en position, il écarta légèrement les jambes et chercha un point d'appui solide. Il haussa les coudes, la pointe de son épée de bois levée en signe de salut.

Conscient de l'importance de ce combat pour rentrer dans les grâces de maître Jounàdi et éviter une punition corporelle publique, le prince fit appel à toutes ses astuces guerrières. C'était une chose de s'entraîner contre ses deux sœurs et une autre d'affronter ce grand garçon inconnu qui, malgré son regard doux, tenait fermement son épée de bois.

Le prince remarqua néanmoins qu'Ethàn serrait le poing fermé sur le pommeau, comme un simple marteau. Akilàm, au contraire, pour une plus grande précision, avait passé son index replié au-delà de la garde, comme le lui avait enseigné Fàhres. Ce détail l'assura de la supériorité de ses connaissances et c'est avec moins d'appréhension qu'il avança vers son adversaire dont la taille ne l'impressionnait plus autant.

Ils engagèrent le combat, Ethàn tout en force, Akilàm tout en esquive et en agilité. Conscients du regard acéré que portait le maître d'armes sur leur échange, les deux élèves s'appliquèrent à utiliser les positions primaires apprises en classe. Ethàn semblait avoir la supériorité, il brandissait son épée avec force, donnait des coups d'estoc très efficaces, frappait le bras d'arme du prince quand il se découvrait, ou fouettait sa jambe d'attaque lorsqu'il cherchait à s'approcher.

Dans un premier temps, Akilàm resta à distance, il économisait ses mouvements. Il refusa le contact avec le bouclier, laissa le grand garçon s'essouffler dans des attaques répétitives et énergiques. Il savait bien que cette technique était méprisable pour qui la pratiquait passivement. Cependant, il n'évitait pas l'offensive par lâcheté : il attendait juste le bon moment.

L'excitation d'un combat improvisé lui procurait d'étranges sensations, il était tellement concentré qu'il lui semblait pouvoir sentir à l'avance les attaques de son adversaire. Il paraît toujours à temps, esquivait comme s'il prévoyait chaque geste, il se sentait invincible !

Il vit la curiosité croître dans le regard de Jounàdi et jugea que le spectacle avait assez duré. Lorsqu'Ethàn lui parut bien essoufflé et prêt à commettre des erreurs, il attaqua. Il frappa d'une seule main, faussant le sens des distances de son adversaire qui lui porta un coup trop court. Akilàm, vif comme l'éclair, en profita pour toucher le bras d'arme par en dessous et glisser la pointe de son épée vers le foie.

— Touche, annonça-t-il sobrement.

Sans laisser à l'autre le temps de se ressaisir, il chassa la lame adverse vers le bas en lui portant un coup en diagonale et pointa son épée de bois au centre du thorax.

— Touche.

Autour d'eux, les autres élèves abandonnèrent peu à peu le combat et assistèrent en silence à ce spectacle surprenant. L'admiration croissante dans laquelle il plongeait son public semblait donner des ailes au prince. Tel un félin souple et silencieux, Akilàm attaqua en retournant la force de son adversaire contre lui.

Ethàn rechercha le blocage des deux armes, afin de reprendre son souffle. Leurs mains croisées au-dessus de leurs têtes, leurs armes jointes, il en profita pour aller heurter le visage de son adversaire d'un coup de pommeau. Ce n'était pas un point vital et la touche ne compta pas.

Ethàn crut avoir déséquilibré Akilàm qui fit un pas en arrière. Il tenta de porter un de ces coups d'estoc difficiles dont il avait le secret, mais le prince se servit de sa parade pour glisser sa lame sous son bouclier et atteindre le cœur.

—Touche !

D'un bond, il s'écarta et salua son adversaire éberlué, épée contre le front et bouclier baissé. L'échange avait été si rapide que le public resta bouche bée. Un silence respectueux régna soudain dans le grand gymnase. Ethàn essuya la sueur sur ses tempes et salua à son tour, avec un sourire franc et un regard toujours aussi limpide. Les deux combattants se tournèrent vers maître Jounàdi qui se remettait lui aussi de sa surprise en se grattant le menton.

— Est-ce que ce combat de fillette suffit, ou dois-je affronter un autre géant pour prouver que je n'ai rien à faire dans ce gymnase de débutants ? assena le prince.

— Qui est ton maître d'armes ? demanda Jounàdi visiblement troublé.

— Un valeureux guerrier que je respecte et qui me respecte, déclara l'enfant avec sincérité.

Il délaça vivement son corselet qu'il jeta sur un banc avec ses armes. Il réalisait que son attitude allait attiser trop de curiosité.

— Maintenant, sans vouloir t'offenser, maître Jounàdi, je dois prendre congé afin de rejoindre le gymnase approprié.

Sur ce, il tourna les talons et fila vers la sortie sans prendre le temps de récupérer son djelh. Il laissa les autres élèves et leurs instructeurs médusés. Seul Ethàn eut l'idée de réagir : il était inconcevable de se déplacer dans les rues en plein après-midi sans ce vêtement protecteur obligatoire. Il jeta un regard déterminé vers son maître, s'empara du manteau brun et se lança à la poursuite du jeune inconnu. Tant pis pour la punition à venir, l'occasion était trop belle.

Dehors, le soleil était aveuglant. Il rabattit son propre turban sur son front pour se protéger et s'engagea dans la ruelle déserte. Nulle trace de l'enfant qui avait dû tourner au coin du bâtiment. Au sol, le sable blond piétiné à longueur de journée ne permettait pas de déceler des empreintes. Ethàn se fia à son instinct et suivit la voie du sud. Il ne tarda pas à rattraper le combattant mystère qui reprenait haleine à l'ombre d'un porche. Il s'approcha en silence et lui tendit son djelh avec un sourire.

— Tu as oublié ça, dans ta grande hâte à nous fausser compagnie.

— Apparemment, je n'ai pas réussi à te fausser compagnie, s'exclama Akilàm.

Il enfila aussitôt son manteau et rabattit la capuche protectrice.

— Je suis un des meilleurs pisteurs de ma famille, déclara Ethàn sans fausse modestie.

— Je vois ça… et le meilleur élève de maître Jounàdi, répliqua le prince avec ironie.

— Jusqu'à présent, oui !

Le ton du jeune garçon n'était pas agressif. Au contraire, un mélange d'admiration et de douceur se lisait dans ses grands yeux. Akilàm regretta aussitôt son attitude provocatrice.

— Tu l'es toujours, brave Ethàn. Je ne suis pas un élève de ce gymnase. La compétition entre nous était inégale : j'ai reçu une formation individuelle, contrairement à toi. Je suis plus jeune, mais j'en sais plus que toi. Ce n'est même pas dû à ma grande astuce, mais à mon éducation privilégiée, ajouta-t-il en riant.

— Vraiment ? Tu as un maître d'armes à toi seul ?

Ethàn ouvrit des yeux immenses, ce qui le fit ressembler encore plus à un drùm.

— Oui, et j'ai un maître des sciences aussi, se vanta Akilàm, étonné lui-même de l'importance qu'il donnait soudain à Ouàkil.

— Je ne connais personne qui a les moyens de s'offrir des professeurs particuliers. Ton père doit être un guerrier valeureux pour qu'on lui accorde ce droit, s'exclama Ethàn dont l'admiration ne faisait que croître, je pensais qu'il n'y avait que le roi qui… par Oxèn !

Comprenant soudain, le garçon blêmit.

— Par Brùl ! Tu es le prince !

— Exact, avoua Akilàm avec un sourire satisfait.

Il n'avait pas l'habitude de fréquenter des enfants de son âge et ne savait pas comment se comporter. Il sentait pourtant qu'il pouvait faire confiance à ce nouveau compagnon dont l'admiration le flattait. Il extirpa son ruban orné de turquoises royales de la poche de son sarouel. Ce fut à son tour d'être étonné lorsque son adversaire de naguère se jeta au sol et posa son front dans la poussière en implorant son pardon pour l'avoir roué de coups d'épée en bois.

Akilàm se mit à rire et l'aida à se relever.

— Je n'ai rien à te pardonner : nous avons combattu à la loyale. Tu n'as pas à te prosterner devant moi. Je ne suis pas le roi.

— Mais… tu es fils de roi, c'est la même chose !

— Pas du tout. Je n'ai pas encore fait quoi que ce soit qui prouve ma valeur. Seule l'épreuve de l'Exl désigne qui mérite d'être un vrai roi, récita l'apprenti héritier.

— Tu comptes réellement t'y soumettre un jour ?

— Bien sûr, quelle question ! Comment pourrais-je refuser cet insigne honneur ?

— Je ne sais pas… dans la ville-marchande, on entend des rumeurs, hésita Ethàn, le bruit court que les futurs rois sont trop précieux pour être vraiment envoyés seuls dans le désert. Alors, sans vouloir t'offenser, on dit que les prêtres organisent une mise en scène : le prétendant serait caché non loin de Barkàn dans un lieu secret. Puis, une décade passée, il reviendrait sain et sauf, comme s'il… eh, tu m'écoutes ?

— La ville-marchande ! s'exclama le prince qui visiblement, s'était arrêté à ce seul détail, tu connais la ville-marchande ? Tu y es vraiment allé ! Tu as le droit d'y aller !

— Eh bien, oui. Ma mère y travaille comme coloriste. Je l'accompagne presque tous les jours à son atelier avant de venir m'entraîner ici, mais…

Ethàn s'interrompit, comprenant soudain ce qui se tramait dans l'esprit du prince. Il lui lança un regard mêlé de curiosité et de pitié.

— Tu veux dire que toi, tu n'as pas le droit d'y aller ?

— Non ! Je n'ai même pas le droit d'être ici sans escorte. Je vis dans une véritable prison, là-haut, s'écria-t-il en désignant la tour rouge qui culminait à flanc de montagne, je me suis enfui du palais, aujourd'hui, comme un vulgaire voleur qui tremble devant les tours de guet. J'ai escaladé, rampé, rasé les murs. Tout ça pour tomber sur maître Jounàdi ! ajouta-t-il en se moquant de lui-même.

Ethàn se mit à rire aussi, mais la compassion ne quitta pas son étrange regard paisible.

— Eh bien, moi, je n'aimerais pas être le prince de Barkàn, par Oxèn ! Même si tu as des cours particuliers et des brigades de servants !

— Des servants ? Des geôliers, tu veux dire ! On me protège comme si j'étais aussi précieux qu'une turquoise.

— C'est que tu es, mon prince ! Aussi précieux que ça pour ta famille et le peuple. Tu es l'unique héritier du trône.

— Je ne peux pas faire un pas sans qu'une ombre ne me suive, semblant attendre mes ordres, pour mieux me surveiller. Je ne suis jamais seul quand j'ai besoin de solitude et quand j'ai besoin de compagnie, je n'ai pas de compagnon de mon âge, à part mes sœurs, mais…

— Tu es élevé avec des filles ? s'exclama Ethàn horrifié.

— Je sais, c'est une honte, avoua Akilàm en forçant le mépris pour paraître viril, ce sont tout de même des princesses de sang royal et puis c'est toujours mieux que rien. Tu sais, la reine Firouz est morte à ma naissance, alors c'est mon père qui s'est occupé de moi comme une mère et un père.

— Oui, tout le monde connaît le terrible récit de ta venue au monde, prince, murmura le jeune garçon.

Il était triste d'entendre son compagnon évoquer le nom de sa mère sans montrer la moindre émotion, mais après tout, elle était une inconnue pour lui. Ethàn sentit son cœur se serrer face à cet enfant qui n'avait jamais rencontré sa mère. Un orphelin ! Cas unique dans la cité de Barkàn. Pas étonnant qu'il fût si différent.

— C'était un calvaire, tu imagines ! continuait Akilàm sur sa lancée, content de trouver une oreille compatissante, heureusement pour moi, les ministres et les prêtres lui ont posé un ultimatum et le roi a dû changer son comportement. Alors, il a délégué un peu de son autorité aux maîtres-éducateurs qui s'occupaient de l'instruction de mes sœurs. Je les fais tourner en bourrique. C'est beaucoup plus drôle que d'avoir son père sur le dos jour et nuit. Je te l'assure.

Akilàm souriait, mais Ethàn garda le front plissé.

— Qu'est-ce que tu vas faire, maintenant, mon prince ? Il serait plus raisonnable de rentrer au palais, tu sais…

— Pas avant d'avoir visité la ville-marchande ! s'écria Akilàm, enthousiaste.

— Mais c'est risqué ! Tu pourrais faire de mauvaises rencontres, tu pourrais te perdre.

— Pas si tu m'accompagnes, Ethàn, mon ami, proposa le prince d'un ton enjôleur.

— Je ne sais pas si…

— Allez ! Conduis-moi jusqu'à l'atelier de ta mère. Je t'en prie. Je te promets qu'ensuite je rentrerai bien gentiment chez mon père, le roi.

— Mais maître Jounàdi ? Il va me…

— Il ne peut plus rien contre toi. Tu es avec le prince, maintenant. Tu me protèges quand je suis hors de chez moi. Je te protégerai quand je rentrerai chez moi. C'est une promesse, dit Akilàm en se frappant la poitrine.

Ethàn le jugea un peu trop solennel, il hocha néanmoins la tête se forçant au sérieux. En réalité, il brûlait d'envie de faire visiter sa ville à son prince, mais son côté raisonnable le tourmentait. Il savait qu'il était en train d'accepter de faire une bêtise. Ce n'était qu'un début.

Couleurs

— Dans ces grands pots, je conserve les pigments issus des terres colorées. Ils sont très communs et ne valent pas cher, mais cela n'empêche qu'ils ont une belle apparence.

Zayàne soulevait les couvercles et faisait apparaître une multitude de teintes qui allaient du jaune au rouge. Akilàm suivait chacun de ses mouvements et buvait ses paroles. La maîtresse-coloriste du quartier de Trà aurait pu raconter n'importe quoi, le prince était en admiration.

Les deux garçons avaient atteint sans peine la ville-marchande. Le prince reclus ouvrait de grands yeux à chaque coin de rue, devant chaque échoppe, chaque atelier où les femmes travaillaient avec une dextérité sans pareille. Ils traversèrent de nombreux quartiers qui bourdonnaient d'activité, croisèrent des escouades de prêtres-comptables et des drùms pacifiques chargés de marchandises.

Enfin, ils se trouvèrent dans une rue aux façades décorées, le fief des coloristes. La grande bâtisse qui abritait les réserves, les chaufferies et les ateliers dirigés par la mère d'Ethàn, dominait une colline au pied de laquelle gravitaient de petites boutiques.

Quand ils pénétrèrent dans l'ombre agréable de l'atelier, Zayàne leva sur eux des yeux d'un bleu limpide. Akilàm compris d'où venait le regard bienveillant de son tout premier ami. La femme était tête nue et son abondante chevelure luisait de transpiration, son front haut était orné de sourcils effilés dont la courbe était redessinée au khôl. Ce n'était pas l'aspect extraordinaire de cette maîtresse qui provoqua l'admiration chez le jeune prince, mais un côté plus discret de sa personnalité, qu'il eut du mal à identifier.

Quand les enfants s'approchèrent d'elle, essoufflés et joyeux, la jeune femme passa machinalement une main poisseuse sur le visage d'Ethàn pour en repousser une mèche rebelle. Le garçon se laissa faire sans se soucier de la trace de couleur qui lui barra le front. Ils échangèrent un regard de connivence. C'est ce spectacle qui subjugua le prince. Il se sentit étrangement ému. Que lui arrivait-il ? Quel était ce charme ?

— Aki, je te présente Zayàne, ma mère, dit fièrement Ethàn.

Une mère. Voilà ce que faisait une mère avec son fils. Elle lui caressait le front. Elle le regardait. Elle souriait, aussi. Tout devenait plus gracieux. Les paroles de la jeune femme ressemblaient à un chant. Akilàm avait l'impression d'être en sécurité dans cet immense hangar où s'affairaient de multiples ouvrières au crâne rasé, sous les ordres précis de Zayàne. Parce qu'elle avait excellé aux épreuves de l'Adùl des art-artisans, elle était maîtresse-coloriste et dirigeait le plus grand atelier de Barkàn.

Les plafonds étaient hauts et ornés d'étranges fresques chatoyantes. Des fenêtres voilées de lin laissaient passer une lumière tamisée, presque irréelle. Les femmes, dépourvues du djelh brunâtre dévolu aux travailleurs, étaient vêtues de longues robes aux couleurs vives, ce qui conférait à ce lieu une atmosphère insolite et gaie. Sur chaque comptoir, les matières premières étaient étalées, lavées, broyées, dans une débauche de chatoiements et d'odeurs qu'Akilàm n'avait encore jamais soupçonnée.

Il comprit soudain pourquoi sa sœur Ilhàm se destinait à la carrière très controversée des artistes-purs. Ces derniers étaient tout juste tolérés dans la cité guerrière. Leurs talents futiles n'étaient utilisés que par quelques familles excentriques qui voulaient rendre plus agréables les ustensiles du quotidien ou décorer les murs de leurs vastes demeures.

Akilàm caressa, dans sa poche, le manche du petit poignard que sa sœur avait fabriqué pendant ses heures de loisir. La corne était gravée de volutes et d'entrelacs délicats, sans rapport avec l'utilité d'un coutelas, et cela en avait fait rire plus d'un, au palais. Il avait d'abord accepté ce cadeau par politesse, mais sa sœur lui avait fait observer les courbes élégantes de la vigne qui courait sur une treille des jardins royaux.

Le petit garçon, à l'époque, avait prêté peu d'importance à son discours à propos de la beauté parfois inutile, mais indéniable de la nature. Il lui revenait en mémoire au moment où il découvrait ce bâtiment outrageusement décoré et pourtant tellement merveilleux. Il comprit enfin ce qui animait Ilhàm.

Amusée par la curiosité sérieuse de l'ami de son fils, Zayàne avait interrompu sa tâche. Elle était en train d'associer de la cendre d'ossements à de la graisse animale pour obtenir un liant. Ce travail nécessitait un soin particulier, elle appela une ouvrière pour la remplacer puis, dans un frou-frou de jupes bigarrées, les emmena pour visiter son antre.

— Maintenant, je vais vous conduire dans ma réserve préférée…

— Là où sont rangées les pierres semi-précieuses qui donnent les pigments minéraux, récita Akilàm, soucieux de briller devant la mère de son nouvel ami, vous devez avoir des coffres pleins de lapis-lazuli pour le bleu, de malachite pour le vert et de cinabre pour le vermillon, n'est-ce pas ?

— Tu sembles en savoir déjà bien long sur les pigments, mon garçon, s'esclaffa la jeune femme.

Akilàm se rengorgea, heureux d'attirer l'attention d'une mère, même si une fois de plus c'était grâce aux enseignements de maître Ouàkil.

— Cependant, tu ne connais pas encore bien le cœur des femmes, reprit Zayàne avec gentillesse, certes, nos réserves de minéraux sont très belles et tenues sous clef dans une remise bien gardée, mais ce n'est pas l'endroit que je préfère. Suivez-moi.

Ethàn avait du mal à se retenir de rire. Le prince ne parut pourtant pas vexé et emboîta le pas de la belle jeune femme. Celle-ci poussa un portail à claire-voie pour déboucher sur un patio abrité dont le sol quadrillé servait à d'étranges cultures. Des canaux d'irrigation produisaient une fraîcheur inespérée. De grands palmiers dattiers poussaient partout et on avait judicieusement tressé leurs palmes vivantes pour former un dôme naturel d'ombre à peine striée de soleil.

Zayàne et ses jeunes compagnons déambulèrent entre les plantations, ils apprécièrent les parfums et la douceur du moment. C'était une expérience fascinante pour Akilàm.

— Nous préférons cultiver nous-mêmes les plantes qui fournissent nos pigments végétaux, expliquait la coloriste avec fierté. Ainsi contrôlons-nous leur qualité, ce qui fait la renommée de nos ateliers.

Elle se pencha vers un carré où poussaient de délicates fleurs d'un blanc jaunâtre.

— Voici la garance, sa racine nous fournit un rouge vif et tenace, parfait pour teindre les tenues de nos guerriers. Nous nous servons du genêt pour le jaune.

— Et des tournesols que voici pour le bleu ! s'écria Akilàm, ravi de découvrir pour la première fois les grosses fleurs charnues aux pétales jaune vif qu'il n'avait vues que dans les livres.

— C'est exact, mon garçon ! Les graines de tournesol fournissent un grand bleu végétal qui ne pâlit pas avec le temps, confirma Zayàne sans masquer sa surprise, c'est avec ce pigment que nous fabriquons toutes les teintures destinées aux vêtements royaux de Barkàn. Tes connaissances sont étonnantes pour un enfant qui n'est pas du quartier.

— Je n'ai pas de mérite. Tout ce que je sais, je l'ai appris dans les parchemins. Je voudrais pouvoir tout découvrir de la sorte ! Voir la ville, le désert et les confins, de mes propres yeux !

— Quel enthousiasme ! Voilà un petit garçon qui doit satisfaire ses maîtres et sa famille, s'esclaffa Zayàne sans goûter l'ironie de ses paroles.

— Pour l'instant, nous allons nous contenter de la ville-marchande, d'accord ? tempéra Ethàn avec inquiétude.

Les enfants passèrent un bon moment dans le patio, sans voir que le jour déclinait. Zayàne leur fit apporter des pâtisseries au miel. Ce fut à regret qu'Akilàm la vit quitter le jardin pour venir en aide à une apprentie qui s'était trompée dans les doses de colle, d'eau, de pigment et d'œuf et avait produit une substance pâteuse et inutilisable.

Les garçons s'assirent au pied d'un palmier et jouèrent à faire des courses avec de petites feuilles qu'ils lançaient dans les canaux d'irrigation. Le prince aurait voulu que ces activités puériles ne finissent jamais. C'était la première fois de sa vie qu'il jouait avec un ami.

— Le métier de coloriste n'est pas inutile, déclara soudain Akilàm qui n'avait cessé de ruminer malgré ses occupations futiles, comme pour tout le reste, je ne connaissais que la théorie concernant ces procédés.

— Tu ne pensais pas que c'était aussi magique !

— C'est ta mère qui est une magicienne… c'est agréable d'avoir une mère, n'est-ce pas ? déclara l'enfant d'un air faussement dégagé.

— Pas toujours ! Elle sait aussi me frotter le dos à coup de baguette quand je ne file pas droit, mentit Ethàn.

— Je croyais que seuls les maîtres savaient faire ça, s'esclaffa Akilàm en se remémorant de douloureuses expériences, quel est le métier de ton père, mon ami ?

— Mon père était chef guerrier-chasseur dans les troupes d'élite du roi, répondit Ethàn en baissant le regard.

— Était ? Il a pris sa juste retraite ? Ou bien il a…

— …péri bravement. Il y a trois années. Lors de la dernière guerre contre les Ghoùrs, ces chiens du désert, fit Ethàn en crachant par terre.

— C'est donc en partie grâce à lui que Barkàn a été sauvée, tempéra Akilàm, surpris de voir son placide ami capable de colère.

Ethàn détourna le regard et joua un moment avec les pans de son djelh déplié sur ses épaules.

— On va bientôt se rendre compte de ta disparition, remarqua-t-il en désignant les ombres qui s'allongeaient paresseusement dans le patio.

— En effet, soupira Akilàm, mon maître Ouàkil finira bien par s'inquiéter de mon silence. Je suis un enfant plutôt turbulent d'habitude !

— Tu m'étonnes ! s'exclama Ethàn dans un éclat de rire. Que vas-tu vas faire, alors ? Veux-tu que je te conduise au palais ?

— Non, pas encore. J'ai une dernière chose à te demander. Je voudrais voir une caravane de Nmàds…

— Quoi ? Par Brùl, tu n'arrêtes donc jamais ? C'est impossible ! C'est beaucoup trop dangereux.

— Pourquoi ? On n'a rien à craindre de simples marchands. On dit qu'ils racontent tant d'histoires merveilleuses à propos de cités aux confins de Méditrà, dit l'enfant avec envie, je rêve de les entendre.

— Dans ta prison dorée, on a farci ta cervelle de contes et légendes sur ta propre cité, soupira Ethàn. Les Nmàds ne sont pas des gens fréquentables. Leurs balivernes n'intéressent que les bébés encore langés. Grands marchandeurs, mais aussi voleurs, menteurs, tricheurs. Ils n'hésitent pas à te dépouiller à la moindre occasion…

— Mais je n'ai rien de valeur sur moi.

— Et ton diadème ? Tu l'oublies ?

— Il est bien caché, ne crains rien.

— Tu parles ! Ces renards du désert auront observé le volume de tes poches, soupesé leur contenu, estimé sa cote et t'auront soulagé de ton petit trésor avant que tu aies le temps de comprendre ce qui t'arrive, ni même que tu t'en aperçoives.

— Impossible, répliqua Akilàm en redressant le menton, personne ne peut me tromper. Emmène-moi sur une esplanade de Nmàds et tu verras qui est le plus rusé.

— Tu ne sais pas de quoi tu parles. Tu n'as jamais connu que des précepteurs et des servants, rappela Ethàn sans malice, tu ne connais pas leur malhonnêteté, leur soif du gain.

— N'avons-nous pas assez de gardes dans la cité pour faire régner l'ordre et punir les contrevenants ?

— Tu parles comme un livre de loi ! Redescends sur Trà ! Le temps que les gardes exécutent les sentences ordonnées par leurs supérieurs, les Nmàds ont filé dans le désert ! Ils ont tous la peau cuite par Brùl. Impossible de les reconnaître avec certitude. Ils sont tellement bonimenteurs qu'ils embrouillent même les juges. Sans compter que la sanction la plus grave qui existe dans notre cité est l'exil au désert… mais les Nmàds vivent dans le désert. Ça ne leur fait rien du tout d'être exclus. Si on les expulse, ils ne reviennent pas et vont dans les autres cités-états de Méditrà planter leurs tentes.

— Mais… si leur compagnie est si risquée, pourquoi nos guerriers les laissent-ils pénétrer dans Barkàn ?

— Ils apportent d'étranges denrées que nous ne savons pas fabriquer, admit Ethàn, conscient que cette explication ne ferait qu'attiser la curiosité de son ami.

En effet, ce dernier bondit sur ses pieds et donna le signal du départ sans discussion possible. Ils prirent congé de leur hôtesse en toute hâte, Ethàn promit du bout des lèvres à sa mère d'être rentré pour le repas du soir. Ils étaient déjà dans la grand-rue qui descendait en pente douce vers la muraille de la cité, au pied de laquelle campaient les tribus nomades, tolérées dans l'enceinte de la demi-lune de Barkàn le temps des échanges commerciaux.

L'après-midi tirait à sa fin et l'activité se faisait plus dense, car la chaleur était moins intense et les Barkàns n'hésitaient plus à affronter les traits ardents de Brùl. Les vantaux des ateliers étaient ouverts pour permettre à la brise de créer des courants d'air. Les artisans travaillaient sur le pas de leur porte et échangeaient des conversations animées avec les passants. Personne ne déambulait pour le plaisir, chacun s'affairait à transporter, échanger, décharger, dans le plus grand des brouhahas. Les garçonnets passèrent facilement inaperçus dans cette foule anonyme, drapée de djelhs bruns ou noirs.

Ils aboutirent bientôt sur une esplanade de terre battue, quadrillée de canaux rejoignant les égouts. L'endroit était à ciel ouvert, ce qui était rare dans la cité où les rues étaient souvent protégées par des tressages de palmes et les places de marché par des arcades de briques rouges. Le sol était nivelé et aride. En journée, le soleil y dardait ses rayons implacables, mais les Nmàds ne semblaient pas s'en soucier.

Ils avaient dressé une multitude de tentes bariolées et pointues, retenues par d'étranges piquets souples. Chacune possédait une avancée ombragée où s'amoncelaient les marchandises les plus insolites. Le campement servait aussi bien de dortoir que de magasin. Non loin, un enclos réunissait les drùms pacifiques occupés à brouter du foin, les buffles de trait, la volaille et les chèvres à poil long qui accompagnaient toujours les Nmàds dans leurs périples à travers le désert.

L'activité était intense sur le terrain : les prêtres marchandaient avec âpreté face aux caravaniers volubiles et rieurs. Les servants chargeaient les articles les plus lourds dans les paniers attachés aux flancs de petits ânes robustes.

Des enfants couraient en tous sens, ils proposaient aux passants des amulettes ou des pâtés à la viande. Akilàm les observa avec curiosité. Les jeunes nmàds, tout comme les adultes, portaient à même la peau de longues robes chatoyantes, aux manches retroussées et au grand col. Leur cou, leurs bras apparaissaient souvent, nus et bronzés, ils ne semblaient pas craindre la morsure de Brùl. Seul un simple bonnet de toile les protégeait du soleil, agrafé sur une chevelure courte, commune à tous les représentants de cette race, jugée inférieure pour ce motif, par les guerriers chevelus de la cité-état.

Braver Brùl de la sorte était vraiment effrayant, aux yeux d'un Barkàn, mais le dieu ne semblait pas s'en offusquer, puisque la peau des Nmàds n'était pas couverte des lésions habituelles en cas d'exposition prolongée aux rayons du soleil. Elle était juste un peu plus foncée et plus luisante.

Akilàm était songeur, il apprenait tant, en si peu de temps ! Tous ces gens, croisés depuis l'heure de zénith, tous ces personnages inconnus, ces étrangers, ou encore son propre peuple. Il ne les connaissait pas, ou alors de façon théorique. À travers les textes de loi qu'il devait apprendre par cœur ou les exposés sentencieux de maître Ouàkil sur les us et coutumes des peuplades du désert. Il fit une halte, s'assit entre les piquets d'une tente aux voiles aériens et se prit la tête entre les mains.

— Qu'as-tu, mon pr… Aki ? s'inquiéta aussitôt le prévenant Ethàn.

— Je suis étourdi, c'est la chaleur, peut-être, éluda l'enfant.

— Je t'avais dit qu'il était temps de rentrer dans ton palais. Le soir va bientôt tomber. Regarde, le soleil commence à passer derrière le mur de la troisième enceinte.

Comme pour confirmer ses dires, le son profond des cornes d'alarme retentit dans l'air cristallin. Il annonçait la fermeture de toutes les portes de la ville et l'arrêt des activités professionnelles. Les Barkàns allaient pouvoir rentrer chez eux.

Légendes

Les immenses trompes actionnées à la manivelle par des gardes et situées aux trois points cardinaux, représentés par les trois portes principales, sonnaient avec une synchronisation parfaite.

Cela fit bondir Akilàm, comme si toute fatigue ou inquiétude s'étaient envolées. Il emboîta le pas à une foule de curieux vers les chemins de ronde pavés de briques rouges. Il se pencha entre les créneaux pour observer les colonnes des extérieurs rejoindre la ville. Les agricultrices et les bergères suivaient les routes poussiéreuses, encadrées par des guerriers dont la chevelure flottait librement dans la brise du soir. Le soleil n'était plus dangereux à cette heure et on pouvait libérer sa tête du turban ou du djelh protecteur.

Le spectacle était impressionnant, d'autant plus pour le jeune prince qui y assistait pour la première fois. Les femmes, vagues formes brunes, avançaient au pas, leurs outils, leurs charrues et leurs sacs de grains chargés sur des troupeaux de mules vaillantes.

Les chasseurs rentraient également d'une longue journée de traque dans le désert environnant. Ils formaient un convoi solennel d'hommes armés, de rabatteurs tenant les laisses des chiencàls, de chariots chargés de dépouilles sanguinolentes ou de solides cages d'où fusaient les rugissements furieux des liopàrs capturés vivants.

Une section guerrière disciplinée fermait la marche dans la splendeur des boucliers et des corselets de bronze qui reflétaient les rayons du crépuscule. Cette foule, organisée et silencieuse, allait mettre des heures à rejoindre la cité et les cornes géantes taillées dans un ivoire centenaire allaient retentir encore deux fois avant la fermeture des portes pour la nuit.

Par-delà la procession interminable, Akilàm se mit à fixer le désert avec un sentiment mitigé d'attirance et de répulsion. Une simple journée à vagabonder dans la demi-lune barkàne n'avait certes pas suffi à assouvir sa soif de découvertes. Déjà, se dessinait devant lui un horizon dense et prometteur, plein de dangers et de nouveautés.

« Je n'attendrai pas d'avoir terminé mes études en càsrn, je n'attendrai pas d'avoir réussi les épreuves de l'Adùl-royal ! »

Le désert l'appelait, avec ses formes arrondies et pourpres dans le soleil couchant. Il était comme hypnotisé par tous les possibles qui se dressaient derrière la barrière de la cité.

« Bientôt, très bientôt, je me glisserai hors de l'enceinte protectrice de la ville. Je suis capable de le faire, j'ai bien réussi à quitter le palais. J'irai dans ce chaos de roche à la découverte de... de quoi ? »

Une main protectrice s'abattit sur son épaule et le ramena à la réalité. Comme s'il avait capté les mauvaises intentions de son ami, Ethàn l'attira à lui. Malgré ses réticences, il lui proposa une alternative à ses fantasmes d'aventures.

— Viens, mon ami ! Les saltimbanques ont l'autorisation de faire leur spectacle. On va bien rire. Redescendons.

Akilàm détourna à regret son regard de la ligne rouge des montagnes qui délimitaient le désert où les ombres s'allongeaient et un silence trompeur s'installait.

Les garçons rejoignirent la foule qui s'était mise en mouvement dans le campement. L'activité avait perdu de son caractère professionnel, les prêtres et leurs marchandages avaient disparu pour laisser la place aux promeneurs et aux curieux qui s'attardaient autour des feux où de jeunes Nmàds à demi nus jouaient les acrobates ou jonglaient avec toutes sortes d'objets.

Les femmes du campement faisaient rôtir des pièces de viande et des saucisses rouge foncé sur de petits brasiers. Elles les tendaient aux passants en échange de menus cadeaux. Le troc et le commerce étaient interdits après la nuit tombée, mais la vente de nourriture était tolérée pendant le crépuscule.

Avec une générosité insensée, Akilàm détacha une petite turquoise de son bandeau royal et l'échangea contre des pâtisseries au miel et de succulents petits pains à la viande qui sortaient d'un four en terre, creusé entre deux tentes. Ethàn et lui se brûlèrent la langue en riant et se mêlèrent à la foule des badauds. Ils adoptèrent le même comportement ébahi devant les prouesses des acrobates qui effectuaient des figures impressionnantes et défiaient les lois de la gravité avec une totale insouciance.

Un tambour se mit à battre le rythme d'une mélodie modulée par un oud harmonieux et la foule fit cercle autour de cinq jeunes filles qui tournoyèrent dans un envol de voiles transparents, dénudant leurs jambes, leurs bras et leur ventre sans vergogne. Akilàm resta bouche bée devant ce spectacle, il ne savait s'il devait l'apprécier ou en être choqué. Habitué au protocole sévère du palais, il ne se doutait même pas qu'on pût agir autrement, dans l'enceinte même de la ville.

— La religion de Barkàn interdit la nudité, pour des raisons sacrées, mais aussi par sécurité contre l'agressivité de Brùl, murmura-t-il, plus pour exprimer ses réflexions que pour questionner Ethàn, pourtant, les Nmàds s'en moquent. Quel peuple fascinant !

— Ils n'adorent pas les mêmes dieux que nous, donc ils ne craignent pas ce en quoi ils ne croient pas, suggéra Ethàn, pragmatique.

Cette remarque, au lieu de rassurer le prince, le plongea dans un autre déferlement de questions qui laissa son compagnon sans voix.

— Pourquoi les prêtres-sorciers ne les forcent-ils pas à se couvrir ? Si Brùl ne les punit pas de leur impudence, cela signifie-t-il qu'il n'existe pas ? Nous suffirait-il de ne pas croire pour ne plus craindre nos dieux ?

Heureusement pour Ethàn, le prince fut interrompu par la deuxième sonnerie de corne. Les ombres se faisaient déjà plus longues et l'air était doux, chargé d'effluves. Ethàn entraîna le prince vers un foyer rougeoyant. Ils prirent place parmi des enfants qui écoutaient les contes d'un vieillard édenté qui parlait dans un idiome chuintant, mais agréable.

— Heureusement pour mes compagnons et moi-même, la tempête de sable avait fait rentrer le ver géant sous terre et nous avait accordé un répit inespéré. Nous avons continué sans encombre notre route jusqu'à la belle et blanche Mégasilia…

Il y eut des murmures amusés dans l'assemblée, les enfants ouvrirent des yeux brillants.

— Nous arrivons au bon moment, murmura Ethàn en riant sous cape, il va parler d'une *mégacité*. C'est drôle, tu vas voir !

Les garçons prirent place dans le cercle formé autour du vieillard. Celui-ci s'était tu et semblait reprendre son souffle. En réalité, il ménageait ses effets avec l'adresse d'un conteur habile. Après avoir observé son public, il reprit le fil de son récit de sa voix lente et envoûtante.

— Nous avons dû passer plusieurs jours de marche dans le désert de sel sous un soleil de plomb, avec toutes nos réserves de nourriture souillées par les grains de sable. La viande séchée et les céréales, même l'eau des gourdes, tout crissait abominablement sous la dent…

Il fit une grimace qui découvrit des gencives quasi dénudées et provoqua une nouvelle fois les rires.

— Cette sensation est la pire qui soit, foi de Ta'rik ! s'écria-t-il en se frappant la poitrine, demandez à vos guerriers-chasseurs, ils la connaissent sûrement ! Nous n'arrivions plus à nous débarrasser de cette impression désagréable procurée par le sable contre notre peau, dans le moindre pli de nos vêtements, au fond de nos bottes, dans nos cheveux que nous coupons pourtant très court. Certains d'entre nous se grattaient jusqu'au sang, d'autres se rasaient la tête, comme vos servants.

Cette remarque provoqua un éclat de rire général.

— Nous étions à bout de nerfs quand, au détour d'une colline, haut perchée sur sa falaise crayeuse, apparut l'admirable cité de Mégasilia…

Un murmure de soulagement parcourut l'assemblée attentive.

— Mégasilia ! La splendide mégacité bourdonnant sous ses dômes protecteurs presque invisibles ! Oui, le jour on peut les distinguer à l'œil nu malgré leur transparence ! Quel soulagement de voir s'allonger, sur le flanc de son interminable rempart naturel, les murs d'enceinte en *bétallique*, rutilants et lisses, comme un véritable miroir…

— Un véritable mirage, oui, ricana une voix dans la pénombre.

Imperturbable, Ta'rik continua son évocation de la ville légendaire.

— Toutes les mégacités du monde sont conçues sur le même schéma. Même si à l'origine, elles n'étaient que le produit incontrôlé d'une croissance urbaine qui engloutissait les villes à proximité les unes des autres. Avant la Guerre-totale, qui dévasta le monde entier il y a trois mille ans, ces mégalopoles furent ceinturées de murs inexpugnables qui généraient un champ protecteur *magnétique*…

— Tu ne maîtrises pas notre langue, étranger, on prononce *magique*, intervint une femme.

— Si tu veux, concéda le conteur avec une pointe d'exaspération, cela n'empêche qu'elles atteignent des surfaces que vos esprits ne peuvent imaginer. Elles abritent des millions d'âmes !

Un murmure parcourut l'assistance.

— On dit que Mégaxo, de l'autre côté de l'Océalon, sur la grande île d'Amrinor, héberge plus de vingt millions d'habitants…

— Une telle concentration d'êtres humains est impossible, vieux radoteur. Où trouver suffisamment d'eau, de gibier, pour contenter chacun ? s'exclama un chasseur à peine revenu du désert qui s'attardait devant les feux.

Ta'rik sourit et répondit avec courtoisie.

— Pour ce qui est de l'eau, chaque mégacité est traversée par de multiples fleuves, qui servent à désaltérer, irriguer et même fournir de l'énergie. Pour ce qui est du gibier, il est inutile. Les habitants ne chassent pas pour se nourrir.

Le chasseur haussa les épaules, incrédule, et partit rejoindre ses comparses.

— Mais que mangent-ils, alors ? s'exclama un enfant.

— Ils se nourrissent de poudres spéciales, vois-tu, elles servent à leur fournir de l'énergie.

— C'est possible, mère ?

— Mais non, mon petit, le rassura la femme avec un sourire.

— Tais-toi, écoute la suite de l'histoire, intervint Akilàm, agacé de tant d'interruptions.

— Avant de voir Mégasilia, nous l'avons entendue, reprit Ta'rik, imperturbable, elle est elle-même traversée par un fleuve-maître qui se déverse en cataractes assourdissantes dans un lac salé au pied des falaises…

— Oh ! Un vrai lac ? s'exclama un autre enfant blotti dans les bras de sa mère, est-ce que ça existe vraiment ?

— Ce sont des légendes, mon petit, s'écria un gros homme assis non loin de lui.

— Toute la Terre n'est pas un désert, mon enfant, reprit le conteur sur un ton mystérieux, bien au contraire, la plus grande partie de sa surface est recouverte d'océans insondables, peuplés de mille dangers et de bêtes monstrueuses, d'hommes-poissons… mais cela fera l'objet d'un autre conte !

Akilàm soupira une fois encore quand il sentit l'auditoire murmurer des moqueries, mais Ethàn le retint de justesse.

— Je reprends mon récit, persista le vieux conteur, sûr de lui, le lac miroitait sous le soleil, une brume de vapeur d'eau envahissait ses berges. Nous étions à moitié sourds, à cause du vacarme des chutes, mais fous de joie et de soulagement ! Nous avons gravi la pente rocailleuse qui mène à la porte-terrestre sud de Mégasilia…

— Peuh ! Une si grande cité et pas de route pour y parvenir ?

— Les Mégasiliens ne sortent jamais de leur cité. S'ils le faisaient, ils ne se soucieraient pas d'emprunter des routes au sol. Ils préfèrent la voie des airs, plus agréable et plus rapide.

Un tonnerre de rires et d'applaudissements salua cette explication incongrue.

— La voie des airs est bien plus agréable, en effet, singea un homme hilare en battant des bras pour représenter de façon grotesque une paire d'ailes.

— Tout le monde sait ça, lui répondit son voisin sur le même ton.

— Cessez d'interrompre le conteur, s'exclama Akilàm avec l'autorité naturelle à son rang.

En l'occurrence, sa remarque ne souleva que des rires. Cependant, Ta'rik dévisagea l'enfant avec intérêt, il avait senti en lui une attention particulièrement crédule. Il inclina la tête et reprit son récit comme s'il n'avait jamais été interrompu.

— Nous avons décliné notre identité au poste de garde et nous avons pénétré une première porte. Elle donne sur une sorte de hangar immense, à l'intérieur même du mur d'enceinte. Les Mégasiliens l'appellent un *sas*. Puis, nous avons accompli les rites d'usage avant de pouvoir entrer dans la ville. Ces gens sont très tatillons en matière de purification. Nous avons dû nous dévêtir entièrement…

Un murmure d'effroi parcourut l'assemblée à l'évocation de ce geste impie, mais le vieil homme fit comme s'il n'avait rien entendu.

— … et nous avons dû pénétrer dans des espaces cylindriques dans lesquels nous avons été hermétiquement enfermés. Là, les gardes nous ont *purifiés* en nous pulvérisant des gaz nettoyeurs. Les Mégasiliens sont très méfiants en ce qui concerne tout ce qui peut véhiculer des mauvais sorts qu'ils appellent *germes*. Tout ce qui vient de l'extérieur, en fait…

— Surtout quand il s'agit de Nmàds puants du désert, s'écria un grand gaillard qui suivait l'histoire debout, faisant mine de ne pas être captivé.

Ignorant la remarque, le vieillard continua.

— Une fois débarrassés de nos *germes*, et de nos grains de sable par la même occasion, nous avons pu pénétrer au cœur même de la magnifique mégacité…

— Vous avez le droit de pénétrer au cœur d'une ville, vous les Nmàds ?

— Mais oui, mon jeune ami. Certaines zones sacrées sont interdites, bien entendu. Autrement, tout un chacun peut pénétrer dans cette cité cosmopolite, du moment qu'il a été purifié. On y trouve des représentants de toutes les races, de toutes les peuplades humaines, sauf peut-être des habitants de Méditrà, qui sont tellement sédentaires et persuadés que leur désert est le monde, ricana le vieillard dans sa barbe.

— De quelles peuplades veux-tu parler, Nmàd ? Pas des Ghoùrs, j'espère ! lança un guerrier.

— Non, en effet, les Ghoùrs sont aussi attachés au désert que leurs ennemis les Barkàns, murmura le conteur pour lui-même avant de poursuivre sur un ton enjoué, on y trouve des humains terrestres, mais aussi des êtres venus d'ailleurs.

— Je le savais ! J'en étais sûr, jubila Akilàm dans l'oreille de son ami.

— J'ai rencontré de jolies Sylvarelles, aux talents de guérisseuses, venues des forêts d'Azön. J'ai vu combattre de redoutables guerriers sqaloms, à la peau rugueuse et bleue, sortis de leurs océans inquiétants et aussi des colons luniens, venus…

— De Lùn ! coupa une petite fille au moment où l'hilarité générale était à son comble.

Les Barkàns incrédules se tenaient les côtes à force d'entendre de telles fariboles. Akilàm se renfrogna, dérangé dans son écoute passionnée. Ta'rik laissa le calme revenir petit à petit au sein de son public, puis il reprit de sa voix envoûtante :

— Les seuls qui ne sont pas admis sont les Nuclémutes, ces êtres que vous appelez les nukùms…

— Il est normal de ne pas accepter la présence de démons dans sa cité ! fit un quidam effaré.

— Malheureusement, ces êtres démoniaques sont des humains, soupira le vieillard.

Ces paroles produisirent un silence pénible, mais le conteur continua, malgré la stupéfaction de son public.

— Ils sont humains… mais revenus à l'état de bêtes sauvages. Ils ne se plient à aucune loi, aucune coutume, aucune règle sociale et ils sont accablés de tant de difformités et de vermine que les Mégasiliens, malgré tous leurs sas de purification, ne peuvent les admettre parmi eux…

— Cela suffit, maintenant ! rugit un homme qui se tenait en retrait, appuyé au pilier d'une tente.

Sa houppelande noire laissait deviner qu'il s'agissait d'un prêtre-marchand qui s'était attardé après les tractations de la journée. Il avait l'air courroucé.

— Tes paroles sont un blasphème dans notre bonne cité de Barkàn et ton conte n'est plus drôle, vieil étranger. Je t'engage à ne pas poursuivre dans cette veine, ajouta-t-il d'un ton implacable.

— C'est vrai ! Parle-nous plutôt des chars volants et des lampes magiques, s'écria une adolescente qui, manifestement, avait l'habitude de venir écouter des boniments des Nmàds à la tombée de la nuit.

Abandonnant prudemment le sujet précédent, Ta'rik sourit à la jeune fille.

— Ces lampes ne sont pas vraiment magiques, ma petite, elles sont *électriques*. Elles reçoivent une énergie domestiquée, conduite par des rayons invisibles qui s'allument sur simple commande. Dans les maisons, la lumière apparaît ou s'éteint selon la volonté des habitants.

— C'est bien ce que je disais, elles sont magiques !

Les enfants, dans le public, ouvraient de grands yeux ébahis tandis que leurs parents riaient. Akilàm, vivement intéressé, se rapprochait du vieux conteur quand, tout à coup, des aboiements de chiencàls retentirent dans le campement. Un mouvement de panique anima la foule surprise de voir une troupe en arme, munie de torches et de lances, dans l'enceinte de la ville. Les gardes du palais royal formaient un groupe impressionnant qui avançait au pas de charge.

Akilàm comprit qu'on avait retrouvé sa trace. Vif comme l'éclair, il plongea entre les jambes des badauds affolés qui se levaient et se bousculaient. Il profita de la confusion générale, des cris de surprise et des ordres aboyés par des gardes en mission spéciale, il abandonna Ethàn empêtré dans la cohue. Le jeune prince se faufila entre les tentes, protégé par l'obscurité qui régnait dans le campement en dehors des feux de camp familiaux.

Tandis que les passants se faisaient encercler et dénombrer en bonne et due forme, Akilàm se glissa jusqu'au mur d'enceinte en longeant les enclos. Les placides drùms l'observèrent sans broncher. Il quitta le camp des nomades et se noya dans la foule des travailleurs qui rentraient tardivement de l'extérieur.

La troisième sonnerie n'allait pas tarder à retentir et les portes allaient bientôt se refermer. C'était un coup de folie, mais aussi une façon de rompre le cours de sa destinée. Akilàm remonta discrètement la file des derniers chasseurs. Avec sa petite taille, il pouvait aisément passer pour un jeune rabatteur en apprentissage. Il se faufila en marche arrière entre les cages et les chariots de gibier et finit par se retrouver en queue de colonne.

Puis, il ralentit le pas : il se trouvait à l'extérieur.

Secret

Il y eut un bruit de pas précipités dans le corridor. Quelques murmures devant la porte, puis celle-ci s'ouvrit pour laisser le passage à un jeune garde qui se prosterna hâtivement devant le roi.

— On a retrouvé sa trace, Votre Majesté !

Jàhlel cessa de faire les cent pas devant la fenêtre et considéra le jeune homme aux longs cheveux roux comme si c'était un parfait étranger. Le roi ne parvint pas à se détendre malgré la bonne nouvelle.

— Approche, soldat ! Parle ! Comment va le prince ?

— Ma foi, je ne sais pas encore. Je sais juste qu'on a repéré son passage dans le quartier de Trà. Il est passé par l'atelier principal des coloristes.

— Mais qu'est-ce qu'il est allé faire là-bas ?

— Apparemment, il se documentait sur la vie du peuple de Barkàn, expliqua le jeune homme en arquant les sourcils.

Le roi se tourna vers Ouàkil, qui se tenait en retrait, et lui jeta un regard interrogateur. Le précepteur leva les paumes en signe d'impuissance.

— Je vous le disais depuis longtemps, Majesté. L'esprit de votre fils est bouillonnant d'impatience. Il a besoin d'expériences concrètes, il a besoin de stimuler son énergie.

Ce ne sont pas des cours théoriques dispensés dans une salle de classe aux murs étrécis qui vont le contenter.

À chacune des paroles du vieux savant, le général Fàhres hochait la tête en signe d'assentiment. Lui aussi, le maître d'armes chevronné, avait ressenti de telles capacités chez son jeune élève : les gymnases étaient devenus étouffants et les terrains d'entraînement trop petits. Combien de fois avait-il sollicité l'autorisation d'emmener Akilàm à la chasse dans le désert, combien de fois s'était-il heurté à un refus obstiné de la part du roi.

— Nous pensions protéger l'héritier en le confinant au palais, nous n'avons fait que provoquer ce sursaut de rébellion insensée, ajouta le précepteur en s'incluant prudemment dans les reproches qu'il faisait à son roi.

Dans la salle du grand conseil, les ministres et les prêtres étaient réunis, en plus des maîtres et des servants chargés de l'éducation du prince. On avait même accepté la vieille nourrice muette. Doujà, blanche comme un linge, se tordait les mains d'appréhension.

Depuis le milieu de l'après-midi, lorsqu'on s'était aperçu de la disparition d'Akilàm, le palais était en effervescence. Tous les gardes de confiance étaient affectés à la recherche du jeune fugueur. Un conseil spécial se tenait entre les intimes du roi qui, comme lui, n'avaient pas pris la peine de se restaurer ni de se reposer. La nuit allait bientôt tomber et l'inquiétude grandissait.

Le guerrier Jounàdi s'était présenté spontanément au palais pour connaître l'identité du maître d'armes qui dispensait des cours particuliers à de jeunes nobles prétentieux, mais doués. Aussitôt introduit dans la grand-salle, très étonné d'être reçu par le roi en personne, il avait compris que le petit écervelé à qui il avait botté les fesses n'était autre que le prince et que son maître était le très grand héros de guerre Fàhres.

Il avait ravalé sa surprise et avait renseigné de son mieux les gardes chargés de l'enquête, sans s'étendre sur son propre comportement avec le prince. Puis, il était resté, curieux de revoir le gamin au moment où les gardes le ramèneraient au palais, grelottant et la mine déconfite.

Nàssih, le plus vieux des membres du conseil des sages, était installé dans un grand fauteuil. Il n'avait pas encore prononcé une parole et semblait réfléchir. Après le départ du jeune garde, l'agitation fut à son comble. Chacun donna son avis, parla tout haut. Le roi reprit ses allées et venues devant la fenêtre ouverte.

C'est alors que le ministre se leva, non sans peine, aidé d'un vieux servant attentionné. Une fois en position verticale, appuyé sur un long bâton, il congédia l'assistance d'un seul signe de tête. Sahàr et quelques prêtres tentèrent bien de résister, mais un geste bref de sa main osseuse les arrêta. Ils firent demi-tour et suivirent à contrecœur les conseillers, les guerriers et les familiers de la maison royale qui s'éclipsèrent en silence.

Une fois les portes refermées, Nàssih balaya l'immense pièce vide du regard et eut un sourire ironique en voyant le roi continuer son manège, comme s'il ne s'était aperçu de rien.

— Tu vieillis, mon roi, commença le vieillard, il y a quelque temps encore, tu n'aurais jamais admis une telle basse-cour dans ta salle du conseil.

Le roi s'arrêta et regarda autour de lui avec surprise, puis il soupira.

— Je ne sais plus ce que je fais, je suis…

— Rongé d'inquiétude ? Obnubilé par la disparition du prince ?

Le roi hocha la tête. Ses cheveux tombèrent en cascade devant ses joues. Le vieillard secoua son bâton, aussi noueux que ses articulations.

— Tu ne peux t'en prendre qu'à toi-même, Jàhlel !

— Je sais ! J'ai bravé jadis les dieux-majeurs en contournant les lois barkànes à mon profit et je le paierai toute ma vie. Je connais cette vieille rengaine…

— Je ne suis pas un prêtre pour te servir de tels reproches superstitieux. Je n'ai que faire de la théologie, je suis un ancien combattant. Le plus ancien de tous, au sein de ton conseil. J'ai appris à observer, depuis le temps. Le comportement d'Akilàm n'a rien d'étrange quand on analyse ta façon de l'élever. Tu es pire qu'une femme avant la cérémonie de Sevràj, Jàhlel !

— Ni ta position honorable ni ton grand âge ne te permettent de me parler sur ce ton, Nàssih, gronda le roi.

— Je te parle comme je veux ! Pour moi, tu seras toujours le jeune blanc-bec prétentieux que j'ai dû former à coups de bâton.

Pour appuyer ses dires, le vieillard choqua sa canne contre le sol à plusieurs reprises. À cette évocation, le roi ne put réprimer un sourire.

— Tant que je vivrai, je me sentirai autorisé à te prodiguer des conseils et des leçons, car tu les mérites.

Jàhlel leva la main en signe d'apaisement et s'inclina légèrement, non sans une certaine raideur.

— Parle, vieux maître, je t'écoute.

— J'aime mieux ça, marmonna Nàssih avant de reprendre sur un ton grave, je t'observe, depuis toutes ces années, et ton attitude m'intrigue. Je ne voulais pas te blesser en te traitant de femme : je te dis ce que je vois. Ce que d'autres ont remarqué aussi, sans oser te le dire en face.

— Qu'est-ce que tu insinues ?

— Je te parlerai sans détour pour deux raisons : pour t'ouvrir les yeux afin de préserver ton trône, mais aussi pour le bien d'Akilàm. Car tu n'agis pas pour son bien.

Nàssih leva la main pour couper court aux interruptions du roi.

— Je sais que tu as dû assumer ce double rôle, dans ses jeunes années, afin qu'il puisse survivre. Mais maintenant qu'Akilàm a neuf ans, ton attitude n'est plus excusable. Tu ne laisses personne d'autre que toi être intime avec lui. Pas même cette vieille Doujà qui a aidé à élever tous les enfants royaux.

À l'évocation de ce nom familier, le roi tiqua, mais resta silencieux.

— Tu dois voir la vérité en face, enchaîna le vieillard, d'autres que toi sont en adoration devant ton fils et un peu d'affection ne lui ferait pas de mal. En voulant le protéger, tu l'isoles, tu l'étouffes par ton omniprésence…

— J'ai déjà promis au conseil qu'Akilàm irait en càsrn, protesta le roi.

— Tu as promis, en effet, contraint et forcé par le conseil des sages ! Ce serait bien la première fois, dans toute l'histoire du pays de Barkàn qu'un enfant, fils de roi de surcroît, aurait évité un apprentissage en communauté !

Le vieillard se massa doucement le menton.

— Qu'est-ce qui te pousse à agir de la sorte, Jàhlel ? Qu'est-ce qui te permet de braver les coutumes avec tant d'énergie ? Qu'est-ce qui t'empêche de traiter ton fils comme n'importe quel petit garçon de son âge ?

— Je… je ne peux te répondre, ô vénérable sage, soupira le roi, l'air abattu.

— Je ne te parlais pas en tant que ministre, mais comme un ami sincère. Tu sembles accablé d'un poids si lourd qu'il est peut-être temps de le partager pour te soulager, murmura Nàssih avec une voix radoucie.

— Selon nos lois, Akilàm n'aurait pas dû survivre, avoua Jàhlel, espérant qu'une demi-vérité contenterait son interlocuteur, il est une anomalie dans la lignée des rois de Barkàn. Je ne sais pas ce qui m'a poussé à détourner le destin. Une prémonition de Firouz, ma bien-aimée, m'a mis sur la voie. J'avais le sentiment que c'était nécessaire. Comme si, de la survie de cet enfant, dépendait la survie de tout notre peuple.

— La survie de notre peuple ? répéta le vieil homme, songeur, eh bien, nous voilà de nouveau plongés en pleine théologie. Veux-tu que je rappelle quelques prêtres qui analyseront tes talents divinatoires ?

Le ton était ironique, mais Nàssih avait retrouvé son regard scrutateur tandis qu'il observait les diverses expressions qui passaient sur le visage accablé du roi. Le vieux ministre se rassit dans le grand fauteuil et réfléchit un moment en silence, avant de reprendre d'une voix grave.

— Les rois de Barkàn ont toujours eu cette propension à ressentir le langage des dieux-majeurs. Mais ils n'ont pas pour autant un talent divinatoire et ne peuvent pas interpréter leurs étranges pouvoirs. Tu es digne de tes ancêtres, mais la mission dont tu t'es investi est surhumaine… et tu n'es qu'un humain.

— Je le sais bien, malheureusement…

— Tu as besoin d'aide. Accepte, non plus d'écouter distraitement mes conseils, mais de les suivre. Tu ne vivras pas éternellement et tu ne seras pas toujours là pour protéger ton précieux rejeton. Il faut que tu le laisses se débrouiller seul. Il faut que tu lui fasses confiance afin qu'il se forge un caractère respectable, un jugement solide. Il faut qu'il apprenne à se défendre seul, à choisir ses amis sans se tromper.

— Je sais cela, mais une force me pousse à agir à l'inverse.

— Eh bien repousse-la ! s'énerva le vieux maître, toi le grand guerrier, toi le fier général ! Ne te laisse pas diriger par une force surnaturelle dont on ne sait pas si elle est positive ou néfaste. Tu es incapable de laisser Akilàm vivre sa vie ! Tu ne peux t'empêcher de le protéger quand il est en ta présence ? Alors, éloigne-le. Physiquement. Envoie-le en càsrn *maintenant*. À la fin du cycle de Lùn. En même temps que ses sœurs.

— Mais il n'est pas prêt…

— Allons ! Écoute un peu ce que disent ses maîtres ! Il y a bien longtemps qu'ils ne lui sont plus utiles. Au contraire, ils sont devenus une entrave. Laisse-le partir !

— Mais… il n'a pas atteint l'âge nécessaire…

— Depuis quand te soucies-tu de suivre scrupuleusement les coutumes de Barkàn ? s'esclaffa le vieillard, d'ailleurs, Akilàm a vécu la cérémonie de Sevràj au jour de sa naissance et non à celui de son premier anniversaire, il doit donc recevoir la cérémonie de Sepàr un an avant tout le monde.

— Tu es d'une logique redoutable, mon vieux maître…

— Je *suis* redoutable, si tu te rappelles bien !

La même flamme traversa le regard de Nàssih et celui de Jàhlel à l'évocation de souvenirs guerriers communs et ils sourirent dans leur barbe. Le roi s'approcha de son conseiller et posa une main sur son bras noueux.

— Je vais suivre tes paroles, car j'ai entièrement confiance en ta lucidité…

— Bien plus grande que la tienne, ô, mon roi. C'est pourquoi je suis ton plus vieux et ton plus estimable conseiller.

Le vieil homme tapota doucement la main posée sur son épaule. Les deux amis restèrent un moment immobiles dans le silence de la nuit qui tombait. Pendant leur conversation, la troisième sonnerie indiquant la fermeture des portes de la cité retentit. Jàhlel soupira de soulagement, il se dit qu'Akilàm était à l'abri des hautes murailles de la demi-lune de Barkàn.

Il s'approcha de nouveau des fenêtres, cette fois d'un pas plus assuré. Les servants avaient relevé les rideaux de lin et une brise fraîche en provenance du désert pénétrait enfin dans le palais. Jàhlel se pencha et observa sa cité qui s'illuminait petit à petit de lampions et de bougies.

Il ne pouvait plus reculer, maintenant. Le destin était en marche. Le caractère bouillonnant d'Akilàm, les médisances de la cour et les interrogations du conseil, tout le poussait à libérer son enfant de son emprise protectrice. Akilàm allait donc vivre en communauté, loin des murs protecteurs du palais. Il allait se frotter aux usages brutaux de la société barkàne, connaître la promiscuité et risquer de révéler le secret caché depuis sa naissance.

Certes, des lois religieuses très sévères interdisaient la nudité en public et même en privé. Au départ, comme tout précepte religieux fondamental, cela était destiné à protéger les habitants de Méditrà des rayons malfaisants du soleil. Puis, la simple logique de protection tomba aux oubliettes, cette recommandation devint une superstition liée au culte de Brùl. La nudité fut proscrite, même dans l'intimité, au nom d'un astre aux pouvoirs malfaisants.

Le roi agrippa le rebord de la fenêtre et ferma les yeux, comme pris d'un vertige. Un autre dilemme se posait à lui. Fallait-il avouer à Akilàm la vérité ? Comment se comporterait-il ? Saurait-il vivre dix années en càsrn sans se trahir ?

— Tu penses à la séparation, ô mon roi…

La voix grave de Nàssih le fit sursauter.

— C'est vrai, je tentais de me rassurer. Je me disais que si Akilàm est aussi habile et doué que ses maîtres le disent, peut-être demandera-t-il l'épreuve de l'Adùl bien avant les autres ?

— Cela ne fait aucun doute, Jàhlel. Veux-tu que je convoque ses précepteurs pour en discuter sérieusement ?

Le vieillard se dirigeait déjà vers les portes, quand un remue-ménage incroyable se fit entendre derrière les battants. Une bousculade résonna dans le palais, des pleurs de femmes, des ordres incohérents fusèrent.

Tout à coup, les portes s'ouvrirent violemment et une procession en désordre se précipita dans la grand-salle. Il y avait des prêtresses qui psalmodiaient des prières, des gardes empêtrés de leurs armes, des servantes aux capuches rabattues qui pleuraient sans se contenir.

Jàhlel se jeta à leur rencontre. Au milieu de ce groupe hétéroclite et bruyant, deux guerriers transportaient sans effort une civière de fortune sur laquelle gisait le corps sans vie d'Akilàm.

Venin

Le roi, livide, s'arrêta dans son élan. Incapable de parler, il leva un bras pour faire taire tout ce monde et chercha des yeux une personne compétente. Non loin, Nàssih s'agrippait à son bâton, il posa la question qui brûlait toutes les lèvres :

— Le prince est-il… *mort* ?

— Non, noble ministre, dit calmement l'un des deux guerriers-chasseurs.

Sans laisser aux autres le temps de pousser un soupir de soulagement, il ajouta aussitôt :

— C'est tout comme. Il a été piqué par un scorp.

— Quoi ?

L'ébahissement fut général et la foule s'écarta de la civière, comme si elle craignait la contagion. Le roi tomba à genoux et il fixa le visage de son enfant.

— Posez-le, réussit-il à articuler, doucement !

Les guerriers s'exécutèrent et s'écartèrent du petit corps recroquevillé sur la toile de lin enroulée à la hâte sur deux piquets de tente nmàde. Le roi approcha une main tremblante et toucha le front déjà brûlant de fièvre. Sous les paupières closes, les yeux roulaient dans leurs orbites. Le roi se pencha encore.

— Oui, il est vivant !

Il se redressa et commença à jeter des ordres d'une voix rauque.

— Appelez les prêtresses-apothicaires !

Celles-ci se présentèrent, dans le sillage de leur maîtresse, la belle Sahàr. Elles s'inclinèrent aussitôt sur le blessé en psalmodiant des prières et brûlant des herbes rares. Certaines d'entre elles invoquèrent les dieux-majeurs dans une langue ancienne et décrivirent des cercles protecteurs autour du corps. D'autres préparèrent des décoctions d'écorce d'aulne qu'elles mélangèrent avec du marrube blanc afin d'abaisser la fièvre.

Le monarque, tout en surveillant du coin de l'œil les soignantes, interrogea les guerriers qui attendaient toujours, imperturbables. Tous deux étaient roux et larges d'épaules, on aurait dit deux frères.

Selon leurs dires, ils étaient de service à la tour de guet du sud, ils avaient aperçu la petite silhouette aux pieds des murailles à la tombée de la nuit et l'avaient d'abord prise pour celle d'un nukùm assez insensé pour s'approcher à portée de flèche.

— Heureusement, nous n'avons pas tiré sur lui, déclara le plus grand des deux sans exprimer la moindre émotion.

— En général, c'est ce qu'on fait quand on en voit un, reprit l'autre, mais là, on s'est contenté de le surveiller.

— Il avait un drôle de comportement pour un nukùm, à vrai dire.

— Il ne rôdait pas. Il restait immobile et semblait observer la cité. Ou l'admirer.

— Puis il s'est tourné et il a pris la route. Ce que ne font jamais les esprits du désert. Ils ne savent pas marcher droit, précisa le premier.

— Il a commencé à avancer vers le désert. Acte insensé, jugea le plus mince avec une franchise maladroite.

— Alors on a compris que c'était un humain. Un enfant, pour être aussi petit. On l'a pris pour un rabatteur qui s'était attardé et avait trouvé les portes closes.

— On ne pouvait rien faire. C'est interdit d'ouvrir les portes. Sous n'importe quel prétexte. Après la troisième sonnerie.

— Vous… vous n'avez rien fait ? s'exclama Nàssih incrédule.

— Si, ministre. On a appelé. Du haut de la tour, rétorqua le plus jeune avec sa logique de gardien.

— On lui a crié de ne pas s'éloigner. D'attendre le jour au pied des murailles.

— Eh bien ? coupa le roi, exaspéré de ce récit à deux voix.

— Au lieu de suivre nos ordres, il a détalé comme un lapin, déclara le plus grand en écartant les bras.

— Quand il a compris qu'on l'avait repéré, il a filé droit vers le désert. Sans s'inquiéter des dangers.

— Vous l'avez laissé faire !

— C'est la loi, Votre Majesté. On ne peut pas rouvrir les portes de Barkàn la nuit. Jamais. Tant pis pour les retardataires ou les contrevenants.

— La suite ! cria le monarque, excédé.

— Il n'est pas allé bien loin. Il ne faisait pas attention à être silencieux. Il n'est pas encore initié à l'art de la chasse, constata le plus jeune.

— Il ne sait pas que les moindres sons font sortir les scorps de leurs trous.

— Et ils sont sortis. On en a aperçu un presque comme en plein jour. Lùn est bien ronde.

— Le prince n'a pas reconnu leur approche. Il n'a jamais assisté à une chasse épurative, d'après moi, indiqua l'un.

— Il a réagi beaucoup trop tard, soupira l'autre, il n'avait pas d'arme. Pas d'arme digne de ce nom.

— Juste ce petit couteau, fit le guerrier qui montra la lame minuscule au manche en corne décorée.

— Vous ne réagissiez toujours pas ! tonna le roi.

— Si, Majesté, on a d'abord suivi le protocole. Quand le petit a commencé à fuir vers le désert, on a appelé notre supérieur pour rendre compte de ce fait improbable.

— Le chef s'est mis en route pour le palais. On ne peut pas prendre de décisions sans l'accord du roi ou de ses ministres, Votre Altesse.

— C'est pourtant ce qu'on a fait, reconnut le plus vieux soldat en courbant la tête.

— Affirmatif. Un autre garçon, accompagné de deux gardes royaux, est arrivé dans la tour de guet. Il nous a expliqué que le prince avait quitté le palais dans l'intention de rejoindre le désert.

— Alors, on a compris qui était l'enfant en danger de mort. On a sollicité l'ouverture exceptionnelle des portes. Pendant ce temps, mon jeune compagnon a déroulé un filin d'exercice par-dessus la muraille. Il est descendu, aussitôt.

Le guerrier désignait son comparse qui baissait humblement le front.

— Tu as… tu as utilisé un filin d'exercice et tu es parvenu au sol, à l'extérieur, en pleine nuit ? bredouilla Fàhres, incapable de masquer son admiration.

— Oui, général. Je demande votre pardon. J'ai enfreint la loi, avoua le guerrier.

— Mais tu as sauvé le prince !

— Il n'y avait pas d'autre moyen de l'atteindre plus vite. J'ai osé penser que c'était primordial.

— Les gardiens de la porte sont très tatillons. Même en présence de gardes royaux. Il a fallu une bonne heure pour avoir le droit d'entrouvrir le passage de sécurité, ajouta l'autre guerrier.

— J'ai pu retourner dans la cité avec le prince… à ce moment, je n'avais pas vu qu'il avait été piqué. Il marchait et parlait. Il avait l'air essoufflé. Après un tel combat, c'était normal.

— Le prince a combattu des scorps ? s'étrangla le maître d'armes.

— Oui, général. Un scorp mâle s'est approché d'abord, déclara le jeune homme, enfin sorti de sa réserve. Il m'a fallu un certain temps pour descendre le long des murailles sans me casser le cou. La bestiole avait déjà rejoint le prince qui l'a mortellement blessé avec son petit couteau. C'est la vérité !

L'homme, en bon soldat, tentait de masquer ses émotions, mais on voyait ses yeux briller.

— Je peux en témoigner, j'ai tout vu depuis la muraille, affirma l'autre sur le même ton, le prince n'a aucune technique de combat contre ces animaux, mais il a un instinct très sûr ! Il bondissait sans arrêt pour éviter que la bête ne l'attrape. Il a planté la lame à un endroit faible de la carapace. Il a touché un point vital du premier coup. Je pensais que mon esprit me jouait des tours, mais c'est ce qui s'est vraiment passé.

— La bête blessée a emporté le couteau et le prince s'est retrouvé désarmé, enchaîna le plus jeune soldat, je suis arrivé à temps pour achever le monstre et le prince a tenu à récupérer son coutelas. On a rebroussé chemin vers les portes. D'autres scorps allaient venir manger la carcasse.

Tous les ministres présents semblaient figés sur leur siège de bois, avec la même expression d'horreur. Les prêtresses elles-mêmes assourdirent leurs litanies pour mieux entendre ce récit incroyable.

— Une fois à l'abri des murailles, le prince s'est mis à trembler, ses membres à se contracter. La fièvre est montée. On n'a pas eu le temps d'atteindre le camp des Nmàds. Il s'est effondré dans nos bras.

— Les marchands nous ont fabriqué une civière. On a rejoint le palais au pas de course.

— À l'heure qu'il est, la tour de guet du sud est sans surveillance, avoua le jeune homme d'un air penaud.

Les guerriers attendaient une sanction avec courage. Le roi les regardait d'un œil hagard, il ne se souciait aucunement des portes de sa cité ou des lois enfreintes. Le récit des deux hommes résonnait encore à ses oreilles, comme un glas : une morsure de scorp ! De mémoire de Barkàn, personne n'y avait jamais survécu. Personne sauf…

Jàhlel fit volte-face et observa les prêtresses-apothicaires qui psalmodiaient leurs prières inutiles et enfumaient la pièce avec leurs braseros. Les méthodes employées par le clergé pour soigner les affections les plus graves étaient dérisoires. Il lui sembla même qu'elles se contentaient d'attendre que le poison fît son effet, scellant le destin d'un prince avec autant de résignation que s'il s'agissait d'un manant. Cela n'était pas étonnant de la part de Sahàr qui avait toujours contesté le droit à l'héritage de l'orphelin royal.

Le roi s'approcha du groupe de femmes drapées dans leurs djelh noirs, tels des oiseaux de mauvais augure.

— Écartez-vous. Vous ne pouvez rien pour lui, dit-il soudain.

Un mouvement de stupéfaction enraya le ballet des formes sombres, les litanies s'évanouirent dans un murmure. La grande-prêtresse s'approcha en courbant la tête avec un respect mesuré et prit la parole.

— Nous n'osions vous l'avouer encore, Majesté, mais nous pensons nous aussi que nos remèdes sont impuissants face à une morsure de scorp. Les prières que nous entonnions étaient destinées à guider l'âme du prince vers le royaume d'Oxèn et de Br…

— N'en déplaise à ta caste, Sahàr, je suis aussi le chef spirituel de Barkàn. Je sais encore reconnaître un chant mortuaire.

— Mais… je…

La prêtresse, consciente de l'affront, se redressa et osa regarder le roi dans les yeux. Elle n'y vit pas de désarroi, mais plutôt une colère froide. Elle préféra laisser passer l'orage en adoptant de nouveau une attitude humble.

— Le chagrin t'aveugle, ô, mon roi, et tes paroles dépassent ta pensée, dit-elle avec suavité.

— En effet, le chagrin m'envahit, mais il ne m'aveugle pas, Sahàr. Je vois que mon fils respire encore et que tu vas vite en besogne. Je vois l'impuissance de tes semblables et je sais ce qu'il me reste à faire !

Jàhlel se tourna vers les guerriers qui avaient assisté à l'échange, affichant la même mine impassible.

— Gardes, replacez le prince sur sa civière et accompagnez-moi. Quant à vous, braves et nobles ministres, je vous fais part de ma décision à l'instant. Elle est prise dans l'urgence et elle est irrévocable. Je pars dans le désert, j'emmène mon fils consulter la seule personne qui a survécu au venin des scorps, la Khawàn…

Des cris de stupéfaction l'interrompirent. Les conseillers se levèrent d'un seul mouvement pour entourer leur roi, les prêtresses-apothicaires outrées firent mine de quitter la salle à grand fracas.

— C'est un sacrilège ! Nous traiter de la sorte ! protesta Sahàr.

— Arrêtez ! Que chacun reste à sa place, gronda le roi, vous êtes tous tenus au secret. Sahàr, toi et tes prêtresses, vous resterez dans la salle du conseil en compagnie de mes ministres. Je vais donner des ordres pour que mes servants veillent à votre confort. Vous resterez ici jusqu'à ce que je revienne avec mon fils, sain et sauf.

— Et si vous ne revenez pas, Majesté ? persifla la prêtresse indignée, laissant paraître son véritable visage.

Jàhlel tourna les talons sans mot dire. Les deux guerriers lui emboîtèrent le pas en emportant Akilàm. Au moment où il fit verrouiller la lourde porte de la salle du conseil, il entendit Sahàr s'exclamer une fois de plus.

— La Khawàn n'existe pas ! C'est une légende qu'on sert aux enfants. Le chagrin l'a rendu fou !

Le roi ne se laissa pas détourner de son objectif et posta des gardes en faction. Il rejoignit en hâte ses appartements personnels où il revêtit un djelh taillé dans un tissu modeste et passa une épée à sa ceinture. Enfin, dans le silence de l'aube, il quitta le palais pour la tour sud de Barkàn, les deux guerriers silencieux à sa suite. Ils arrivèrent rapidement, à travers le dédale des rues désertes de la ville endormie, au pied du mur d'enceinte.

— Gardes, reprenez votre poste sans attendre et ouvrez la porte simple, ordonna le roi en se chargeant du léger fardeau.

Comme les deux hommes le regardaient d'un air inquiet, il ajouta :

— Je fais plus confiance à deux valeureux guerriers qui ont tenté de sauver mon fils en bravant l'interdit, qu'à une assemblée couarde de ministres et de prêtresses. Je sais que vous ne trahirez pas le secret de la mission que je me suis imposée…

— Majesté… le désert, le danger, osa intervenir le plus vieux.

— Je ne vois pas d'alternative, dit le roi avec fermeté, j'ai déjà affronté Méditrà.

— Je dois insister, mon roi. Le temps de votre Adùl-royal est loin…

— Soldat, insinues-tu que j'aie perdu mes réflexes de chasseur ?

Si l'heure n'avait pas été grave, le monarque se serait moqué de l'air contrit des deux subalternes.

— On dit que la Khawàn n'est pas réelle, persista l'un d'eux.

— Pourtant, brave soldat, il y a fort longtemps, je l'ai rencontrée.

Sans plus d'explications, Jàhlel se tourna et mit fin à l'échange sous les yeux éberlués des gardes. Il souleva dans ses bras le petit corps d'Akilàm qu'il avait pris soin d'envelopper dans des linges sombres et l'attacha sur son dos comme un trophée de chasse.

Les hommes actionnèrent alors le mécanisme d'une discrète porte intégrée dans l'immense entrée sud de l'enceinte. Elle tourna silencieusement sur ses gonds et un pan de désert apparut dans la lueur blafarde du matin. Les ravines escarpées étaient encore plongées dans l'ombre et les dunes rosées offraient un spectacle d'une douceur trompeuse. La porte se referma dès que le roi la franchit et il se retrouva seul, face au désert hostile.

— Oxèn, donne-moi la force. Brùl, pardonne mon audace, murmura-t-il avant d'avancer d'un pas raide.

Il traversa les tertres rocheux qui cernaient la ville, s'enfonça en contrebas entre les champs ondulants, puis il quitta le chemin sablonneux habituellement emprunté par les Nmàds, pour s'enfoncer au cœur même des roches rouges et hérissées qui formaient une barrière naturelle sur le territoire de Barkàn.

Après plusieurs heures de marche, et malgré la légèreté de son fardeau, Jàhlel ressentit les effets de la fatigue. Le soleil était haut dans le ciel et dardait ses rayons implacables. Le roi sentait la chaleur monter à travers la semelle de ses bottes. Il transpirait sous son djelh protecteur, perdait parfois le souffle et devait s'arrêter à l'ombre d'un rocher saillant, après avoir inspecté les alentours et vérifié qu'il n'était pas près d'un nid de bêtes sauvages.

Il prit le temps de boire un peu et d'éponger le visage brûlant d'Akilàm, puis il repartit courageusement, ombre brune dans le désert silencieux.

Les créatures qui peuplaient cet endroit infernal se terraient pendant le jour, il fallait attendre la nuit pour croiser les grands lézards bleus qui buvaient leurs propres larmes, les liopàrs sauvages ou les scorps redoutables qui se réhydrataient au simple contact de la brume nocturne.

Peu à peu, le paysage se modifia, le terrain se creusa de profondes crevasses, des rochers tranchants percèrent le sol. Jàhlel dut redoubler d'attention pour ne pas se laisser emporter par les cascades de pierres que provoquait chacun de ses pas lorsqu'il était obligé de longer une crête. Le soleil était maintenant haut dans le ciel et le roi se protégeait du mieux qu'il pouvait sous son djelh brun.

Cela faisait des années qu'il n'était pas sorti seul dans le désert. Certes, il avait bien participé à de nombreuses chasses et poussé quelques incursions vers les cités-états voisines, lors de guérillas brèves et sanglantes. Néanmoins, il était toujours à la tête d'une armée de mille hommes, tous plus braves les uns que les autres, accompagnés de liopàrs grondants. Nul ne se souciait alors des dangers du désert, au contraire. Le vacarme et la puissance des troupes militaires faisaient fuir les animaux sauvages.

Il en allait autrement pour un homme seul, presque sans défense. Le roi se souvenait de cette unique fois où il avait affronté le désert avec pour seule arme son épée et son arc d'étudiant. Il avait voulu subir l'Exl de façon honnête et courageuse. Il s'était enfoncé dans le chaos de rocaille et avait découvert par hasard ce sentier à peine visible, à peine différent d'un layon tracé vers un point d'eau.

Après trente ans, Jàhlel le retrouva de manière instinctive. Il ne se guidait pas avec logique comme pour la chasse, il ne s'aidait pas de repères visuels, d'indices topographiques. Il se laissa attirer par le flux étrange et impalpable d'un esprit beaucoup plus grand que le sien.

C'était même plus facile maintenant, car il savait ce qui l'attendait et n'entravait pas son esprit en le bardant de craintes et de doutes. Il ouvrit son âme, libéra ses peurs, son chagrin, se débarrassa des impulsions et des réactions typiquement humaines. Il se mit à avancer le cœur à nu, l'esprit vide. Plus rien ne protégeait ses pensées les plus intimes, mais c'était justement par cette vulnérabilité qu'il était accueilli, accepté et guidé, au cœur même du désert.

Bientôt, au fond d'une faille rocheuse, Jàhlel trouva ce qu'il cherchait. Une vague de soulagement inonda son âme sans défense et des dizaines de pensées joyeuses l'accueillirent en silence, chatouillant son esprit comme autant de papillons invisibles. Il entreprit la descente du flanc escarpé avec l'esprit serein, tendu vers un espoir qu'on lui faisait miroiter, son petit fardeau ne pesait maintenant pas plus qu'une plume.

Là, au fond de la crevasse, dans l'ombre humide, il devina la forme gigantesque, blanche et hérissée, du repaire de la Khawàn. Cette dernière se dressait sur le seuil et tendait son visage aveugle et blafard vers le visiteur venu du passé.

« Jàhlel, te voici enfin. Entre donc, nous attendions ta venue... »

Chasse

L'adolescent était allongé à plat ventre sur les rocailles, parfaitement immobile. Il contrôlait sa respiration au point de n'émettre aucun bruit. Il tenait son arme contre lui, pointe tournée contre le sol, évitant ainsi les reflets.

À quelques mètres à peine, l'énorme scorp cliquetait sous les rayons du soleil couchant. Il sortait de sa tanière, car la lumière déclinait. Il effectua sa parade du soir : il déplia ses larges pinces antérieures, les fit claquer comme des sabres. Il déroula chaque segment de sa queue aux écailles d'un noir bleuté, terminée par un dard dont le venin avait un effet paralysant sur les victimes qui se faisaient dévorer vivantes.

La bête semblait former des pas de danse, comme pour éveiller chaque partie de sa cuirasse luisante restée ankylosée dans le tunnel souterrain qui l'avait protégée des rayons néfastes.

Enveloppé dans un djelh de chasse aux couleurs de terre brune, le jeune homme sentait les roches saillantes lui blesser les côtes, la transpiration perler sur son front, mais il n'esquissait pas un seul mouvement. Stoïque, il resta à l'affût.

La puissante créature s'éloigna de son trou, sans méfiance. Certaine de sa supériorité, elle avança en quête de nourriture. Un petit mammifère ferait bien l'affaire, même si les scorps n'hésitaient pas à s'attaquer à des animaux aussi gros qu'eux, comme les liopàrs ou les humains.

L'un d'eux se dressa justement sur son chemin. Le chasseur bondit sur ses pieds d'un mouvement souple et précis. De sa lance, il écarta la première pince qui fondait sur lui. D'un coup d'épée presque simultané, il coupa la seconde, exactement à la jointure des deux segments.

Le scorp émit un sifflement de douleur, aussitôt interrompu par la lance qui s'enfonça sous la gueule, dans un interstice au défaut de la carapace où la membrane était plus tendre. L'arachnide s'écroula avant d'avoir eu le temps de planter son dard dans son propre corps, l'épée du jeune prince l'avait déjà détaché d'un mouvement fulgurant.

Akilàm se campa sur ses longues jambes musclées et poussa tout de même un soupir de soulagement. Puis, il jeta un regard par-dessus son épaule et exécuta une révérence comique, en réponse aux hourras qui fusaient des entailles du terrain.

— Encore une fois, bravo, élève Akilàm ! s'exclama une voix.

— Quelques secondes vous ont suffi, jeune homme !

De l'ombre d'un monticule de terre, des chasseurs surgirent, montés sur de superbes liopàrs. Un écuyer s'approcha du prince et lui tendit un chiffon sur lequel il essuya ses armes avec soin. Un autre servant se pencha sur le dard et l'enveloppa dans une épaisse toile huilée.

— C'est une belle prise, les prêtresses-apothicaires vous seront reconnaissantes. Quelle mise à mort ! Votre talent est sans pareil, ajouta-t-il avec admiration.

— Il ne faut pas me féliciter, émit le prince avec un fin sourire, tout le monde sait que je suis immunisé contre le venin des scorps depuis que j'ai réchappé à une blessure lorsque j'étais enfant. Je n'ai aucun mérite.

Maître Fàhres descendit de sa monture et s'avança pour examiner la carcasse noire.

— Trêve de fausse modestie, élève Akilàm, dit-il d'un air sévère, tu ne crains peut-être pas le poison des scorps mais tu peux toujours te faire arracher un bras ou transpercer le cœur. Heureusement, ta dextérité dans ce genre de combat est parfaite.

— C'était extraordinaire, Aki ! s'écria une voix enthousiaste.

Un jeune homme écarta le groupe de chasseurs. Il arborait un large sourire et tenait la bride d'un beau liopàr au pelage roux et à la selle richement décorée.

— Ethàn, mon plus fidèle admirateur, souligna Akilàm non sans une pointe de moquerie, voici cinq ans que nous sommes amis et ton élan n'a jamais failli.

— Jamais, affirma Ethàn en frappant du poing sur sa poitrine protégée d'un corset de cuir.

— Ce n'est pas faute d'avoir essayé de le décourager, grommela maître Fàhres dans sa barbe.

Les adolescents s'esclaffèrent, puis ils se jaugèrent un moment en silence. Toutes ces années, passées ensemble en càsrn depuis leur première mésaventure, avaient modifié leur apparence, mais certainement pas leurs sentiments.

Akilàm avait poussé tout en longueur et, sous le djelh de chasse, on pouvait deviner une musculature souple et déliée. Il se déplaçait avec la grâce d'un félin, ce qui lui était fort utile lors de pareilles chasses. Ses yeux turquoise brillaient de malice sous leur rangée épaisse de cils cuivrés. Ses traits étaient bien plus juvéniles que ceux de son ami.

Pour sa part, Ethàn avait conservé sa stature imposante, son torse était large et ses bras puissants. Ses joues, quoique toujours imberbes, avaient perdu les rondeurs de l'enfance et le menton saillait encore plus, volontaire et carré. Son regard, resté limpide et doux, était d'autant plus surprenant dans ce corps viril bientôt sorti de l'adolescence.

À la vue du scorp recroquevillé dans la poussière, Ethàn ne put s'empêcher, comme chaque fois, de penser à cette soirée où le prince lui avait faussé compagnie pour quitter la cité et s'était fait attaquer par une de ces bêtes monstrueuses. Le roi Jàhlel avait bravé le conseil des sages et quitté Barkàn pour se rendre au désert. Là, il avait sollicité l'aide de la sorcière traîtresse, la Khawàn, disait-on, qui avait ramené Akilàm à la vie.

Depuis, c'était vrai, le prince n'était plus sensible au venin de scorp. Ce fait contribuait à son succès depuis son entrée en càsrn, qui avait suivi de peu sa convalescence. Alors âgé de neuf ans, Akilàm rejoignit la classe d'Ethàn, de deux ans son aîné. Ce dernier se rappelait, non sans sourire, les efforts obstinés de son petit compagnon pour forcer le respect de ses camarades. Sans compter le nombre incalculable de fois où il s'était vu puni pour son comportement dangereux.

La nuit serait bientôt là. Les chasseurs ne s'attardèrent pas dans le désert hostile, la deuxième sonnerie des trompes de la cité avait déjà retenti. Le retour en càsrn fut triomphal, une fois de plus. Akilàm reçut les ovations de ses camarades avec un air satisfait. Il devançait les servants qui portaient les paniers protégeant les dards des bêtes abattues durant la soirée. Ceux-ci finiraient bientôt dans les laboratoires des prêtresses-apothicaires qui utilisaient le venin aux propriétés médicinales.

Akilàm arborait un petit sourire et son regard redoubla de malice lorsqu'il croisa celui de Zàim. Ce dernier regarda passer le cortège avec un rictus. Sa jalousie envers le prince était un sujet de plaisanterie dans les chambrées. Même s'il était plus âgé, c'était le neveu d'Akilàm. Jusqu'à l'arrivée inopinée de ce dernier, Zàim était le seul enfant de sang royal de sa càsrn et profitait de son statut pour s'imposer comme chef de rang. Usage que le petit prince s'était empressé de détruire, semant la zizanie dès son premier jour en communauté.

Akilàm dévisagea son neveu et lui envoya un salut moqueur. En effet, des années s'étaient écoulées et les partisans de Zàim s'étaient tous peu à peu détournés de lui, devant le charisme incontestable du prince. Le temps où le petit garçon surdoué subissait les brimades de la plupart de ses compagnons, tous plus âgés que lui, était révolu. À présent, Akilàm jouissait d'une place de choix, sans conteste, acquise à la force du poignet. Zàim tourna les talons, la mine renfrognée, bien conscient que la popularité de son jeune oncle n'était pas usurpée.

Arrivés devant le bâtiment réservé aux étudiants, Akilàm et Ethàn prirent congé des autres chasseurs et de leur maître, puis s'apprêtèrent à effectuer les ablutions obligatoires après une journée passée hors des murailles. Ce rite, comme tous ceux qui régissaient la religion Barkàne, était aussi bien spirituel que matériel. Se nettoyer des poussières et de la sueur était aussi important pour un Barkàn que de se débarrasser de l'influence néfaste de Brùl. Elle risquait de vous transformer peu à peu en nukùm, créature satanique qui hantait le désert à la recherche d'âmes faibles à ravir.

Les deux jeunes gens pénétrèrent dans les étuves réservées aux étudiants, désertes à ce moment de la soirée. Elles se situaient dans une grande salle divisée en petits compartiments individuels équipés d'un baquet d'eau tiède, de pains de savons et de linges propres. Le brasero qui chauffait les pierres était entretenu par les servants, mais les élèves avaient pour obligation de nettoyer les lieux après chaque utilisation.

Aussi, Akilàm pénétra-t-il dans une pièce aux boiseries parfaitement propres. Un vêtement de rechange anonyme était pendu à une patère. Il s'assit sur un tabouret et étira ses muscles endoloris avec délectation. Il se dévêtit lentement. Il déroula son turban de chasseur et un flot de cheveux cuivrés cascada sur ses épaules. Il se débarrassa de son djelh, dégrafa son corselet de cuir, dénoua sa ceinture de protection, fit glisser ses chausses et ses bottes souples sur le sol de pierre polie. Il ne lui restait plus que son ample chemise de corps.

Il s'agenouilla alors face aux symboles divins sculptés dans la paroi et récita les quatre prières d'usage au moment des ablutions purificatrices. Entre chacune, il emplissait une louche d'eau tiède et la versait sur ses épaules. Sa chemise ne tarda pas à être complètement imbibée, il fut parcouru de frissons. Il se frotta ensuite avec la pâte de savon noir, le tissu clair de la chemise se mit à mousser. Akilàm s'immergea complètement dans le baquet, il rinça son corps et son vêtement intime par la même occasion.

Enfin, il sortit de son bain et grâce à des contorsions apprises depuis l'enfance, il s'enveloppa dans un linge sec tout en ôtant la chemise lavée qu'il mit à sécher contre le mur chauffé par les conduits d'aération extérieurs. Elle servirait au change du prochain élève qui utiliserait ce box.

Aucune partie de la peau fragile de son corps n'avait été dévoilée. Seules les mains, les jambes et la tête pouvaient être découvertes, chez les Barkàns, même dans l'intimité. Comme le voulait la coutume, Akilàm versa ensuite une louche d'eau sur les pierres chauffées et une agréable vapeur se répandit dans la petite salle hermétiquement close.

Il lava son linge avec énergie. Il eut une pensée pour Ethàn qui effectuait sûrement les mêmes gestes précis dans un réduit attenant. Au bout d'un moment, il fit une pause, assis sur le tabouret, il ferma les yeux. Il inspira la vapeur brûlante qui lui piqua les narines et entreprit des exercices de relaxation enseignés par le maître de yoà. Il se détendit et son esprit s'ouvrit peu à peu.

Cependant, comme chaque fois qu'il s'approchait d'une pièce d'eau, un souvenir obsédant envahit son cerveau. Il voyait le visage de son père se pencher au-dessus de lui. C'est la première image qu'il avait perçue en se réveillant au palais, après le profond coma qui avait suivi la blessure infligée par le scorp. Le visage hâve de son père, puis son exclamation :

— Vivant ! Il est vivant…

L'enfant enregistra la vague odeur de détergent et de vapeur d'eau qui flottait dans l'air de la chambre que des servantes étaient en train de nettoyer. Des cris de femmes et des exclamations lui parvinrent comme dans un rêve. La peau de la joue de Jàhlel était rugueuse et humide. Ses yeux brillaient dans leur berceau de rides. Malgré les années écoulées, cette image revenait de façon incessante, associée au parfum du savon : l'expression grave et consternée de son père.

Pas vraiment de soulagement, encore moins d'euphorie de la part de cet homme austère. Cela contrastait encore plus avec les manifestations bruyantes des servantes. Quand tous furent assurés qu'Akilàm était bien conscient, le roi renvoya les personnes présentes dans la chambre, y compris la vieille Doujà dont les larmes semblaient ne jamais tarir.

— Akilàm, mon enfant, je ne comprends pas ce qui t'a poussé à un acte aussi insensé, mais la situation est critique, commença le monarque sur un ton solennel.

Pas d'embrassade, pas d'émotion, le roi semblait préoccupé et regardait son fils comme s'il était fou. Akilàm non plus ne comprenait pas quelle force mystérieuse l'avait poussé à quitter les murailles de Barkàn. Il essayait de trouver une excuse dans le fait qu'il voulait pousser son père à bout, mais il sentait que ce n'était pas l'unique raison. Cette attirance était irrésistible, elle possédait son âme, comme surgie d'une facette inconnue de sa personnalité. Il était probablement dément, son père avait raison. Il le laissa poursuivre sans protester.

— Je t'ai sauvé la vie pour la deuxième fois de façon illégale, en me dressant contre le conseil des sages. J'ai encore usurpé mes droits à cause de toi.

— Voilà des paroles bien cruelles, soupira l'enfant dépité, regrettez-vous ce que vous avez accompli, père ?

— Au contraire ! Mais j'ai des révélations à te faire, qui ne peuvent plus attendre, soupira le roi d'un air accablé, je t'ai conduit chez Khawàn, une vieille sorcière bannie de notre cité depuis fort longtemps. C'est la seule personne au monde à pouvoir survivre dans le désert sans l'aide de la communauté.

L'enfant écarquilla les yeux, il se demanda si ce n'était pas plutôt son père qui délirait, mais le roi continua dans la même veine.

— Les prêtres-sorciers diront qu'elle y parvient grâce à la sorcellerie, à la magie des démons du désert. Moi, je pense que c'est grâce à des connaissances et à des capacités d'adaptation inouïes. J'ai plus de foi en la nature de l'humain qu'en celle des dieux. Mais cela me coûtera cher, bientôt, j'en suis sûr…

— La Khawàn existe donc ! Quelle merveille ! Je croyais que c'était une légende.

— Khawàn existe, crois-moi, et elle t'a ramené à la vie. Elle a trouvé un remède pour toi et m'a dit qu'à l'avenir tu ne craindrais plus jamais les piqûres de scorp, tout comme elle.

— Père ! C'est une extraordinaire nouvelle ! Ne peut-elle pas partager ce savoir avec nos prêtresses-apothicaires ? s'écria le prince dans un élan d'enthousiasme.

— C'est impossible, mon enfant. Khawàn ne veut pas vivre parmi les Barkàns qui l'ont rejetée et n'ont toujours pas l'intention de l'accepter. Surtout pas au prix d'un savoir tellement immense qu'il remet en cause toutes leurs croyances.

— Vous êtes bien allé emprunter ce savoir pour moi, insista l'enfant, pourquoi vous a-t-elle aidé ? Comment la connaissez-vous ? Comment avez-vous trouvé son repaire ? Comment…

— Akilàm, ce n'est pas le plus important. J'ai des choses plus graves à t'avouer. Écoute-moi sans m'interrompre, c'est assez difficile comme ça, trancha le roi brusquement, dès que tu seras complètement rétabli, tu iras en càsrn, avec des garçons de ton âge.

Jàhlel arrêta d'un geste l'enfant qui, à l'annonce de cette décision tant désirée, allait bondir de joie dans le grand lit défait, oubliant ses blessures, la fièvre et les vertiges.

— Ta fugue m'a fait comprendre combien il était stupide de te retenir plus longtemps dans ce palais. Je n'ai pas su t'apprendre une indépendance réfléchie. Au contraire, tu t'es jeté dans une aventure dangereuse, par soif d'une liberté débridée. Au lieu d'une expérience profitable, tu as vécu de grands dangers…

— Mais c'était profitable, père ! J'ai rencontré des gens ! J'ai découvert un ami ! J'ai combattu mon premier scorp ! J'ai rencontré la Khawàn sans le savoir, j'ai bénéficié de son aide. Je suis maintenant immunisé contre le venin. Je vais…

Akilàm s'interrompit, foudroyé par l'expression de son père qui fulminait.

— Peut-être que cette fois-ci tu t'en tires à bon compte, jeune étourdi, mais tu as fait vivre de grands dangers à un grand nombre de gens. Des gardes, des caravaniers, ton propre père et enfin, toute la cité-état. Songe un peu à ce qu'il serait advenu si je n'avais pas retrouvé l'antre de Khawàn et si nous avions péri dans le désert ? Le peuple de Barkàn n'aurait plus de lignée royale à part Zàim qui ne sait rien de la politique. Bénéfique expérience, en effet, pour nos ennemis les Ghoùrs !

Akilàm digéra la tirade sans broncher. Il fixa longuement son père avant d'admettre.

— Pardon, père, je n'ai pensé qu'à mon propre sort. Ce n'est pas digne d'un futur roi dévoué à son peuple.

— Enfin une parole humble et sensée, Akilàm ! Mais ce n'est pas encore cela que j'attends de toi…

Le visage du monarque s'assombrit. Il reprit avec hésitation, cherchant les mots justes.

— Si tu dois quitter le havre du palais pour te frotter à la rude vie de la càsrn, côtoyer des garçons de ton âge…

— C'est mon vœu le plus cher !

— Il faut que je te mette en garde. Malgré ton jeune âge, il y a des secrets que je dois te révéler…

— Voilà que vous reprenez le discours que vous avez toujours eu avec moi, essaya de plaisanter Akilàm, sans pouvoir masquer son amertume, je n'ai pas peur. Je saurais me défendre et m'imposer. Vous auriez dû me voir combattre dans le gymnase avec cet élève, Ethàn. J'ai…

— Tais-toi donc ! Laisse-moi m'expliquer, s'impatienta le roi, empêtré dans ses propres contradictions, je veux te dire que… ce n'est pas la première fois que j'outrepasse mes droits et mes devoirs envers mon peuple pour te sauver la vie. Lorsque la reine Firouz, ta mère, est morte en te mettant au monde… j'ai décidé de mon propre chef de te laisser vivre. Malgré la loi qui interdit les orphelins. J'ai accompli les rites de Sevràj en même temps que ceux de Nàitr…

— Je sais cela, mon père !

— Ce que tu ne sais pas, c'est que j'ai pu transgresser ainsi la loi, car le pays était en pleine confusion. Personne n'a osé protester, car ta venue était un merveilleux présage. Tout le monde était persuadé que tu étais mon héritier légitime.

— Que voulez-vous dire ? demanda Akilàm d'une voix glaciale, ne suis-je pas votre fils légitime ?

— Si Akilàm, tu es légitime. Mais tu n'es pas réellement mon héritier. Tu n'es pas mon *fils*…

Révélation

Confortablement assis sur son tabouret, Akilàm laissa les souvenirs se diluer dans la chaleur de l'étuve. Grâce au pouvoir de l'eau et de l'air brumeux, leur gravité coulait comme une évidence. L'effroi qui avait assailli l'enfant d'alors n'était plus qu'une image dans son cerveau, une vue de l'esprit devenue tolérable. Il se revit, assis sur le bord du lit, l'esprit embrouillé.

— Je ne suis pas de votre lignée ? s'était-il exclamé avec un hoquet de stupeur.

Le roi se rendit compte de sa maladresse et avoua précipitamment.

— Tu es mon véritable enfant, Akilàm, mais tu es ma *fille*. Ma douzième fille. Je t'ai menti et j'ai menti à tout mon peuple durant ces neuf années écoulées…

Akilàm resta pétrifié pendant un petit moment, les yeux écarquillés. Il semblait que tout son sang refluait de son visage, pour venir cogner contre sa poitrine, fourmiller au bout de ses doigts. Sensation désagréable d'être vivant et mort à la fois. Désavoué, pourtant présent. Invisible, mais pas insensible. Comme une écharde sous la peau cicatrisée trop vite. Pas encore infectée, pas vraiment indolore.

— Je suis Akilàm. Le prince Akilàm. Personne d'autre, résonna une voix blanche dans la vaste chambre.

— Je sais, mais…

— Tu ne sais pas qui je suis, assena l'enfant en passant à un tutoiement qui n'avait rien de familier.

Malgré la faiblesse due à son coma, il sortit de son lit et se dressa devant son père, jambes écartées, poings sur les hanches.

— Je suis Akilàm, prince de Barkàn, héritier des sables. Je l'ai toujours été.

Son cerveau s'était mis à bouillir. Voir son univers s'écrouler tout à coup le fit trembler.

« Moi, une fille ? Je ne pourrai plus prétendre dresser un liopàr ? Ni combattre les Ghoùrs à l'épée ? Pas d'Adùl-royal, non plus ? Ma seule ambition deviendrait la fonction de prêtresse-apothicaire ? Ces corneilles noires parées d'argent et d'onyx ? Je n'aurai plus aucune ambition possible, de toute façon. Que la vérité soit découverte et mon exécution sera immédiate. Tant mieux. Plutôt mourir que de perdre ma personnalité, mon intégrité ! »

— Je sais que cette révélation te traumatise, Akilàm…

— Ce que vous me dites ne me surprend pas, coupa l'enfant d'une voix ferme, je crois que je m'en doutais, sans vraiment le savoir. Sans vouloir l'admettre.

— Comment ? J'ai redoublé de prudence…

— Je connais la différence entre le mâle et la femelle chez les animaux, tout de même ! s'impatienta le petit, je pensais bien qu'il en allait de même pour les humains qui sont des mammifères, comme vous savez.

— Bien sûr, admit Jàhlel. Comme j'ai été inconséquent de penser que je pourrais te mystifier si longtemps…

— Jusqu'à aujourd'hui, j'espérais me tromper moi-même. J'imaginais avoir subi quelque malformation de croissance. Je me disais que l'appendice viril apparaîtrait peut-être plus tard chez moi…

C'était au tour du roi de rester pantois par l'impudeur de cette conversation avec un enfant de neuf ans.

— Vous pensiez me traumatiser, mais en fait, vous me soulagez. Je comprends à présent pourquoi je me sentais si différent. J'étais vraiment différent.

— Je n'ai pas réfléchi à ce à quoi je t'exposais, ce à quoi je *nous* exposais. Nous risquons le bannissement, la peine capitale, si jamais notre secret était découvert.

— *Notre* secret ? Je n'ai pas dit que j'acceptais vos révélations, assena Akilàm, je les ai entendues, mais cela ne change rien pour moi. J'ai été élevé comme un prince de sang royal. C'est ce que je suis. Indépendamment de toute autre considération. Je vais aller en càsrn où je me surpasserai pour me préparer aux épreuves de l'Adùl-royal. Je les réussirai toutes, même celle de l'Exl. Vous n'avez pas sauvé ma vie par deux fois sans raison, père. Les dieux ont prévu un destin spécial pour moi, je dois l'accomplir.

— C'est ce qu'a prédit Khawàn, soupira le roi, mais ses prédictions sont toujours des énigmes. Je ne sais si ce grand destin sera bénéfique. Je ne sais pas si ce sont les dieux ou les démons qui m'ont poussé à agir de la sorte. Mon attitude est tellement… impie !

Le roi paraissait inquiet, l'enfant posa sa main glacée sur celle de son père. Il inversait les rôles, c'était lui qui devenait rassurant, par la fermeté de son discours, la pertinence de ses affirmations.

— Père, vous m'avez élevé comme un fils. C'est ce que je suis. Dans le caractère, dans l'allure, dans le comportement. Je ne sais pas faire autrement. Il n'est pas question que qui que ce soit me considère autrement que ce que je suis. Le prince Akilàm de Barkàn. Rien d'autre. Que personne ne s'avise de me nommer autrement, ou il lui en cuira. Vous le premier.

Le roi ébahi fit taire ses réticences. Ce petit de neuf ans le sidérait par sa réaction. Pourtant, c'était la seule logique. Il avait vécu tant d'années en suivant l'éducation d'un enfant mâle qu'il ne pouvait se penser autrement. Il ne fallait plus s'imaginer cacher une fillette sous les attifements d'un garçon. Il ne fallait plus regretter d'avoir provoqué une mascarade. Il n'y avait pas de mascarade pour le prince qui se voyait comme tel.

Pourquoi trembler de peur d'être découvert ? Il n'y avait rien à découvrir. Si le secret n'était pas accepté, il n'y avait pas de secret. Akilàm pensait comme un garçon, agissait comme un fils. Il n'y avait pas à craindre qu'il commît un impair. Il fallait agir comme lui et ne voir en ce bel enfant solide et indomptable que le prince de Barkàn, l'héritier légitime du trône. L'appeler au masculin, en toutes occasions, tant qu'Akilàm lui-même n'en décidait pas autrement. Nul ne devait déroger à cette habitude. Pas même le roi de Barkàn.

— Je comprends ton point de vue, *mon fils*, articula Jàhlel qui venait de bannir de son esprit toute autre réalité, je te laisse voler de tes propres ailes en toute confiance. Je suis fier de mon futur héritier.

Ces paroles scellèrent leur destin. Quelques jours plus tard, la cérémonie familiale d'entrée en càsrn avait lieu pour Akilàm et ses sœurs, provoquant une crise de jalousie sans pareille chez la fougueuse Hassoudà.

Le jeune prince intégra la caserne austère dans laquelle il commença son éducation en collectivité. Il quitta tous les insignes de son rang et se retrouva au même niveau que les autres enfants, revêtu du djelh vert foncé des étudiants. Son avidité à apprendre et ses grandes capacités lui permirent de vite progresser. Son orgueil et son impatience n'étaient pas toujours au goût de ses compagnons ni de ses professeurs, notamment parmi les ministres chargés de l'initiation à la politique et à l'économie de la petite cité.

Enveloppé des bonnes odeurs de l'étuve, assis sur son tabouret, Akilàm se mit à rire à l'évocation de ses pitreries passées. Il chercha à chasser le souvenir encombrant de cette révélation. Il avait toujours essayé d'oublier cet épisode pénible.

— Si je pouvais l'effacer simplement de ma mémoire, comme on oublie un détail insignifiant de l'existence ! se dit-il à voix basse.

Il savait bien qu'il distordait la réalité et se mentait à lui-même. Il exagérait ses travers masculins, cherchait sans arrêt querelle pour se prouver qu'il était le plus fort, le plus doué. La nature se chargerait bientôt de le rattraper à son petit carnaval. Il n'en avait plus pour longtemps à continuer ce jeu de dupe avec son propre reflet.

Il avait beau multiplier les exercices physiques, sa silhouette restait désespérément longue et déliée. Impossible de rivaliser avec la carrure d'Ethàn. Il avait beau se couvrir d'amples chemises et de sarouels, sa ceinture réglementaire soulignait une taille un peu trop marquée. Enfin, autour de lui, s'élevait déjà la cacophonie de certains compagnons dont la voix muait tandis qu'il gardait le timbre clair, même en malmenant volontairement ses cordes vocales. Combien de temps avant d'admettre l'évidence ? Avant d'être confronté à la fatalité de son essence véritable ?

Des coups frappés à la porte le tirèrent de son introspection. Il sursauta, ouvrit les yeux et inspira une grande bouffée. Il entendit la voix d'un servant qui appelait dans le couloir.

— Élève Akilàm ! Vite ! Le maître Dàrih vous convoque dans son étude !

Le servant tambourina de plus belle, marquant sa crainte de la hiérarchie.

— Élève Akilàm ! Un ordre du maître de càsrn ne supporte aucun retard !

Akilàm bondit sur ses pieds et enfila les vêtements propres qui l'attendaient pendus à la patère. En un temps record, il passa le surcot et le sarouel vert qui le désignaient comme simple étudiant. Il noua ses bottes et sa ceinture de cuir, jeta sur ses épaules le djelh personnel qu'il n'avait pas eu le temps de dépoussiérer, et jaillit de l'étuve.

— Qu'est-ce que tu as encore fait ? s'exclama la voix d'Ethàn, alerté par ce remue-ménage, de l'autre côté du mur.

Akilàm emboîtait déjà le pas du domestique et ne prit pas le temps de répondre. Dans son box plein de vapeur, Ethàn s'agita et s'embrouilla dans ses vêtements. Inquiet de cette convocation tardive, il voulait sortir en même temps que son ami. Personne ne lui prêta la moindre attention.

Le prince se présenta devant maître Dàrih, les cheveux encore humides, le djelh rabattu sur son front. Le vieux professeur était installé dans son grand fauteuil. Sa carrure imposante inspirait le respect, même s'il était assis. Son visage buriné par le soleil était impassible. Seuls ses yeux au regard perçant semblaient exprimer la vie, ils suivirent avec une grande attention l'entrée d'Akilàm. Ce dernier se tenait tête baissée, la main droite sur le cœur en signe de salut, il attendait qu'on lui adressât la parole. Son attitude respectueuse ne masquait pas complètement son port naturellement altier.

Dàrih n'était pas seul dans son étude aux étagères emplies de rouleaux de parchemins précieux. Tous les maîtres de la càsrn étaient réunis, également assis sur des fauteuils de bois. L'instant semblait solennel. Le servant s'effaça et Akilàm fut invité à avancer au centre de la pièce. Il leva imperceptiblement la tête et regarda ceux qui l'observaient.

Il y avait Dàrih, le maître des maîtres qui dirigeait cette càsrn. À sa droite, maître Fàhres à l'ondoyante chevelure laissée libre pour l'occasion. À gauche maître Chàhid, grand-prêtre qui n'avait pas son pareil pour enseigner la théologie et Othmàn, grand-prêtre du palais. Sur les côtés, les professeurs de science, d'agriculture, d'architecture étaient immobiles, et même, dans un coin de la pièce, se tenait le vénérable premier ministre.

Nàssih s'était déplacé spécialement pour l'occasion. Akilàm ne savait s'il devait être soulagé ou inquiet de sa présence. Le vieillard ne venait qu'une fois par cycle de Lùn, à des horaires bien précis. Délaissant pour un temps sa charge de ministre, il lui enseignait inlassablement la politique et l'économie en vue de le préparer à son futur règne. Ce soir n'était pas la date habituelle.

Malgré son caractère impétueux, le prince était impressionné par la réunion exceptionnelle de toutes ces sommités. Cela lui rappela le jour de son arrivée en càsrn, où il s'était senti minuscule et insignifiant, dépouillé de ses insignes de turquoise, n'ayant pas l'âge réglementaire ni aucune expérience de la vie en communauté.

Ce soir, pas de fioriture, pas de cérémonie, pas de discours de bienvenue de la part des maîtres. Leur immobilité et leur silence forçaient le respect et ressemblaient étrangement à une scène de jugement. Maître Dàrih prit enfin la parole.

— Élève Akilàm, nous voici réunis en conseil extraordinaire pour te prévenir d'une décision que nous avons prise à ton sujet… d'un commun accord, ajouta-t-il en appuyant son regard sur maître Chàhid dont le visage n'exprimait pourtant aucun sentiment.

Akilàm garda le silence, même si son cœur bouillait d'impatience. Maître Dàrih reprit, après une pause théâtrale.

— Je pense que tu ne te doutes pas de la raison de ta présence ici et que tu te demandes encore quelle entorse au règlement tu as bien pu commettre pour provoquer ce conseil.

Certains maîtres sourirent, mais le prince resta sur ses gardes, il attendit la suite sans réagir.

— En effet, chaque fois que je te convoque dans cette étude c'est pour te punir, élève Akilàm, ton attitude rebelle entache tes bons résultats. Pourtant, ce soir, si j'ai réuni en grande hâte l'ensemble de tes enseignants, c'est pour te faire part d'une nouvelle extraordinaire. Nous délibérons sur ton cas depuis l'aube. De nombreux prêtres, ainsi que ministre Nàssih, ici présent, nous ont assistés pour prendre notre décision, car elle est d'importance.

Akilàm sentit ses épaules s'affaisser, il rentra le menton et baissa les yeux, certain de s'entendre dire qu'il allait être expulsé de la càsrn. Pourtant Dàrih arborait un sourire doucereux.

— Les constellations sont de notre avis, comme nous l'ont certifié les prêtresses ce matin. Nous sommes arrivés à la conclusion que tes connaissances, tes capacités, tes facilités elles-mêmes, te permettent de subir dès à présent les épreuves de l'Adùl-royal.

Akilàm ouvrit de grands yeux. Il sentit sa gorge s'assécher et ses jambes se dérober sous lui, mais il resta immobile au prix d'un effort de concentration important. Ses oreilles bourdonnaient tandis que le vieillard poursuivait tranquillement.

— J'imagine ta surprise, élève Akilàm. Je sais que tu n'as que quatorze ans et que ce n'est pas l'usage. Néanmoins, tous tes résultats le prouvent, tu as assimilé l'ensemble des connaissances que nous dispensons généralement aux jeunes Barkàns pendant les dix années qu'ils passent dans nos murs.

Joignant le geste à la parole, Dàrih tendit la main vers un rouleau de parchemin qu'il fit circuler de maître en maître et chacun lut les remarques observées sur les progrès de l'adolescent. Toutes étaient élogieuses en ce qui concernait ses résultats. Même maître Chàhid admit qu'il réussissait les expériences de yoà et connaissait les incantations. Il ne put s'empêcher d'ajouter une remarque sur son immaturité, mais le maître des maîtres le foudroya du regard.

Akilàm resta impassible, même si son sang bouillonnait et son cœur battait à ses tempes d'une excitation mêlée de peur. Il était fier, évidemment, mais son instinct le poussait à la méfiance. Ce conseil extraordinaire s'était réuni de façon un peu trop rapide et discrète à son goût.

— Élève Akilàm, nous te laissons la nuit pour réfléchir à cette décision extraordinaire, reprit le grand maître, personne ne peut être contraint de subir les épreuves de l'Adùl-royal s'il ne se sent pas prêt.

Même ces paroles de prudence sonnaient comme un défi sous la langue sournoise de Dàrih. Le jeune prince allait ouvrir la bouche, mais son maître l'arrêta d'un geste.

— Personne ne saurait donner une réponse au conseil sans avoir longuement réfléchi, envisagé les conséquences et accepté les conditions. Je t'engage à retourner dans une cellule de prière et à méditer mes paroles. Demain, nous nous retrouverons en ces lieux afin d'obtenir ta réponse et la faire parvenir au palais par l'intermédiaire du noble ministre Nàssih.

Ce disant, il s'inclina en direction du vieillard qui n'avait pas bougé de son fauteuil garni de coussins et qui semblait dormir depuis le début de cette étrange réunion. Il hocha pourtant sa tête chenue et demanda à rester seul avec le prince. Ce terme distinctif n'était pas autorisé dans l'enceinte d'une càsrn, mais chacun fit comme s'il n'avait pas entendu et les maîtres quittèrent la pièce dans un silence respectueux.

Conseils

— Approche, mon enfant, viens près de moi, tu sais que je suis dur d'oreille, mentit l'homme avec un regard matois.

Akilàm expira soudain, il réalisa qu'il avait une fois encore retenu sa respiration pendant un long moment. Il s'avança vers le vieux ministre et s'assit à ses côtés, conscient que les murs avaient des oreilles dont voulait se prémunir le vieillard.

— Tu as eu une rude journée, m'a-t-on rapporté, commença le ministre sur un ton anodin. Encore une spectaculaire chasse au scorp…

— En effet, noble maître. Une bien belle journée ! s'exclama le prince avec enthousiasme pour donner le change, c'est le jour cinq du cycle, un jour chômé. Chacun s'adonne à son activité favorite. J'ai donc accompagné la troupe dans le désert pour la chasse. J'ai aidé à récolter le venin. Je sais que les combats contre les scorps sont utiles, mais je n'ai pas honte d'avouer que je tuerais ces monstrueuses bêtes, même si les prêtres ne nous le demandaient pas.

— Et ce serait un désastre pour l'écosystème. Toujours aussi impétueux, je vois…

— Je crois aussi avoir aperçu un nukùm qui nous observait dans l'ombre d'une crevasse, continua Akilàm, habitué aux critiques incisives du vieux sage, mais maître Fàhres dit que c'est impossible, ces êtres sont couards, ils ne s'attaquent qu'aux personnes isolées et affaiblies. Pour rien au monde, ils ne s'approcheraient d'un groupe de chasseurs armés et montés sur de féroces liopàrs.

— C'est cela que tu appelles un jour chômé ? Je redoute d'entendre ton emploi du temps lorsque c'est un jour travaillé !

— Vous le connaissez fort bien, noble Premier ministre. C'est vous qui, au gouvernement, participez à l'élaboration des programmes de toutes les càsrns de la cité, plaisanta également Akilàm. Enfin, c'est vrai, cette journée fut merveilleuse. Elle se termine par une merveilleuse nouvelle, n'est-ce pas ?

— Le crois-tu vraiment ?

— L'Adùl est le rêve de tous les élèves, avança le prince avec prudence.

— Akilàm, es-tu bien conscient que tu vas te soumettre à l'Adùl-royal ? Celui qui réunit les épreuves de toutes les branches qu'il est possible d'étudier ?

— Vous avez vu mes résultats. Je n'ai pas besoin de rester ici plus longtemps, fit l'adolescent en haussant les épaules.

— Ce genre de réponse me fait penser le contraire. Je croyais que ces années passées en càsrn auraient calmé ton arrogance. L'entraînement intensif et les brimades quotidiennes en ont brisé plus d'un.

— Il faut croire que je suis différent, lança le prince avec une ironie que Nàssih ne pouvait pas comprendre, pourquoi serait-il prétentieux d'admettre la réalité ? On me serine depuis toujours que j'ai les meilleurs résultats, mais si je l'admets sans hypocrisie, cela soulève des protestations. Tout le monde me reproche d'être orgueilleux, alors que je suis simplement honnête. Je suis le meilleur, je n'ai pas à m'en cacher.

— Pourquoi crois-tu que le conseil te propose de passer ces épreuves après seulement cinq ans d'étude ?

Akilàm attendit un instant, sourcils froncés, bras croisés, mais il finit par admettre :

— Je suis le meilleur… mais je suis aussi le pire des élèves qui soit. Pour chaque examen réussi, je me permets une entorse au règlement et je reçois une punition. Je suis désobéissant et imprudent. Je n'oublie pas qu'un sang royal coule dans mes veines.

— Parfaite analyse, mon jeune ami.

— Lorsqu'ils m'ont convoqué, j'ai pensé qu'ils avaient fini par prendre la décision de me renvoyer. Mais ils ne le peuvent pas, justement à cause de mon rang. Eux non plus ne peuvent l'oublier, ni mes camarades ni même les servants. Tous me traitent différemment. Car je suis différent. Je pense que me faire subir les épreuves de l'Adùl est la seule façon de débarrasser la càsrn de ma présence.

— Tu es encore loin du compte, soupira le vieux ministre en hochant le menton.

Akilàm sentit un frisson lui parcourir l'échine. Il tourna son visage vers Nàssih qui le fixait avec le plus grand sérieux.

— Insinuez-vous que mes maîtres veuillent se débarrasser de moi définitivement ? chuchota-t-il.

— L'épreuve royale est impossible à réussir pour qui veut la passer sans concession ni tricherie. Le conseil sait que tu t'y soumettras de façon fidèle, en digne fils de ton père.

Ces mots résonnèrent étrangement aux oreilles d'Akilàm. Il était encore meilleur qu'un fils, il le prouverait. Il sauta sur ses pieds et fit face.

— Bien sûr, noble ministre, car je sais que je peux réussir.

— Les épreuves théoriques de mathématiques et de théologie sont à ta portée. Tu connais aussi tous les rouages de la politique et du commerce dans le désert de Méditrà, et pour cause, je suis ton maître. Idem pour ce qui est de la pratique. Il te semble facile de créer un médicament, de fabriquer un objet d'usage courant ou de forger une épée, sans parler de construire un mur. Broutilles, pour toi, n'est-ce pas ? Le duel avec le champion de la càsrn ne devrait pas te poser de problème : tu es le champion. Les épreuves d'agilité, de maniement des armes, hache, épée, arc, tout te semble à ta portée et tu as sûrement raison…

Nàssih fit une pause, tant pour reprendre son souffle que pour se calmer.

— Les épreuves spécifiques de l'Exl sont autrement plus dangereuses et tu n'y as jamais été confronté. As-tu pensé au danger que représente la rencontre probable avec un liopàr sauvage, une bande de scorps ? Les chasses auxquelles tu as participé étaient collectives. Tu ne t'es jamais retrouvé seul, face à ces prédateurs. Que feras-tu, du haut de tes quatorze années lunaires, avec ton arc et ta petite épée ? Rappelle-toi seulement les quelques minutes qui t'ont servi d'expérience, il y a cinq ans…

— Ne soyez pas moqueur, noble ministre, et fouillez votre mémoire. Comment avez-vous fait, vous-même, il y a… il y a un siècle au moins ? lança l'adolescent.

Stupéfait, Nàssih éclata de rire. Un rire chevrotant, mais très joyeux, qui désamorça aussitôt la dispute.

— Quel culot ! Je n'ai que quatre-vingts ans, mon jeune ami. Tu es tout le portrait de ton père ! Me voici projeté dans le temps, il y a déjà trente années, quand j'essayais de raisonner Jàhlel et recevais le même genre de réponse irrévérencieuse.

— Avez-vous réussi à dissuader mon père ?

— Non, bien sûr, mon enfant, mais c'était mon rôle. Ton père avait presque vingt années lorsqu'il réussit l'Adùl-royal, il avait beaucoup plus d'expérience que toi. Je ne mets pas en doute tes connaissances ni ton grand courage, Akilàm, mais je pense que les personnes qui te proposent l'Exl dès à présent ne veulent qu'une chose : ta perte, la fin de la lignée de ton père et la fin de son règne.

— Ce que vous dites-là est très grave, noble ministre.

— C'est pourquoi je te le dis en privé, et c'est pourquoi je t'enjoins de refuser la proposition du conseil dès demain. Demande un report, il sera accepté sans condition. Je connais parfaitement ton caractère impétueux, jeune prince, mais si j'étais toi, je m'en méfierais, prévint-il en donnant un coup sec sur le sol avec le sceptre de ministre qui lui servait aussi de canne.

— Venez-vous de la part de mon père ? demanda Akilàm, soupçonneux.

Ignorant cette question, le vieillard fit mine de se lever avec difficulté et l'adolescent se précipita pour l'aider. Une fois appuyé sur son bâton, Nàssih se dirigea d'un pas solennel vers la sortie.

— Je vais vous accompagner, noble maître.

— Ne te soucie pas de moi, mon enfant. Ma garde personnelle m'attend à la porte de la càsrn. Va plutôt dans ta cellule et pratique la méditation.

Il s'effaça pour laisser passer le prince qui ne protesta pas et se dirigea vers les baraquements des étudiants. Il se préparait à passer une nuit blanche. Le vieux ministre retourna dans la salle d'audience où il prit congé de Dàrih. Les autres enseignants étaient allés se coucher depuis longtemps, car la vie en càsrn commençait à l'aube aussi bien pour les élèves que pour les maîtres. Dàrih s'inquiéta de voir le vieillard les quitter si tard pour revenir le lendemain entendre la décision du prince Akilàm. Nàssih prétexta une affaire urgente à traiter et quitta silencieusement les lieux, seulement accompagné de Qàdim, son fidèle servant, presque aussi âgé que lui.

Les deux vieillards silencieux avancèrent lentement, dans le faible halo de leur lanterne, sur les allées sablonneuses, entre les bâtiments fermés. Les rues de la ville-mineure étaient complètement désertes, à cette heure de la nuit. Les Barkàns resteraient cloîtrés jusqu'au matin et les rares patrouilles de garde effectuaient de rares rondes en temps de paix. Une fois la deuxième enceinte passée et la ville-majeure atteinte, Nàssih inspira une longue bouffée et se mit à bougonner en pressant le pas.

— La nuit est calme et étoilée, les rues sont sûres, osa le servant, pourtant, vous paraissez soucieux, mon maître.

— En effet, mon bon Qàdim, je le suis. J'ai de graves nouvelles à porter au roi, qui ne souffrent aucun délai et mes genoux cagneux me font souffrir, mon souffle est court. J'enrage d'être ralenti à ce point.

— Cela vous soulagerait-il de vous confier à moi, comme vous le faites parfois ? proposa le servant avec un sourire bienveillant.

— Oh, mon pauvre Qàdim ! Combien de fois t'ai-je assommé avec mes sentences et mes soliloques. Je me demande comment tu peux encore me supporter.

— Votre service est un honneur, noble ministre. Vous êtes si sage que personne ne peut soutenir la comparaison. Je suis fier de vous border chaque soir, ricana le servant, complice.

— Certes, la vieillesse et la maladie nous ont rendus aussi intimes qu'un vieux couple, admit le ministre de bonne grâce.

— Je dois vous avouer que votre prestige rejaillit sur moi, surtout en cuisine. Badirà nous garde toujours les meilleurs morceaux en priorité. Après le roi, bien sûr, s'esclaffa le vieux servant, faisant trembloter la lueur de sa lampe à huile.

Nàssih joignit son rire dans le silence nocturne.

— Je suis content d'avoir réussi à vous dérider un peu, mon maître.

Ils passèrent le poste de garde sans encombre et s'enfoncèrent dans le dédale du quartier militaire de la garde royale.

— Nous devons presser le pas. L'heure est grave. Les prêtres de Sahàr trament je ne sais quel mauvais projet et je suis sûr que le roi n'en est pas informé, révéla le ministre à voix basse.

Les deux vieillards avaient des allures de conspirateurs, ils avançaient le dos courbé, le djelh rabattu sur le front malgré l'absence de soleil. Ils progressaient lentement dans la pénombre, entre les gymnases déserts et les écuries silencieuses.

— Ces prêtres fanatiques ont lu dans les étoiles qu'Akilàm pouvait subir les épreuves de l'Adùl-royal dès le prochain cycle de Lùn.

— C'est insensé ! Par Oxèn ! Notre jeune prince n'a que quatorze années !

— Je le crois parfaitement capable de réussir les épreuves communes, mais les épreuves royales représentent un réel danger. La précipitation avec laquelle ces oiseaux de mauvais augure sont descendus à la càsrn et la rapidité avec laquelle la décision a été prise me font penser à un véritable attentat.

— Entendez-vous vos paroles, mon maître ? Elles sont un blasphème, chuchota Qàdim d'un ton de reproche.

— Je sais, mais on ne m'ôtera pas ce mauvais pressentiment de la tête. Conformément à la loi des càsrns, la décision de subir les épreuves revient entièrement à l'élève qui ne peut pas consulter sa famille. Je pense que les prêtres comptent sur l'impétuosité légendaire de notre petit prince. Il va plonger tête baissée dans le piège.

— Je le crois, moi aussi, admit le servant, mais avertir le roi ne sert à rien, mon maître. Vous l'avez dit vous-même, le prince doit agir seul, c'est la loi.

— Il y a toujours un moyen de la contourner, mon brave Qàdim. Crois-en ma très longue expérience, grommela le vieux ministre. Allons, nous ne sommes plus loin du château…

— Qui va là ? s'écria soudain le servant qui leva plus haut sa lampe essayant d'élargir le halo de lumière.

— Que se passe-t-il ? Je n'ai rien entendu.

— Bien sûr, mon bon maître, vous êtes sourd depuis fort longtemps. C'était comme un léger bruit de pas, étouffé par le sable.

— Allons, Qàdim ! Mes discours alarmistes ont débridé ton imagination. Il n'y a rien. Avançons !

L'attaque fut terrible. Le liopàr jaillit de son écurie, enfonçant le battant d'une porte mal fermée. Elle claqua violemment contre le serviteur qui ouvrait la marche. Qàdim, assommé, s'écroula sur le sol, sa lampe roula à terre et s'éteignit dans un grésillement piteux. L'animal dédaigna cette proie facile et se mit à tourner autour du vieux ministre qui tendit les mains dans l'obscurité. Son pied buta sur son bâton, il le ramassa et se dressa fièrement face au félin. Nàssih fouilla dans sa mémoire d'ancien guerrier-chasseur.

— *Ablàj ! Nawamà* ! lança-t-il d'un ton autoritaire, intimant à la bête l'ordre de se calmer et de se coucher.

Il se demandait dans quelle mesure cet animal était déjà dressé. S'agissait-il d'une nouvelle prise ? Dans ce cas, il n'y avait guère d'espoir. La bête féroce sembla pourtant hésiter. Nàssih réitéra son ordre en levant son bâton de ministre. Que faisait ce liopàr, la nuit, hors de son enclos ? Qui avait bien pu laisser une porte d'écurie déverrouillée ?

— *Nawamà*, répéta-t-il d'une voix qu'il voulait autoritaire.

La bête gronda encore, mais elle vint s'aplatir sur le sable, aux pieds du vieillard. Celui-ci essaya de maîtriser sa respiration. Si au moins il pouvait savoir le nom de l'animal, cela le mettrait en confiance. Tenir un fauve à demi sauvage en respect était une chose, lui tourner le dos pour rentrer chez soi en était une autre.

— Qàdim ? appela-t-il dans l'obscurité, Qàdim, secoue-toi. Éveille-toi, vieux servant !

Aucune réaction du serviteur étendu sur le sol, mais le félin se mit à gronder.

— *Ablàj* ! tonna le vieillard en levant à nouveau son bâton.

Il distinguait à peine, dans l'obscurité, la masse velue et couchée devant lui, muscles bandés. Il savait que le félin le voyait parfaitement et étudiait chacun de ses mouvements. Il attendait la faille, la petite seconde d'inattention qui révélerait sa faiblesse d'humain.

Qàdim gisait sur le sol, inutile. Nàssih décida d'agir seul. Il rassembla avec effort le vocabulaire des guerriers-chasseurs qu'il avait autrefois tant utilisé. Armé simplement de son long bâton de dignitaire, il entreprit de conduire le liopàr dans son écurie. Il prit un ton ferme et fit un pas de côté vers les bâtiments.

— *Qadmà* !

Il lui fit signe d'avancer. La bête émit un feulement de mécontentement. Néanmoins, elle reconnut les ordres habituels et elle rampa vers la porte. Nàssih fit un autre pas, plus assuré, il montra l'entrée béante avec son bâton et répéta son ordre. Il ressentit une bouffée de fierté lorsque le grand fauve obéit. Ce dernier avança avec réticence, regrettant déjà la folle escapade et la liberté entrevue, mais il courba l'échine.

Le vieux ministre se redressa, pendant quelques secondes, il oublia l'arthrose qui tordait ses doigts et les rhumatismes qui lui vrillaient les articulations. Il se sentit grand et valeureux, comme au temps de sa jeunesse guerrière, sa voix se fit puissante et assurée. Il allait féliciter le liopàr pour son obéissance quand soudain, un ordre d'attaque fusa depuis l'ombre de l'écurie.

Nàssih n'eut pas le temps de réagir. L'énorme animal, tel un ressort musculeux, se jeta sur lui et le renversa dans la poussière. Inutile d'espérer se défendre avec un simple bâton. Plus ébahi que craintif, le vieux ministre ne poussa pas un cri. Il sentit les crocs acérés du grand carnivore se refermer sur sa gorge, la carotide éclata presque aussitôt.

Le goût du sang éveilla les instincts sauvages du félin qui secoua sa victime pour l'achever en lui rompant les os du cou. Il sortit ses longues griffes rétractables, il s'apprêtait à déchirer les épaisseurs de tissus et de peau, à la recherche des entrailles de sa faible proie, lorsqu'un nouvel ordre retentit dans l'obscurité.

— *Ablàj*.

La voix était douce, mais intransigeante. Le liopàr, parfaitement docile, abandonna le cadavre du vieillard et se dirigea aussitôt vers les écuries en se léchant les babines. Une ombre se glissa par la porte et donna un violent coup de pied au serviteur évanoui. Celui-ci ne réagit pas plus que s'il était mort. L'individu mystérieux n'insista pas et, persuadé d'avoir agi sans témoin, tendit la main vers le félin pour lui flatter l'encolure.

— Tu es une brave bête. Je suis navré de te sacrifier, dit la voix autoritaire, *rakadà*. Courir.

Le liopàr, désorienté par ces ordres inattendus, se précipita dans le dédale des rues sablonneuses, se fiant à son instinct pour tenter de rejoindre le désert. L'ombre enveloppée d'un djelh noir prit la direction inverse en marmonnant.

— Les hommes de garde auront tôt fait de te rattraper, mon beau, et de découvrir les dégâts causés par un jeune félin encore mal dressé. Dommage.

Le meurtrier véritable fut bientôt happé par les ténèbres.

Qàdim attendit un moment interminable, puis il osa remuer. Il se mit à tousser et cracher le sable qu'il avait dans la bouche. Il porta la main à son front douloureux. Il avait perdu connaissance quelques instants seulement, et si à présent il lui semblait avoir repris ses esprits, un brouillard enveloppait ses sens engourdis. Il ne pouvait pas croire ce qu'il avait entendu. Il pensa que le choc lui avait causé des hallucinations auditives.

Il finit par ouvrir un œil, l'autre était tuméfié. Il distingua près de lui la forme sombre de son maître, avachie sur le sol. Il rampa avec l'espoir fébrile de lui porter secours, mais c'était trop tard. La vision qui s'offrait à lui, à la lueur blafarde de la lune, ne laissait aucun doute. Nàssih gisait dans une position étrange, les bras tordus et les jambes repliées sous lui, posé sur la large tache sombre de son sang absorbé par le sable de l'allée.

Qàdim réprima un haut-le-cœur et ne perdit pas de temps en vaines lamentations. Il courut, aussi vite que ses blessures et son grand âge le lui permettaient, jusqu'au poste de guet le plus proche des écuries royales. La garde fut alertée en un instant, et le serviteur conduit à l'infirmerie. Bientôt, ce fut le branle-bas dans les rues de la cité assoupie.

Armés de torches et de lances, les guerriers-chasseurs eurent tôt fait de repérer le liopàr qui errait à la recherche d'une issue vers le désert. L'animal féroce était complètement affolé par les flammes et le goût du sang humain. Il fallut six hommes aguerris pour en venir à bout. Le cou et les pattes entravés par des lassos habilement lancés, le félin rugissant fut maintenu au sol tandis que le capitaine de la garde s'approcha pour l'achever. Il regrettait d'abattre un si bel animal, mais chacun savait qu'il serait désormais impossible de faire confiance à une bête qui s'était attaquée à un Barkàn. Le capitaine plongea son épée dans le poitrail doré de la bête qui s'effondra en grognant.

C'est alors qu'un guerrier s'avança près de la dépouille ensanglantée et s'écria :

— Capitaine Hàdil. C'est… c'est la monture du prince Akilàm ! C'est incroyable !

— Es-tu certain de ce que tu avances, Jàhid ?

— Oui, capitaine, cette couleur fauve de la crinière est reconnaissable entre toutes, même à la lueur des torches. Nous avons souvent plaisanté le prince sur le fait que le pelage de son liopàr avait la couleur de sa propre chevelure. Je suis vraiment sidéré que Sa Majesté ait pu commettre le moindre oubli.

— Peut-être une autre personne s'est-elle occupée de le monter aux écuries ? plaida le capitaine.

— Le prince met un point d'honneur à s'occuper lui-même de son liopàr de chasse.

— Jàhid, ce que tu avances est grave, coupa sèchement Hàdil, tu feras un rapport au roi dès que nous aurons une audience. En attendant, cours prévenir Dàrih le maître de càsrn, une enquête doit être menée sur le champ.

Mascarade

Un cortège de prêtres descendit du temple-majeur pour prendre en charge le corps de Nàssih avec tous les égards dus à son rang. Ils le transportèrent avec cérémonie, accompagnant leurs pas de chants mortuaires, jusqu'au château.

Dans la grand-salle, le roi Jàhlel, encore en vêtement de nuit, accueillit la dépouille de son vieux maître et plus ancien ami avec un visage impassible, quoique son cœur fût empli de chagrin. Il s'agenouilla auprès du corps exsangue et pria longuement. Comme le cadavre était en piteux état, les prêtres ne pouvaient pas le plonger dans le bassin prévu pour la cérémonie de Passàj. Ils l'emmenèrent au temple pour le préparer, recoudre ses plaies et lui donner un aspect honorable.

Le lendemain, dès l'aube, la cérémonie commença avec la famille royale au grand complet. Les notables, les amis et la parentèle du vieux ministre étaient réunis dans la cour intérieure du temple dédié aux quatre dieux-majeurs. La grande-prêtresse Sahàr elle-même officiait pour le service funèbre d'une telle personnalité.

Elle était assistée d'Othmàn, le jeune prêtre arrogant, qui avait osé affronter le roi à la naissance d'Akilàm. Il avait su mener une belle carrière, justement grâce à ce coup d'éclat qui l'avait fait remarquer de la prêtresse. Devenu grand prêtre-sorcier, il secondait Sahàr pendant toutes les cérémonies importantes, et même pour des affaires privées, murmurait-on derrière les murs de la cité. Othmàn était un bel homme à la toison de jais, abondante et bouclée, qui faisait son succès auprès de nombre des prêtresses-apothicaires.

Ce matin-là, les longues mèches luisantes avaient été tressées et couvertes du djelh noir. Le prêtre avait l'air profondément affligé tandis qu'il psalmodiait les prières destinées à la déesse Aqà et que les prêtres immergeaient le corps, enveloppé du linceul rouge des guerriers, dans le grand bassin des morts. La rigidité cadavérique donnait un air impérieux au vieux ministre.

Le roi Jàhlel, chef religieux de son peuple, participait activement à la cérémonie. C'est lui qui hissa le corps de son ami sur le lit de branchages dressé au centre de la cour intérieure du temple, orné de pétales et de plantes odoriférantes. Le linceul fut imbibé d'un liquide inflammable et Sahàr offrit l'âme de Nàssih au dieu Brùl en allumant un brasier immense dont la fumée noire monta directement vers le ciel limpide et le soleil.

Au dernier rang, parmi les cousins éloignés du ministre, le fidèle Qàdim ne pouvait retenir ses pleurs. Il portait un bras en écharpe et son œil droit était tuméfié, mais cela n'empêchait pas les larmes de couler abondamment sur la face ridée du vieux servant. De son œil valide, il fixait d'un air mauvais la mince silhouette du prince Akilàm, qui avait revêtu pour l'occasion le djelh indigo des personnalités de sang royal et semblait prier avec une ferveur sincère. Il fulminait de ne pouvoir accuser le prince en public. Il était seul à savoir que cette mort n'était pas accidentelle et souffrait de penser que le prince en était responsable.

Le feu mit plusieurs heures à se consumer, pendant lesquelles on n'entendit que la litanie des prêtres, qui accompagnait l'âme du défunt vers Brùl. Enfin, au crépuscule, les prêtresses-apothicaires recueillirent les cendres encore chaudes et une longue procession se forma vers la porte du sud.

La population de toute la demi-lune de Barkàn en grand deuil, turbans et capuches relevés, suivit le cortège des prêtres et des familiers. Elle se massa peu à peu sur les remparts tandis que la délégation officielle quittait la ville, encadrée par des escouades de guerriers-chasseurs en uniforme d'apparat, écarlate et or.

Les boucliers et les lances relevées luisaient dans les derniers rayons du soleil. Sur un monticule situé non loin de la troisième enceinte, Sahàr répandit les cendres de Nàssih pour les laisser s'envoler dans la brise du crépuscule. Othmàn dirigea les litanies qui offraient l'essence du vieux ministre à la déesse Trà, soulevée par le dieu Oxèn dans un dernier souffle.

Comme toutes les cérémonies religieuses du peuple de Barkàn, celle de Passàj invoquait la protection des dieux-majeurs et se déroulait dans un silence respectueux. Le roi déclara enfin les vingt-neuf jours de deuil, nécessaires pour honorer un si grand personnage. Chacun retourna à ses occupations, la tête couverte, même à l'abri des demeures, en signe de tristesse et de respect pour l'âme du ministre tant vénéré.

Le soleil était couché quand Jàhlel rejoignit le palais. Il s'enferma seul dans ses appartements, refusa de prendre la moindre nourriture, dédaigna les paroles de réconfort. Il ne ferma pas l'œil, mais pria toute la nuit et pleura sur la plus grande perte qu'il eût jamais éprouvée après la mort de son épouse bien-aimée.

Le lendemain, il se présenta sans retard dans la salle du grand conseil bondée d'un public pressé et industrieux, comme à l'accoutumée. Certes, un grand homme venait de mourir et le gouvernement souffrirait de ne plus recevoir ses conseils avisés, mais les affaires n'attendaient pas. Jàhlel prit place sur son trône au dossier droit, il s'apprêtait à gouverner avec dignité malgré son deuil.

Les audiences commençaient à peine lorsqu'un remous dans la foule attira son attention. Un simple soldat semblait impatient et refusait d'attendre son tour. Il était accompagné de son capitaine qui tentait de faire valoir un droit de priorité et se disputait avec d'autres plaignants. D'un geste, Jàhlel les fit taire et leur demanda d'approcher. En bon chef de guerre, le roi connaissait le nom de tous ses officiers et apostropha le militaire.

— Capitaine Hàdil, prétendez-vous passer avant cette famille par la force ? Cette attitude est intolérable pour un guerrier barkàn. Si vous provoquez encore ces requérants, vous devrez quitter la salle du conseil et vous n'aurez pas d'audience avant un cycle de Lùn.

— Majesté ! Je vous obéis, car je ne saurais attendre vingt-neuf jours, mais l'affaire qui m'amène ici ne souffre aucun délai, dit Hàdil en s'inclinant jusqu'au sol, sans pourtant s'interrompre, cela concerne le prince héritier !

Jàhlel se redressa sur son trône inconfortable. Bien qu'habitué aux frasques d'Akilàm, dont les récits remontaient souvent jusqu'au grand conseil, Jàhlel ne pouvait empêcher son cœur de battre la chamade, affolé de voir son secret découvert. Plus il vieillissait, plus cette charge lui pesait et il avait du mal à contenir ses émotions. Sans se soucier de la bienséance et de l'ordre des plaignants, il invita le capitaine à s'avancer vers le trône des jugements.

— L'heure est grave Majesté, déclara Hàdil, je suis le capitaine de la garnison de l'est, et voici Jàhid, soldat de la garde sous mes ordres.

Le guerrier-chasseur fit un pas vers le trône et s'agenouilla. Il paraissait peu à l'aise, le dos crispé, le regard fuyant. Il prit la parole d'une voix hésitante.

— Ô, grand roi, je viens témoigner dans l'affaire de l'accident du noble ministre Nàssih, décédé à la suite des blessures infligées par un liopàr.

— Tu viens témoigner, dis-tu ? demanda Jàhlel intrigué, mais à propos de quoi ? C'était un accident, comme tu l'as dit.

— Oui, Votre Majesté, mais…

Jàhid jeta un coup d'œil implorant à son capitaine qui resta impassible.

— Le liopàr que nous avons abattu appartenait au prince Akilàm, avoua-t-il comme à regret.

— Que dis-tu ? s'exclama le roi courroucé.

Sahàr, assise à la droite du roi, observa la scène avec une surprise feinte, mais elle jubilait en son for intérieur. Elle se demandait comment Jàhlel allait s'en tirer cette fois-ci.

— Cela ne fait aucun doute, Majesté, interrompit le capitaine d'une voix neutre, nous avons mené une enquête aussitôt que Jàhid nous a fait part de cette information.

Le roi foudroya du regard ledit Jàhid, qui sembla se recroqueviller plus encore dans la position à genoux dont personne ne s'était avisé de le relever.

— Nous avons aussitôt alerté les gardes de la cité qui, comme la loi le leur permet, ont interrogé sans délai le prince. Il a reconnu qu'il s'agissait de sa monture. Il assure que son serviteur et lui-même ont appliqué la procédure et que l'animal était parqué de façon habituelle. Nous avons vérifié la porte des écuries. La serrure n'a pas été forcée, la barre était posée de côté. Une porte non barrée ne résiste pas au poids d'un liopàr.

— Le prince a donc commis une erreur. Intentionnellement ou non, le résultat est le même, insinua Sahàr gravement.

— Où se trouve-t-il, en ce moment ? coupa le roi d'une voix blanche, sans relever l'affront.

— Après les funérailles du noble ministre Nàssih, le maître de sa càsrn l'a fait enfermer en cellule pour manquement grave, en attendant une décision du grand conseil, Majesté.

— Mon fils, l'héritier du trône de Barkàn, au cachot, depuis hier ! Et c'est maintenant que vous venez m'avertir, tonna le roi, incapable de contenir sa fureur.

Le capitaine Hàdil ne se laissa pas démonter, il répondit calmement.

— Nous insistons auprès de votre chambellan depuis hier, Majesté, mais vous étiez en recueillement. Nous n'avons obtenu aucun passe-droit. Nous avons dû attendre notre tour dans les requêtes de justice… et nous attendrions encore si je n'avais pas provoqué une dispute en demandant à ces personnes impatientes de me céder leur tour, ajouta-t-il en se tournant vers les membres de la famille de nobliaux qui le regardaient, bouche bée, tout comme le reste de l'assemblée.

Le roi se rassit d'un mouvement sec et prit quelques secondes pour se recomposer un visage impassible. Il était conscient que Sahàr l'observait du coin de l'œil et guettait le moindre faux pas pour lancer encore une de ses remarques assassines. Il reprit son rôle de monarque.

— Soldats, retirez-vous.

Jàhid, qui n'avait pas bougé d'un iota depuis le début de sa comparution, s'éclipsa dans le sillage de son capitaine avec un soulagement visible, tête basse, honteux d'avoir participé à cette mascarade. Le roi se tourna vers son chambellan et dit d'une voix mesurée :

— Il faut faire la lumière sur toute cette affaire. Convoquez Dàrih, maître de càsrn, et Hetim le juge-garde, je veux les entendre.

— Nous sommes là, Majesté.

Les deux personnages, tels des acteurs attendant leur tour en coulisse, firent leur apparition sous le regard médusé de l'assemblée. Jamais le roi n'avait été mis en situation d'avoir l'air aussi peu informé des affaires de la cité. Sahàr assistait à la scène avec une satisfaction de plus en plus difficile à cacher.

— Nous allons juger cette affaire séance tenante, à ce que je vois, dit Jàhlel.

— Nous venons rendre compte de nos actes devant notre roi, déclara Dàrih en s'inclinant très bas malgré son grand âge, nous pensions bien que cette affaire ne souffrirait aucun délai, une fois les rites religieux accomplis, bien sûr.

— Nous avons fait chercher l'élève Akilàm, précisa Hetim avec le plus grand sérieux.

Le roi tiqua à l'emploi de ce terme, mais n'interrompit pas le juge revêtu de son djelh rouge de guerrier et du signe officiel de sa charge, le torque de bronze orné de l'effigie de Brùl. Jàhlel connaissait bien l'homme. Contrairement à l'hypocrite Dàrih, Hetim agissait uniquement dans le but de rendre justice. C'était un juge intègre, mais terriblement scrupuleux.

Pour sa part, le magistrat souffrait de voir le puissant Jàhlel prendre souvent ses aises avec les règles qui régissaient Barkàn, mais sa présence en ce jour ne visait pas à ridiculiser son roi. Il cherchait avec acharnement la vérité et se targuait de toujours employer les mots justes.

— C'est bien, ne put qu'acquiescer Jàhlel, je désire entendre son témoignage sans interprétations intermédiaires.

Soudain, il y eut un remous dans la foule. Akilàm fit son apparition, encadré de quatre gardes aux mines renfrognées. Encore vêtu de sa tenue d'apparat de la veille, nullement froissée. Le front ceint du bandeau de turquoises royales, il avança lentement, le dos droit, le torse bombé. Il n'avait en rien l'air d'un simple étudiant ou d'un accusé repentant.

Jàhlel l'examina longuement, ainsi que toute l'assemblée ébahie, qui paraissait assister à un véritable spectacle. Sahàr ne pipait mot, mais ses yeux noirs lancèrent des éclairs à la vue de ce prince au visage angélique et à la prestance guerrière, qui provoquait l'admiration de tous.

Le roi résuma la situation et demanda avec une voix qu'il voulait sévère.

— Akilàm, tu risques une peine grave pour manquement aux règles ayant entraîné la mort accidentelle d'un tiers. Qu'as-tu à dire pour ta défense ?

— Rien, Majesté, répondit le prince sur un ton aussi ferme, que ma punition soit exemplaire, elle n'égalera pas la honte qui ronge mon cœur d'avoir causé la perte d'un maître qui m'avait fait l'honneur de son amitié. Si j'ai agi avec l'étourderie impardonnable dont on m'accuse, j'en assume l'entière responsabilité…

— Mensonge ! cria une voix forte à l'autre bout de la salle.

Tous les visages se tournèrent d'un même mouvement vers la porte où une silhouette imposante tentait de se frayer un chemin parmi les guerriers et les dignitaires. Le roi leva la main en signe d'accueil et les gardes s'effacèrent. Ethàn, modestement vêtu de son djelh d'étudiant, s'avança jusqu'au trône. Il traînait derrière lui un servant apeuré, au crâne luisant de sueur.

— Majesté, je me dois d'interrompre cette mascarade ! s'écria-t-il en menaçant le prince du doigt, je viens contredire le témoignage de mon camarade de càsrn, l'élève Akilàm, ici présent.

Le roi le gratifia d'un regard soulagé, tandis que Sahàr se redressait sur son siège et croisait les mains pour éviter d'enfoncer les ongles dans le bois des accoudoirs. Le juge Hetim suivit toute la scène avec une grande attention. Il s'approcha et sonda les prunelles limpides du jeune homme avant de lui permettre de parler.

— C'est sur moi que revient la faute, proclama le jeune homme avec force, Akilàm n'a pas pu s'occuper de sa monture en rentrant de la chasse, il y a deux nuits. Il a été convoqué pour un conseil exceptionnel, à peine sorti des étuves. C'est moi qui ai conduit les liopàrs aux écuries avec le servant que voici. Témoigne, toi aussi, ajouta-t-il avec une bourrade entre les omoplates du serviteur agenouillé.

Le pauvre bougre bredouilla une phrase qui allait dans le sens des dires du jeune homme.

— Tais-toi, imbécile, siffla Akilàm entre ses dents à l'attention d'Ethàn.

Le regard du roi allait de son fils à l'apprenti guerrier. Il se demandait lequel des deux tentait de se sacrifier pour l'autre. Derrière lui, la prêtresse assistait à ce rebondissement imprévu avec un visage impassible, seul l'éclat de ses prunelles noires indiquait le degré de sa colère.

— Sais-tu que ce que tu dis là est très grave, élève Ethàn, dit-elle d'une voix pourtant suave, tu risques la peine capitale, l'exil au désert, pour avoir causé la mort de quelqu'un !

De son côté, maître Dàrih, le front baissé sous son djelh d'apparat ne perdait rien de l'échange de regards. Il commençait à regretter de se trouver là. En effet, le roi ne manqua pas d'interrompre le laïus de la prêtresse pour revenir sur un point qui lui avait échappé jusqu'alors.

— Jeune Ethàn, tu dis avoir pris en charge le liopàr d'Akilàm parce que lui-même était convoqué à un conseil extraordinaire, à la nuit tombée ? N'inventes-tu pas cette information insensée pour défendre ton ami ? Je sais que vous l'êtes depuis l'enfance.

Le jeune homme haussa les épaules. Sa candeur était telle qu'il n'aurait jamais imaginé inventer un stratagème pareil, cela se lisait sur son visage.

— Demandez à maître Dàrih ici présent, ou à maître Chàhid qui se tient dans la foule, là-bas. Ils vous confirmeront mes dires et vous en apprendront plus long que moi sur cette mystérieuse réunion.

Dàrih baissa encore le front. Il savait qu'il allait se faire une ennemie jurée de la prêtresse Sahàr en avouant, mais le regard scrutateur du juge Hetim ne lui laissait pas le choix. Il dut révéler en public la décision du conseil des maîtres de proposer l'Adùl-royal à l'élève Akilàm dès le prochain cycle de Lùn.

Le roi bondit sur son trône tandis que des exclamations de surprise fusèrent dans la salle.

— Le prince n'a que quatorze années lunaires, c'est impossible ! s'écria Sahàr, jouant la surprise à la perfection.

— En effet, prêtresse. Je crois que ces maîtres n'ont de sage que le nom, dit le roi sans masquer sa colère, cette décision est complètement inacceptable !

— Majesté, prêtresse !

La voix claire d'Akilàm monta dans la grand-salle, si déterminée que le silence se fit aussitôt. Le jeune prince se dégagea de la proximité de ses gardes et s'avança solennellement.

— La décision ne revient à personne d'autre qu'à l'élève concerné. D'ailleurs, le temps prévu pour la réflexion est écoulé, dit-il en jetant un regard vers son maître de càsrn. Je profite de cette assemblée pour annoncer publiquement que j'accepte la proposition du conseil des sages, je subirai les épreuves de l'Adùl-royal dès que l'alignement des constellations sera propice.

Il jeta un regard à la ronde, satisfait de son effet et de la stupeur qui pétrifia tous les visages. Sahàr se détendit imperceptiblement, les yeux mi-clos de plaisir : l'un de ses plans venait d'échouer, mais pas le second. Ce jeune imprudent venait de foncer tête baissée dans le piège. La prêtresse dut se maîtriser pour ne pas éclater d'un rire nerveux. Dàrih échangea discrètement avec elle un regard satisfait.

Dans le silence terrifié, la voix d'Akilàm reprit, vibrante de colère :

— De plus, si Ethàn est reconnu coupable de négligence pour avoir pris soin de ma monture à ma place, j'entends endosser sa peine d'exil à sa place. Je participerai à l'épreuve de l'Exl à l'issue des premières épreuves de l'Adùl-royal auquel me destinent mon rang et ma formation.

— Insensé ! cria inutilement le roi.

Déjà, les applaudissements couvraient toute parole. Une foule compacte se massa autour du prince. Des hourras admiratifs l'enveloppèrent tandis qu'il se redressait fièrement et se mesurait du regard avec son père. Cette décision échappait au roi, une fois encore.

Akilàm n'eut que le temps de donner une tape amicale sur l'épaule d'Ethàn. Il fut soulevé par le mouvement de la foule en liesse et porté dans les rues de la cité. Il abandonna son ami, partagé entre la fierté et la détresse, il abandonna son père anéanti et le grand conseil des sages totalement dépassé.

Personne ne remarqua, au fond de la salle, derrière une colonnade, le vieux Qàdim, serviteur fidèle de Nàssih, un bandeau sur l'œil et une attelle au bras droit. Il quitta les lieux l'air révolté, le visage blême de colère. Il n'était qu'un servant. Inutile d'élever la voix. Personne n'écouterait jamais ses révélations. On balaierait ses soupçons sans lui prêter le moindre crédit. Qàdim se tourna soudain vers la troupe noire des prêtresses-apothicaires. De son œil valide, il jaugea leur supérieure, la belle Sahàr. Une idée germa dans l'esprit du vieillard anéanti par la perte de son maître vénéré et rongé par la soif de vengeance.

Crime

Sahàr se prélassait sur un sofa recouvert de soieries. Le soleil n'allait pas tarder à se trouver à son zénith, mais la brise qui se coulait entre les rideaux de lin était encore fort agréable. La grande-prêtresse repoussa les restes de sa première collation de la journée et s'étira avec plaisir. Ce soir, elle allait célébrer l'alliance d'une des filles du roi avec un noble guerrier de bonne réputation. Ce serait une fête fastueuse. Sahàr y jouerait un grand rôle.

Pourtant, ce n'était pas cette nouvelle qui la mettait en joie : aujourd'hui prenait fin la période de vingt-neuf jours de méditation qui précédait le début des épreuves de l'Adùl-royal. Akilàm allait se livrer lui-même aux griffes du destin. Sahàr se félicitait d'avoir œuvré habilement, depuis toutes ces années. Sans en avoir l'air, elle avait influencé tous les proches du prince pour le mener exactement là où elle l'avait voulu, face à des épreuves insurmontables pour un être inexpérimenté, un peu trop sûr de lui.

Le désert aurait tôt fait de débarrasser Barkàn de ce jeune écervelé. De plus, au cas où ce dernier réussirait tout de même l'épreuve, elle posterait une escouade de prêtres armés sur le chemin du retour, qui se débarrasseraient discrètement de ce gêneur. Sans héritier mâle à faire valoir, Jàhlel serait rapidement à sa merci. Elle ne ferait alors qu'une bouchée de Zàim, dont la mère, prêtresse-apothicaire et fille aînée du roi, était déjà gagnée à sa cause pour hisser son fils sur le trône.

Les yeux dans le vague, Sahàr s'apprêtait à grignoter encore un morceau de gâteau au miel quand Othmàn fit son apparition, soulevant une tenture aux reflets moirés.

— Quelle surprise ! commença-t-elle d'un air amusé, déjà levé, cher ami ?

La mine rembrunie du prêtre lui fit perdre le sourire.

— Le servant Qàdim est là.

— Je ne l'attendais pas si tôt. Je ne suis pas encore prête, fais-le attendre.

— Votre beauté n'a pas besoin de parure, même à une heure si matinale, susurra Othmàn d'une voix pateline.

— Flatteur ! Aide-moi plutôt à enfiler cette robe d'apparat. J'aurai un air plus majestueux.

Le prêtre s'exécuta avec des gestes efficaces. Il sangla la ceinture corset avec dextérité et fit bouffer les amples replis. Sahàr répandit ses longs cheveux noirs sur ses épaules, ravie de pouvoir enfin se libérer du voile, car la période de deuil avait également pris fin. Elle ceignit le bandeau serti d'onyx, symbole de sa charge de grande prêtresse-apothicaire.

— Vous êtes parfaite.

— Toi, tu n'es pas mauvais en camériste, répondit-elle en riant, tu peux aller chercher ce pauvre bougre. Je me demande bien ce qu'il a à me révéler de si important et de si secret.

Tandis que le prêtre s'éloignait, Sahàr le rappela à l'ordre.

— Méfie-toi, quand même, Othmàn, dans le doute, ne prononce pas un mot.

Le prêtre acquiesça, disparut derrière les tentures richement décorées et revint un instant plus tard accompagné du vieux serviteur. Il lui fit signe d'avancer, mais l'autre hésita. Sahàr se tenait debout près d'un petit brasero où elle faisait mine de brûler de l'encens avec une dévotion parfaitement feinte, elle se tourna lentement et sourit.

— Entre donc, Qàdim, j'attendais ta venue.

Le serviteur avança d'un pas hésitant et se fendit d'une profonde révérence malgré ses articulations douloureuses. Othmàn se dirigea en silence vers une des fenêtres donnant sur le jardin suspendu et sembla s'absorber dans la contemplation du paysage. Sahàr fit quelques pas dans le bruissement soyeux de sa robe tissée de fils d'argent, devant les yeux éblouis du vieillard.

— Brave servant, es-tu remis de tes blessures ?

— Oui, maîtresse. Les charitables prêtresses-apothicaires du temple de Lùn s'en sont chargées.

— On m'a rapporté que tu étais présent le soir de la tragédie et que le liopàr qui a tué ton maître t'a épargné ! Tu es béni des dieux-majeurs.

— Les dieux-majeurs ne daignent pas poser leur regard sur l'humble servant que je suis, bredouilla le vieillard, cependant, je crois que ma survie a un sens : je dois témoigner d'un horrible secret.

— Tu es bien énigmatique, Qàdim, que veux-tu dire ?

— Je pense que la mort cruelle de mon maître n'est pas un accident.

Sahàr plissa les yeux et scruta le crâne du vieil homme à travers le rideau épais de ses cils maquillés.

— Relève-toi, Qàdim, et prends place sur ces coussins.

— Je ne suis pas digne de…

— Obéis, assied-toi, cingla-t-elle.

Le serviteur s'exécuta aussitôt. Il se posa sur le bord d'un sofa et osa jeter un regard autour de lui. Jamais il n'avait vu d'appartement aussi somptueusement décoré, pas même dans le palais du noble Nàssih, son maître. Des fresques invraisemblables ornaient les murs recouverts d'un enduit si lisse qu'il ne laissait pas deviner la jointure des pierres. Sur des coffres ciselés et des guéridons, étaient disposés des coupes, des vases et des boîtes, de beaux objets ornés d'onyx et d'argent, que Qàdim supposa liés au culte des dieux-majeurs.

La prêtresse s'approcha encore et poussa vers lui un plateau chargé de friandises. À la vue des grosses dattes confites et des gâteaux au miel encore tièdes, son estomac se mit à gargouiller involontairement.

— Sers-toi, Qàdim, mange.

L'invitation était attentionnée, mais la voix tranchante. Sahàr se pencha vers le visage du vieil homme et prit place sur un coussin, tout près de lui.

— Prends aussi cette coupe de vin sucré. Détends-toi. Raconte-moi ce qui te trouble.

Il jeta un regard furtif vers le prêtre qui se tenait toujours immobile et silencieux dans l'embrasure de la fenêtre.

— Othmàn, ici présent, a toute ma confiance. C'est le grand-prêtre du temple de Brùl. Tu peux parler librement.

Qàdim déglutit et se lança dans un discours hésitant, même s'il avait dû le répéter cent fois dans sa modeste cellule de servant à la retraite forcée.

— Voilà, noble prêtresse, je crois que mon maître, le ministre Nàssih, a été assassiné… sa mort n'est pas réellement un accident. Je crois que la porte des écuries a été déverrouillée volontairement !

— Qu'est-ce qui te fait croire tout cela, mon bon ?

Sahàr ouvrit de grands yeux apparemment surpris, tandis qu'Othmàn se rapprochait pour tendre l'oreille. Comme le vieux servant atermoyait, impressionné par ses propres paroles, la grande prêtresse l'encouragea.

— Eh bien, Qàdim, ne fais pas languir ta grande-prêtresse.

— Peut-être me ferez-vous jeter au cachot pour ce que je vais révéler…

Le vieil homme avala une lampée de vin pour se donner du courage. Le rouge lui monta aussitôt aux pommettes.

— Je sais qu'une personne était sur les lieux, qui donnait des ordres au liopàr, lâcha-t-il dans un souffle.

— En es-tu certain ?

Sahàr le fixait de façon énigmatique, mais le serviteur était sur sa lancée, il ne se méfia plus.

— Oui, prêtresse ! Tandis que je reprenais mes esprits après avoir été assommé par le vantail de bois… je… heu… quelqu'un est venu me rouer de coups de pied. J'étais déjà fort mal en point et je n'ai pas réagi, mais il y avait bien une personne qui commandait la bête. Je l'ai entendue prononcer les mots du langage que les guerriers-chasseurs emploient avec leurs montures.

— Ce que tu dis là est terrible, mon cher Qàdim. Il s'agirait d'un meurtre prémédité !

Sahàr plongea son regard noir dans les prunelles du vieil homme. Elle se rapprocha de lui et demanda d'un air doucereux :

— Se pourrait-il que, malgré l'obscurité, tu aies vu cette personne ?

— Oh non, prêtresse ! J'ai gardé les yeux fermés tout le temps que j'ai senti une présence. J'avais trop peur. Mais je pourrais reconnaître sa voix, je crois… si je l'entendais chuchoter de même manière… une voix jeune et autoritaire.

Sahàr s'adossa sur les coussins et fit mine de réfléchir. Elle lança un regard oblique vers Othmàn dont seule la pâleur traduisait l'anxiété. La prêtresse se frotta le menton du bout de ses doigts richement bagués d'argent. Le vieux serviteur respecta ce moment de méditation, même s'il brûlait de continuer son récit. Il en profita pour avaler une nouvelle rasade de ce vin si délicieusement velouté.

— Je comprends ton désarroi, Qàdim. Je te crois lorsque tu dis que ton maître a été assassiné. Pourquoi avoir attendu si longtemps pour te confier ? Pourquoi viens-tu me dire cela, à moi ? Pourquoi ne pas révéler ce que tu sais au roi en personne ? Jàhlel reçoit en audience jusqu'au plus humble de ses sujets et ce que tu as à dire est extrêmement important.

— C'est que…

Le vieillard hésita un instant, il n'osait regarder son interlocutrice en face.

— C'est que le liopàr appartenait au prince Akilàm…

— Eh bien ? Ce dernier a été aussitôt disculpé de son implication dans cette affaire, s'énerva la prêtresse.

— Je sais, noble dame ! Il a même eu l'honneur d'être proposé pour les épreuves de l'Adùl-royal…

— Quel événement, n'est-ce pas ? fit Sahàr sur un ton mondain faussement enjoué, la période de vingt-neuf jours de retraite prend fin aujourd'hui. Il va pouvoir assister ce soir à l'alliance de sa sœur la princesse Zakià avec un noble guerrier et il commencera dès demain à subir les épreuves les plus fameuses.

Elle s'autorisa une lampée de vin avant de poursuivre :

— Doué comme il l'est, le prince n'a même pas besoin que nous lui souhaitions la protection des dieux-majeurs, ajouta-t-elle en savourant le double sens de ses paroles, mais quel est le rapport avec la mort de ton maître, notre regretté Nàssih ?

— Je... j'ai peur de mes propres accusations, mais si je n'ose me tourner vers le roi pour lui parler de son fils, c'est que je crois que... le prince Akilàm lui-même est cette personne mystérieuse qui commandait au liopàr !

— Quoi ? Comment oses-tu ?

Sahàr manqua de s'étrangler de surprise. Othmàn réprima un sourire, visiblement habitué aux talents de comédienne de la grande prêtresse. Qàdim, quant à lui, rentra la tête entre les épaules, mais sa volonté de vengeance était plus forte que sa crainte :

— Seul un guerrier saurait commander de façon aussi efficace un liopàr dressé de fraîche date. De plus, j'ai mené mon enquête dans la domesticité des écuries : la monture du prince était une bête rétive et n'obéissait parfaitement qu'à la voix de son maître. Le prince Akilàm est le propriétaire de cette voix. C'est l'assassin.

— C'est du délire ! s'écria la prêtresse, la mine outrée, la main devant la gorge comme si elle allait défaillir, c'est du futur roi de Barkàn que tu oses parler ainsi !

— C'est pour éviter que cet assassin ne le devienne que je suis venu vous avouer tout ceci !

Qàdim était devenu blême et la colère faisait vibrer sa voix. Il ne ressentait plus ni honte ni crainte. Le vin avait échauffé ses esprits, il ajouta d'une seule traite :

— Le prince Akilàm avait une raison d'empêcher maître Nàssih d'atteindre le palais : il ne voulait pas qu'il prévienne le roi de son intention d'accepter l'Adùl-royal. Mon maître avait tenté en vain de l'en dissuader, puis il avait décidé d'avertir secrètement le roi, mais le prince l'a pris de vitesse. La cérémonie de deuil lui a laissé le temps de se constituer un alibi et cette accusation devant le grand conseil lui a permis de faire son coup d'éclat et de déclarer sa décision en public.

Il baissa les yeux, l'air triste.

— J'ai longuement réfléchi pendant ces vingt-neuf jours... mais maintenant, je dois parler : Akilàm va quitter sa retraite et entreprendre les épreuves de passage. Il faut éviter cela à tout prix. Je suis venu à vous, car je crains que le roi ne me croie pas ou me fasse taire. Mais il faut absolument empêcher un criminel de subir les épreuves sacrées de l'Adùl-royal. Seule vous, grande-prêtresse, avez assez de pouvoir pour convaincre le roi ou le contraindre devant le conseil des sages. Je vous en conjure, aidez-moi à rendre justice à l'âme de mon maître vénéré !

Durant cette tirade, Sahàr avait eu le temps de se recomposer une expression et faisait mine de réfléchir aux propos du vieux serviteur. Ce témoignage tardif venait contrecarrer ses plans. Certes, il lui aurait été bien utile au moment de l'accusation publique d'Akilàm, mais maintenant, c'était trop tard.

« Maudit vieillard ! »

Il n'y avait pas de regrets à avoir. Jàhlel n'aurait fait qu'une bouchée d'une accusation perpétrée par un vieux serviteur, alors qu'il ne pourrait rien contre le destin fatal que son fils s'était lui-même tracé. Il ne fallait surtout pas empêcher le jeune héritier impulsif de se précipiter dans les rouages d'une machine de mort.

La prêtresse jeta un regard chargé de sous-entendus à son acolyte qui hocha la tête imperceptiblement, puis elle prit une voix solennelle en se tournant vers Qàdim.

— Tu as bien fait de venir te confesser à moi, brave servant. Je vais faire le nécessaire pour que le prince Akilàm ne devienne jamais roi, déclara-t-elle en goûtant une fois encore le double sens de son affirmation, en attendant, il faut te faire discret. Othmàn, que tu connais, va te raccompagner par un passage secret et tu regagneras tes quartiers sans dire un mot à personne de tout ceci. C'est bien compris ?

— Oh oui, grande-prêtresse ! s'exclama le vieillard avec un soupir de soulagement.

Il se leva et prit congé en saluant très bas, malgré ses vieux os, puis il emboîta le pas au grand prêtre à l'allure reptilienne qui soulevait une tenture et indiquait un escalier dérobé. Les deux hommes descendirent péniblement l'escalier escarpé taillé dans la paroi du temple. La luminosité procurée par la porte s'estompa rapidement et Othmàn dut bientôt allumer une lampe à huile posée dans une niche creusée à même la roche.

Qàdim en profita pour reprendre son souffle. Il adressa un sourire obligé au jeune prêtre.

— Je suis tellement reconnaissant à la grande-prêtresse de m'avoir reçu, de m'avoir écouté. Quelle femme extraordinaire ! C'est vraiment très aimable à vous de vous donner la peine de m'accompagner. Je ne savais pas que le temple-majeur recelait des passages aussi cachés, mais vous pouvez avoir confiance en moi, je ne trahirai pas ce secret, je serai muet.

— En effet, mon brave, vous serez muet comme une tombe, murmura Othmàn avec un sourire.

Qàdim se figea en reconnaissant la voix qui émanait de l'ombre. Une voix honnie. Une voix qu'il ne pouvait effacer de sa mémoire à vif depuis le meurtre abject de son maître.

— C'est vous ! Par Brùl ! Vous êtes l'assassin ! Mais comment…

Il n'eut que le temps de faire volte-face pour tenter de fuir à l'aveuglette dans l'escalier abrupt. Le coup violent reçu à la nuque lui fit perdre connaissance et la chute vertigineuse qui suivit acheva de lui briser les os. Quand Othmàn entendit le bruit mat que fit le corps sur le sol, deux étages plus bas, il eut un petit sourire et susurra :

— Adieu, courageux servant. Je m'occuperai de ta dépouille plus tard. J'ai des actes plus sacrés à commettre aujourd'hui.

Le criminel remonta tranquillement les marches vers les appartements, décidé à se préparer pour la grande cérémonie qui allait occuper la cité.

Mirage

Dans la tour des rois, l'agitation était à son comble. Des escouades de serviteurs couraient en tous sens pour mettre la main aux derniers préparatifs du mariage. Les sols avaient été lessivés et les murs décorés de guirlandes de fleurs, de grappes de fruits et de palmes, en signe de fécondité. Des effluves délicieux montaient déjà des cuisines où l'on préparait le banquet dans un tintamarre de vaisselle choquée, d'ordres aboyés et de grésillements gourmands.

Dans le quartier des femmes, les quatre plus jeunes princesses encore célibataires étaient réunies dans la chambre de leur enfance. Elles se préparaient avec autant de fébrilité que la future épousée. Les servantes s'affairaient dans la grande pièce aux fenêtres voilées de lin. Un vent chaud venu du désert parvenait pourtant à pénétrer dans les appartements et les jeunes filles transpiraient déjà dans leur robe d'apparat.

Hassoudà fulminait tandis que les servantes nattaient sa longue chevelure flamboyante. Depuis qu'elle avait appris que son jeune frère allait subir les épreuves de l'Adùl-royal, alors qu'elle-même devrait attendre encore quatre ans, elle ne décolérait pas. La saine compétition qui avait toujours opposé ces enfants au caractère bien trempé, s'était peu à peu transformée en sentiment de jalousie extrême de la part de la jeune fille.

— Aïe ! Fais attention, idiote !

Elle se tourna brusquement et gifla la servante qui tentait de décorer la tresse avec des fleurs fraîches.

— Par Aqà ! Tu m'arraches des poignées de cheveux !

— Hassoudà, calme-toi !

La kyrielle d'insultes que la princesse s'apprêtait à déverser fut interrompue par la douce voix d'Ilhàm. La servante la gratifia d'un regard reconnaissant et recula d'un pas.

— Si tu veux que ta coiffure tienne toute la nuit, il faut accepter que quelques mèches soient tirées, poursuivit la princesse.

La timidité de cette dernière s'était estompée au fil des ans, tandis qu'elle s'épanouissait dans la càsrn réservée aux art-artisans. La petite fille dodue était devenue une adolescente aux rondeurs gracieuses. Son regard et son sourire tranquilles indiquaient combien sa vie passée à développer ses talents d'artiste lui apportait une paix intérieure lumineuse.

— Tu ne voudrais pas avoir l'air d'un épouvantail après seulement deux danses, le soir des noces de notre sœur Zakià ? ajouta-t-elle avec espièglerie.

Leurs aînées, qui se préparaient à la même table, pouffèrent, ce qui décupla la colère d'Hassoudà.

— Qu'est-ce qui te fait penser que j'ai le cœur à danser, petite sotte ?

— Peut-être la présence du grand et bel Ethàn qui n'a d'yeux que pour toi, s'écria joyeusement une des jeunes filles.

— Toi aussi, tu as remarqué ses regards langoureux ? ricana une autre en papillotant exagérément de ses cils maquillés.

— Vous n'allez pas vous y mettre, vous deux ? cria Hassoudà en tapant du poing sur la table, ce qui renversa plusieurs petits pots de fard, vous vous trompez complètement ! Il est fou amoureux de cette grosse dinde d'Ilhàm. Elle pourra se trémousser devant lui à sa guise. Pour ma part, je ne danserai pas, cette nuit, et certainement pas avec ce grand dadais qui suit Akilàm comme son ombre.

— Ma belle, c'est une nuit de réjouissance et tu es la sœur de la mariée. Tu dois montrer ta joie et partager son bonheur de s'unir au fier guerrier qui a brillamment réussi les épreuves de l'Adùl de…

— Qu'on ne me parle plus d'Adùl ou je commets un crime ! s'exclama Hassoudà d'une voix grondante.

— Tu parles comme une enfant jalouse, ma sœur, dit doucement Ilhàm.

— Je *suis* jalouse, admit la princesse avec rage, cet avorton a tous les honneurs parce que c'est un garçon ! Depuis qu'il est né, notre père s'est désintéressé de nous. Il n'y en a que pour Akilàm ! Quel petit prince intelligent, quel athlète confirmé, quel brave chasseur ! Ne parlons même pas de sa prétendue immunité contre les scorps ! Une belle légende destinée à faire oublier son comportement dangereux ! Akilàm a passé sa vie à désobéir et il a toujours eu gain de cause. Sur le simple fait qu'il est l'héritier mâle de la famille, tout lui est dû, tout lui est pardonné, même la mort de notre mère !

Les autres princesses restèrent bouche bée et les servantes cessèrent leur ballet silencieux, figées de surprise.

— Ta colère ne te permet plus de mesurer tes paroles, dit Ilhàm avec émotion, je refuse de t'écouter salir le nom de notre propre frère.

— Bouche-toi donc les oreilles, petite gourde, car je n'ai pas l'intention de m'arrêter ! cria sa sœur dont le visage virait au rouge brique malgré la poudre de talc dont il était couvert.

Elle agita vigoureusement un éventail et reprit son souffle. Elle bougonna sur un ton plus bas, comme si elle ressassait des idées déjà bien usées à force d'être retournées dans son esprit envieux.

— Toutes ces années passées à recevoir les meilleures notations, les félicitations de toutes les prêtresses-apothicaires de la càsrn sacrée. Pourtant, père ne daigne même pas y prêter l'oreille. La seule personne qui s'intéresse à moi c'est ma maîtresse Sahàr !

— Notre père suit de très près les études de chacune d'entre nous, coupa l'une des aînées qui était pressentie pour passer l'Adùl d'architecte-bâtisseur avant la fin de l'année, il n'est pas démonstratif, cela est vrai, mais il s'informe régulièrement de nos progrès.

— Il envoie un ministre poser quelques questions à nos maîtres et ils consignent les réponses dans des registres, comme si nous étions des affaires d'État, protesta la jeune fille, je le sais bien, Sahàr elle-même me l'a dit ! Elle peut témoigner du désintérêt de notre père envers ses filles inutiles, même si celles-ci se destinent à devenir prêtresses !

— Hassoudà, aurais-tu choisi cette voie uniquement pour impressionner notre père ? suggéra l'aînée, si ta foi n'est pas véritable, tu ne pourras réussir les épreuves de prêtresse-apothicaire et alors… tu risqueras la mort !

— Tu t'inquiètes pour moi ? Inutile. Je ferai une grande-prêtresse exceptionnelle, Sahàr me l'a prédit.

— Je trouve que ta maîtresse t'accorde trop d'importance pour une simple étudiante. Je pense qu'elle cherche à flatter l'ego d'une princesse en mal d'affection, déclara Ilhàm d'un air inquiet.

— Je t'interdis de critiquer Sahàr !

Hassoudà lui lança un peigne d'ivoire, mais sa sœur l'évita et il alla se briser sur le sol. Les servantes battirent en retraite vers les coffres de rangement. Ilhàm se baissa pour ramasser le bel objet et vérifia machinalement si elle pouvait le réparer. Puis elle se tourna vers sa sœur avec un regard triste et fit mine de quitter la pièce.

— Je te laisse à tes sombres pensées, Hassoudà, mais je me dois d'ajouter qu'elles ne sont pas de mise un jour d'alliance. C'est presque un blasphème d'avoir tant de haine en soi pour sa propre famille.

— C'est ça ! File, artiste frivole ! Moralisatrice de pacotille ! grommela la jeune princesse belliqueuse.

Pour ne pas avoir l'air d'obtempérer, Ilhàm lissa les plis de sa tunique ornée de broderies somptueuses qu'elle avait confectionnées elle-même. Elle jeta un dernier regard à sa sœur et ajouta tranquillement :

— Tes méchantes paroles prouvent que ton enseignement de prêtresse est encore à parfaire.

Depuis leur plus tendre enfance, les sœurs ne pouvaient s'empêcher d'entrer dans cette course au dernier mot. Ilhàm ne laissa pas à Hassoudà le loisir de trouver une réponse, elle tourna les talons et quitta les appartements royaux. Les autres princesses firent de même, non sans étouffer des gloussements.

Elles suivirent le couloir ensemble, commentèrent un moment l'attitude féroce d'Hassoudà qui, décidément, n'avait pas changé depuis leur dernière rencontre à l'occasion d'une fête familiale. Ilhàm les salua ensuite d'un signe de tête et se dirigea vers les appartements d'Akilàm.

Là, point d'agitation, aucun servant affairé, aucun ordre précipité. Un silence bienvenu régnait dans la grande chambre, ainsi qu'une pénombre agréable procurée par un jeu de paravents tressés de palmes et disposés devant les fenêtres. Ils obstruaient la lumière sans empêcher l'air de circuler.

La pièce était chichement meublée. Un coffre de cèdre ouvert laissait apercevoir quelques djelhs et turbans. Dans un panier, de vieux objets en bois qui avaient survécu aux anciens jeux du prince enfant. Ilhàm reconnut avec émotion un cheval miniature qu'elle avait grossièrement taillé à l'époque où elle n'avait encore aucune maîtrise de son art. Sur un vaste lit était étalée la tenue de cérémonie du prince : surcot aux boutons de turquoises, chemise et sarouel de toile teinte dans le plus bel indigo jamais obtenu dans les ateliers de maîtresse Zayàne.

Près de la plus grande fenêtre, assis devant une console où étaient éparpillés divers objets destinés à la toilette, Akilàm observait attentivement son visage devant un miroir de bronze poli. Il ne semblait pas avoir entendu sa sœur entrer et elle en profita pour l'admirer à son insu. Sa longue crinière cuivrée cascadait sur ses épaules, il se tenait bien droit, son dos formait un triangle aux muscles saillants sous la chemise de toile fine.

Cependant, dans le reflet du miroir, Ilhàm distingua un visage aux traits tirés, pommettes saillantes et joues pâles. Elle fut alertée par l'expression étrange de ses yeux : le prince ne s'admirait pas dans la glace, son regard paraissait voilé, tourné vers *l'intérieur*. Cela lui donnait un air absent, comme lorsque les prêtresses entraient en transe pour les grandes fêtes d'Aqà et de Trà. Peut-être était-il encore en train de prier ? Ilhàm eut l'impression que les objets bougeaient imperceptiblement sur la console, mais elle pensa que la pénombre lui jouait des tours. Elle recula discrètement vers la porte.

— Entre, ma sœur, tu ne me déranges pas, murmura Akilàm sans faire un seul mouvement.

— Je croyais que tu ne m'avais pas entendue, dit-elle en riant, mais j'oubliais que tu es un pisteur hors pair. Impossible de te surprendre !

— Je ne t'ai pas entendue, Ilhàm, je t'ai *ressentie*, révéla le prince, c'est comme si j'avais saisi, dans les fibres de mon corps, ton intention de venir me voir. Je savais que tu allais entrer dans la pièce avant d'avoir aperçu ton reflet dans le miroir.

— C'est étonnant ! s'exclama la jeune fille en s'asseyant sur le bord du lit, comment est-ce possible ?

— Je crois que j'ai développé cette capacité, et d'autres encore plus étranges, pendant ma retraite. Je suis resté enfermé dans une cellule sans lumière, sans bruit, sans divertissement pendant un cycle de Lùn, avec pour seule activité la méditation et la prière…

— Quelle torture ça a dû être pour toi, mon petit frère tout feu tout flamme !

— Au début, en effet, je tournais comme un liopàr en cage, avoua-t-il en riant, mais peu à peu, j'ai essayé de mettre à profit l'enseignement de maître Chàhid. J'ai effectué mes exercices de respiration, j'ai appris à entrer en contact avec moi-même.

— Toi, tu as fait ça ? Je n'en crois pas mes oreilles !

— Exactement comme on nous l'apprend lors des exercices de yoà : il faut maîtriser son souffle d'abord et exercer un contrôle du flux mental. J'ai appliqué mes leçons à la lettre afin de canaliser mon énergie… et ça fonctionne.

— Tu plaisantes, aucun étudiant n'y arrive jamais, murmura Ilhàm, incrédule.

— Je te raconte la pure vérité, ma chère sœur. Au bout de quelques jours seulement, j'ai été capable de me dégager de mon corps et de flotter dans la pièce. Je sentais la présence des prêtres avant même qu'ils ne m'apportent mon repas. Puis j'ai pu sortir et atteindre la cour et les gymnases, je pouvais voir mentalement les autres élèves s'entraîner.

— Toi, le prince turbulent, tu fais des sorties de corps dignes des prêtres les plus experts ? Difficile à croire ! Tu as dû rêver !

— Je ne plaisante pas avec toi, Ilhàm. C'est comme si mon âme se dégageait d'une armure invisible, si mon esprit s'ouvrait à des possibles insoupçonnés…

— Ton esprit s'ouvre ? Formidable ! Tu vas pouvoir enfin apprécier des choses insignifiantes comme l'art, le taquina la jeune fille.

— Il y a longtemps que je l'apprécie, ne t'en déplaise. Pour tout t'avouer, depuis ma rencontre avec l'incomparable maîtresse Zayàne, la mère d'Ethàn. Mais cela ne veut pas dire que j'apprécie *ton art* ! fit-il en la poussant sur le lit.

— Espèce de rustre ! cria Ilhàm dans un rire joyeux, tu froisses ma robe. Lâche-moi ! Si tu crois que tu m'impressionnes avec tes histoires à dormir debout !

La jeune fille se rebiffa et tenta de lisser les plis de son ample tunique brodée tandis que son frère chahutait.

— Akilàm, arrête, au nom de Trà ! Je suis venue t'offrir un cadeau d'adieu et toi, tu me reçois comme si on avait encore dix ans.

— Un cadeau ! Pour moi ? Donne-le-moi !

Akilàm sauta sur son séant et prit une mine implorante qui fit rire de nouveau sa sœur.

— Ne peux-tu pas rester sérieux en ce jour solennel ?

— J'étais sérieux. Je t'avouais l'étrange découverte que j'ai faite sur moi-même et c'est toi qui l'as tournée à la plaisanterie, déclara-t-il, soulagé de ne pas lui avoir révélé tout ce qu'il avait découvert.

Ilhàm observa son frère du coin de l'œil, jaugeant sa sincérité. Elle avait tellement l'habitude de ses fanfaronnades qu'elle ne savait plus vraiment quand le croire.

— Tu parlais vrai ?

— Tu es la seule à qui j'ose me confier et vois le résultat. Si ma sœur adorée se moque de moi, que diront mes chers camarades de chambrée ou mes maîtres respectés ? ironisa Akilàm.

Ilhàm se sentit confuse et vint se rasseoir près de lui.

— Il est difficile de croire que tu as atteint toutes les étapes du yoà en seulement vingt-neuf jours, toi qui étais si rétif aux exercices de méditation.

— Je ne m'y suis jamais adonné jusqu'à présent, mais j'ai toujours écouté toutes les leçons. Je sais comment faire.

Une fois encore, Akilàm sentit qu'il passait pour un prétentieux alors qu'il énonçait une simple vérité. Comme la jeune fille baissait le menton, songeuse, il haussa les épaules.

— Peu importe, en fait, que tu me croies ou non. Ce don n'est pas si important, après tout. De plus, il ne me permet pas de tout voir… par exemple, quel est ce mystérieux cadeau ? Ne me fais pas languir.

Ilhàm redressa les épaules et le toisa de toute sa hauteur tandis qu'il se pelotonnait contre elle.

— Je ne suis pas venue t'apporter une babiole de rien du tout, dit-elle d'une voix sourde, tiens-toi droit. Mon présent est précieux. Il est destiné à te porter chance dans ton épreuve de l'Exl. Tu dois le recevoir avec respect.

— L'artiste-pur a fabriqué un véritable chef-d'œuvre autoproclamé précieux, railla Akilàm avec tendresse.

Il n'en obéit pas moins aussitôt, il se redressa et prit un air solennel. Ilhàm plongea la main dans une poche dissimulée dans les plis de sa robe et en sortit une petite boîte en bois brut.

— Un coffret sans décoration ? Tu t'es surpassée, ma sœur !

— Cesse tes moqueries ou tu n'auras rien ! Ce n'est pas un objet que j'ai fabriqué, mais j'ai conçu la très belle broche qui a servi à le troquer, révéla la princesse avec un air de conspiratrice.

Akilàm prit la boîte avec précaution, toute trace de plaisanterie quitta son regard. Il souleva le couvercle et observa l'étrange objet qui reposait sur un morceau d'étoffe. Il avait l'allure d'un petit cône argenté muni d'une poignée sur laquelle se devinaient des empreintes de doigts. Sur un côté, il était décoré de perles en relief de couleurs vives.

— C'est… ma parole ! C'est un objet qui vient des confins de Méditrà ! s'exclama-t-il d'une voix rendue rauque par l'émotion.

— Je l'ai obtenu chez les Nmàds, chuchota sa sœur, je sais qu'il est interdit d'en posséder dans l'enceinte de Barkàn, mais puisque tu vas en sortir pour aller au désert, j'ai pensé que…

La voix d'Ilhàm n'était plus qu'un souffle, elle s'embrouillait dans ses justifications. Akilàm tourna vers elle un regard brillant d'admiration et de reconnaissance.

— Tu as troqué un objet interdit pour moi ! Toi, la très obéissante Ilhàm ! C'est une merveille ! Il ne pourra rien m'arriver avec ce talisman venu du désert !

— Euh, ce n'est pas un talisman, Akilàm. Cet objet a une utilité.

— Qu'est-ce que c'est ?

— Ça s'appelle un *pis-to-la-se*, c'est une arme qui vient de… euh… d'une *mégacité*, murmura Ilhàm.

Akilàm ne put réprimer un hoquet de surprise, mais ne lâcha pas la précieuse boîte. Il ne se souciait plus de droits ni d'interdits. Sa sœur avait prononcé des paroles quasi magiques. Son cœur battait à tout rompre. Un objet qui venait d'une *mégacité*. Les mégacités existaient bel et bien, si l'on y produisait des objets réels, des objets que l'on pouvait prendre, soupeser.

Il posa un doigt sur le tube argenté qui luisait doucement dans son écrin, mais Ilhàm arrêta son geste aussitôt.

— Attention ! C'est extrêmement dangereux ! Il faut le tenir par là.

Elle lui désigna la crosse. Akilàm l'empoigna, surpris de constater que le moulage correspondait parfaitement à sa main.

— Les mégacitoyens ont cinq doigts eux aussi, n'est-ce pas ?

— Je crois, je ne sais pas. Le Nmàd m'a juste expliqué comment m'en servir, il ne m'a rien dit d'autre.

— Montre-moi !

— Attention, c'est très risqué ! Cette arme projette un fluide mortel qui peut tuer en quelques secondes. Il sort par ce petit tube brillant, donc ne le touche pas, ça pourrait te brûler.

— Mais comment l'actionner ?

— Tu appuies sur cette perle blanche et cela lui permet de prendre vie.

En effet, le pistolet laser se mit sous tension et les petits boutons latéraux s'illuminèrent. Akilàm dut se retenir pour ne pas battre des mains comme un enfant fou de joie devant un jouet neuf.

— Là, tu vois, ça signifie qu'il est en état de fonctionner et si tu appuies avec ton index sur ce loquet, tu vas lancer le feu mortel.

— Et ces autres perles de couleur ?

— Elles servent à choisir la puissance du feu. Bleue, pour produire une étincelle utile pour allumer un feu de camp. Jusqu'au rouge, pour lancer un rayon capable de tuer sur le coup un liopàr en pleine course… enfin, si on en croit le boniment du Nmàd.

Akilàm appuya immédiatement sur le petit bouton bleu puis enfonça la détente, une flamme apparut au bout du canon. Le prince poussa un cri de joie.

— Arrête, par Aqà ! Tu es fou ! Ne fais pas ça ici ! C'est interdit ! De plus, sache que cet objet n'est pas magique ni inépuisable. Ce renflement contient un combustible qui permet à l'objet de brûler.

— Comme nos lampes à huile ?

— Euh, oui… lorsqu'il n'y en aura plus, ton pistolase ne fonctionnera plus. Ne gaspille donc pas son énergie inutilement, intima la jeune fille, Akilàm, pourquoi me regardes-tu de cette manière ?

— Tu m'as toujours étonné, petite sœur ! Tu es douce et discrète, pourtant si déterminée. Tu es attentive aux autres. Tu savais l'importance d'un tel cadeau. Non pour son utilité, mais parce que c'est une preuve que les mégacités ne sont pas seulement des légendes. Et ça, c'est tellement important pour moi !

— En effet, je ne comprends pas bien ta passion pour tout ce qui n'est pas de Barkàn, mais je sais que cela t'attire depuis toujours.

Ilhàm le serra contre elle, submergée par l'émotion.

— Prends bien soin de toi, reviens-nous vivant et digne de régner, ajouta-t-elle avec un sourire forcé.

— Je ne sais pas si mon destin se bornera aux murailles de Barkàn, avoua Akilàm dans un souffle.

— Ne dis pas des choses insensées ! fit-elle en essuyant une larme, bon, fais voir ces habits de cérémonie, que je t'aide à te vêtir pour ce soir !

— Non ! Je me débrouille seul ! dit Akilàm vivement, je vais cacher ce pistolase dans la poche intérieure de ma ceinture d'arme, ainsi personne ne pourra le trouver. Ilhàm, tu as ma reconnaissance éternelle pour ce présent magnifique !

La jeune fille crut encore à une pitrerie et quitta la chambre en riant.

Départ

Les deux gardes lui lâchèrent les poignets et s'inclinèrent très bas. Akilàm fit un pas en avant, le regard fixé vers la ligne d'horizon. Les vagues ocre du désert flamboyaient sous les rayons vespéraux. Après une longue journée de marche sous bonne escorte, le prince avait atteint la mine de turquoises, dernier bastion de civilisation avant l'immensité désertique qui entourait le pays de Barkàn, au cœur de Méditrà.

Aussi bien par respect que par curiosité, les mineurs avaient cessé leur activité et s'étaient massés sur les fortifications qui défendaient les baraquements et les entrées des tunnels qui trouaient la montagne rouge. Ils se tenaient immobiles et silencieux.

On était loin de la foule en liesse qui avait accompagné le cortège du prince à travers la cité de Barkàn, après la remise publique des insignes de l'Adùl. La grande prêtresse Sahàr avait ceint le front d'Akilàm d'un bandeau finement tissé sur lequel les turquoises alternaient avec des emplacements vides, destinés à être complétés après l'épreuve de l'Exl.

Avait suivi un pompeux discours qui rappelait les excellents résultats du prince dans toutes les matières. Enfin, assistée du grand prêtre Othmàn, la prêtresse avait conduit la cérémonie religieuse à travers les temples de la cité, pour demander aide et protection à chacun des dieux-majeurs.

— Que l'immense Brùl ne soit pas trop ardent, que la déesse capricieuse Aqà se montre généreuse, que Trà offre ses présents et qu'Oxèn préserve l'intégrité du futur roi de Barkàn.

Akilàm avait écouté d'une oreille distraite. Il connaissait les sentiments de Sahàr à son sujet et se doutait que ses prières n'étaient pas sincères, c'étaient de simples paroles récitées par cœur. L'esprit du prince, bouillonnant à la fois d'impatience et d'appréhension, était déjà tourné vers Méditrà.

Selon la loi, le roi avait dû rester dans la cité, car deux représentants du sang royal ne pouvaient quitter ensemble le gouvernement. Cette fois-ci du moins, Jàhlel s'était plié aux règles, mais c'était surtout pour rendre supportable la séparation.

Maître Fàhres en personne avait tenu à accompagner son élève jusqu'aux portes du désert. Le grand guerrier faisait office de figure paternelle. Il tendit au prince les armes rudimentaires auxquelles il avait droit pour défendre sa fragile existence face aux multiples dangers du désert.

Il lui donna une épée parfaitement équilibrée et aiguisée avec soin, lui passa sur l'épaule un carquois garni de flèches et le bel arc patiné dont le prince s'était servi tant de fois à la chasse en sa compagnie. Enfin, il lui remit un petit coffret en bois précieux qui contenait une pâte brunâtre.

— C'est ma femme, prêtresse-apothicaire au temple de Trà, qui a confectionné elle-même ce poison à base de jusquiame noire, révéla Fàhres, le front soucieux, trempes-y tes flèches sans le toucher. Le contact avec la peau n'est pas dangereux, mais si tu portes tes doigts à la bouche, tu auras des hallucinations. En revanche, le contact avec le sang provoque un assoupissement immédiat, cela te permettra de ralentir tes proies et de les approcher pour les achever. Tu devras cependant attendre au moins une heure avant de les consommer, en prenant soin de ne pas toucher au foie.

Akilàm hocha la tête en signe d'assentiment, prit le coffret en silence et le glissa dans son sac. Chacun prenait son mutisme pour un sérieux respectueux. En réalité, l'angoisse, autant que l'excitation, lui séchait la gorge. Il craignait qu'en prononçant une parole de remerciement, sa voix tremblante ne le trahît.

Fàhres eut un sourire entendu, il scruta un moment les yeux luisants de son jeune élève, son visage caché dans l'ombre d'un djelh brun de chasseur et, contre toute attente, il empoigna l'adolescent dans une étreinte rude, mais réconfortante.

— Je salue ton courage, jeune prince, dit-il d'une voix qui se voulait ferme, je serai présent en ce lieu, avec cette escorte, dès l'aube de la prochaine décade, car je ne doute pas de ton succès.

Akilàm articula un merci à peu près digne. Il rabattit devant ses yeux le voile grillagé destiné à le protéger entièrement des rayons du soleil et avança d'un pas décidé vers les collines fauves du désert. La fatigue d'une journée entière de marche faisait flageoler ses genoux, mais il ne se retourna pas une fois. Il progressa, la tête haute et les épaules redressées, car il sentait les regards fixés sur son dos.

La rocaille et le sable s'étendaient à perte de vue, les pistes et les voies que suivaient les Nmàds étaient loin derrière. Akilàm imagina ces chemins qui reliaient les cités-états éparpillées dans Méditrà, tels des îlots civilisés dans un océan de terres grillées, battues par des vents crépitant de sable, où grouillait une faune hostile.

Les gardes se tenaient droits dans la fournaise du soir, ils avaient tous rabattu leur turban sur leur front et certains avaient mis leur main en visière pour suivre des yeux la silhouette qui avançait sans faiblir sur le flanc escarpé d'une colline. La chaleur faisait trembloter l'horizon, mais aucun ne broncha tant que le prince fut visible.

Les guerriers savaient qu'à la nuit tombée, ils seraient à l'abri, contrairement à leur prince. Ils seraient hébergés dans les baraquements des mineurs qui vivaient sur place. Ces derniers ne rentraient chez eux qu'une fois par cycle, en même temps que les convois de turquoises brutes qu'ils allaient tailler eux-mêmes dans les ateliers de Barkàn, tandis que les files d'ouvriers venant de la cité prendraient la relève. Certes, le confort serait sommaire, mais toujours plus rassurant qu'une nuit à l'extérieur dans le désert.

Enfin, la fine silhouette atteignit le sommet de la colline, se retourna pour un dernier regard sur le monde connu. La citadelle aux créneaux de granit ocre, les rangs serrés de guerriers aussi hauts que des fourmis, et plus loin encore, les remparts du croissant de lune que formait Barkàn, agrippée à sa montagne comme un lierre de toits roses et gris.

Akilàm amorça la descente de l'autre versant et disparut aux yeux de tous. Ses genoux ne le portèrent pas bien loin. Enfin seul et libéré de l'observation soucieuse des guerriers, il s'autorisa une pause. Il s'effondra sur une pierre plate et fut secoué de tremblements. Il étouffait sous le djelh qui recouvrait tout son corps, enserrait sa chevelure et masquait son visage sous un pan grillagé. Il savait qu'à aucun prix il ne pourrait s'en débarrasser sans exposer sa peau aux rayons mortels de Brùl.

Au bout d'un petit moment, les spasmes nerveux cessèrent et Akilàm reprit peu à peu le contrôle de sa respiration. Il mit en pratique les préceptes du yoà récemment appris, afin de contrôler efficacement ses réflexes et de se laisser envahir par la sérénité. La peur, la curiosité, un sentiment intense de liberté se heurtaient dans son esprit. Il tenta de se calmer pour y mettre bon ordre.

Pour éviter les tricheries des prétendants à l'Exl qui auraient pu rester en sécurité dans les parages de la mine, une mission leur était confiée : à cinq jours de marche en direction du Levant, se trouvait une oasis, minuscule touffe de verdure à l'abri d'une falaise argileuse. Une source suintait de la roche et alimentait un bouquet de palmiers dattiers, de papyrus et autres plantes sauvages. Le futur roi devait rapporter une preuve de son passage en ce lieu béni par les déesses Aqà et Trà. Il en profiterait aussi pour faire le plein d'eau potable afin de parcourir le chemin du retour.

Akilàm palpa machinalement l'outre précieuse qui pendait à son côté. Jàhlel, qui avait effectué ce périple trois décennies plus tôt, l'avait abreuvé de conseils et d'indications précises. Les moindres détails étaient revenus de façon très vive à la mémoire du roi. Du point culminant où il était assis, le prince apercevait déjà en contrebas, l'énorme rocher en forme de champignon dont son père lui avait parlé. Il semblait défier les lois de la pesanteur et se dressait, à plus de dix mètres de hauteur, dans un chaos de roches pointues, malmenées par l'érosion éolienne.

Akilàm savait déjà qu'il pourrait trouver un abri dans la paroi de cet étrange monticule. S'il l'escaladait, il trouverait une faille assez large pour accueillir le corps d'un adulte. Là, il serait à l'abri des prédateurs nocturnes les plus gros et des serpents venimeux qui vivaient dans le sable. À sa charge de se prémunir contre les autres bêtes nuisibles, tels les insectes volants ou les chauves-souris vampires qui se blottissaient dans les moindres anfractuosités.

Il aurait pu voyager la nuit pour éviter de marcher sous un soleil de plomb, mais il valait mieux ne pas s'exposer à l'aveuglette aux bêtes nocturnes en pleine activité. Il préféra les heures les plus chaudes, mais aussi les plus calmes, pour avancer dans un désert inconnu, avec pour seul itinéraire des souvenirs vieux de trente ans et la tradition orale de ses maîtres.

Akilàm refit mentalement l'inventaire de son barda. Une outre contenant trois litres d'eau et un linge enveloppant une petite quantité de biscuits secs. C'étaient les seules provisions de bouche qui lui étaient accordées. Il ne devrait compter que sur son adresse à la chasse pour se nourrir correctement. Il avait aussi une trousse garnie d'onguents destinés à soigner les petites plaies, brûlures et autres piqûres d'insectes, et le coffret à poison de maître Fàhres.

Enfin, il vérifia ses armes soigneusement aiguisées et, serré sous sa large ceinture, le fameux pistolase. Il palpa le renflement discret que faisait l'objet sous le cuir souple. Il résista à la tentation de le sortir de sa cachette pour l'admirer une fois de plus. Quel objet fascinant, porteur de tant de fantasmes.

— Si je dépassais l'oàz, si je marchais tout droit, si j'atteignais Mégasilia, soupira-t-il à voix haute. Je sais que tu existes, cité mythique ! Un jour, je te trouverai par-delà les confins…

Le prince s'ébroua, comme si le fait de secouer la tête réussissait à éparpiller ces idées passionnées, mais vaines. Il se leva et se mit en route vers le rocher à la courbe insolente. Il fallait l'atteindre avant la nuit. La chaleur était écrasante et la fatigue accumulée pendant toute une journée de marche se faisait durement sentir.

— Je n'aurais pas dû m'asseoir, ça m'a coupé les jambes, grommela-t-il.

Il était furieux d'avoir outrepassé une des premières règles du chasseur, mais il avait suffisamment de ressources et il atteignit son but en quelques minutes. Il était déçu de n'avoir croisé aucun animal, pas même une trace dans le sable, pas une crotte sur les rocailles. Théoriquement, il savait que la chaleur confinait les bêtes dans leurs repaires durant le jour, mais il avait espéré faire des découvertes surprenantes.

« *Pas si dangereux, ce voyage… mais si ça continue comme ça, je vais mourir de faim* ! » se dit-il tandis que son estomac gargouillait.

Akilàm réfléchit un instant au pied de la falaise abrupte qui se recourbait dangereusement au-dessus de lui, tel un croissant de pierre en équilibre. Que faire ? Partir en chasse alors que la nuit allait s'étendre et que les animaux allaient enfin sortir de leurs trous, ou bien se passer de dîner et profiter des dernières lueurs pour entreprendre l'ascension de la paroi, trouver la faille et y prendre un repos bien mérité ?

Tout en réfléchissant, il s'humecta les lèvres au goulot de son outre. Il bâilla longuement et opta pour la deuxième solution. Autant prendre des forces dans un sommeil réparateur, il serait bien temps le lendemain de se mettre à chasser. Il avait besoin de lumière pour se repérer sur cette roche inconnue. Il vérifia l'arrimage de ses armes et de sa sacoche et entreprit l'escalade de la falaise à mains nues.

L'exercice s'avéra plus facile que prévu, car la paroi offrait de nombreuses anfractuosités. Le prince assurait ses prises avec la dextérité particulière aux étudiants barkàns, habitués à faire le mur pendant les mois de fête. Il atteignit rapidement la faille qu'il avait repérée par la zone d'ombre qu'elle traçait sur la roche. Elle ressemblait à l'entaille qu'aurait laissée l'épée d'un géant, les bords parfaitement lisses, inclinés vers l'intérieur. Il s'y hissa à la force des bras, enjamba le plateau et se laissa rouler dans le creux peu profond qui offrait enfin une ombre bénéfique.

Il avait à peine atteint sa cache qu'une meute de chiencàls apparut au détour du rocher, ils flairaient le sol et jetaient des cris aigus. Ces charognards du désert ne chassaient pas vraiment, ils se contentaient des restes de prédateurs plus puissants, mais ils n'auraient pas hésité à mettre en pièce un petit humain. Le prince soupira d'aise en les regardant de haut.

Par sa taille et sa disposition, la faille était l'endroit idéal où passer une première nuit en solitaire dans le désert à l'abri du vent, du froid mordant de la nuit et des animaux sauvages. Cependant, ses parois étaient tranchantes et sa longueur atteignait tout juste la taille d'un homme adulte. Akilàm pouvait y tenir assis, à condition de rentrer les épaules et de courber l'échine.

Il se contorsionna pour se débarrasser de ses armes et de son paquetage qu'il plaça au fond, soulevant la poussière blanche qui couvrait un amoncellement de gravats. Il en fut quitte pour une série d'éternuements qui le firent larmoyer. En bas, quelques chiencàls levèrent le nez, puis ils détalèrent, certainement attirés par d'autres bruits plus intéressants.

La nuit tombait et le désert silencieux se transforma peu à peu. L'obscurité s'emplit de piétinements furtifs, frôlements de fourrure, frottements de sabots. Le voyageur s'allongea sur le sol rugueux et se mit à glisser imperceptiblement vers le fond, il n'avait pas réalisé plus tôt que l'inclinaison était si forte. Akilàm s'apprêta à passer une nuit inconfortable, mais bien à l'abri. Il se pelotonna du mieux qu'il put et ferma les yeux. Il s'endormit instantanément, bercé par le souffle de la froide brise nocturne. Il plongea dans un sommeil réparateur et sans rêve.

Épreuve

Un pressentiment retentit comme une alarme dans son cerveau et le fit sursauter. Un cliquetis familier acheva de l'éveiller. Akilàm ouvrit les yeux, les sens en alerte. Il pensa d'abord qu'il faisait un cauchemar. Il chercha la lampe à huile sur sa table de chevet, mit plusieurs secondes avant de se rappeler où il se trouvait.

La lune coulait une flaque de lumière bleue sur le rebord de la faille. Les claquements et les sifflements s'intensifièrent. Nul besoin de se pencher au-dessus du rebord pour deviner que deux scorps mâles se livraient un combat enragé au pied de la falaise.

Akilàm n'esquissa aucun mouvement. Il se rappelait que les arachnides géants, malgré leur surdité, détectaient leurs proies grâce aux vibrations et repéraient les déplacements d'air les plus ténus. Il n'avait jamais vu de scorp grimper aux murs, mais il préférait ne pas vérifier l'information ce soir, car dans ce cas, son nid haut perché deviendrait un piège mortel.

En effet, l'ouverture était assez large pour laisser passage à un scorp. Cependant, l'anfractuosité n'était pas assez profonde pour permettre au prince de se réfugier loin du dard empoisonné, ni assez spacieuse pour lui autoriser la liberté de mouvement nécessaire à une riposte armée. Mieux valait rester tapi dans l'ombre, parfaitement immobile.

En bas, la lutte faisait rage. Les mâles attaquaient à grand bruit.

« *Dire que je suis sûrement passé devant leur repaire ! Ils m'ont peut-être vu, mais ont renoncé à m'attaquer en plein jour*, se dit Akilàm avec soulagement. *Demain, j'attendrai qu'il fasse plein soleil pour me glisser dehors.* »

Il s'en voulut néanmoins d'avoir laissé son épée au fourreau. La fatigue, la précipitation, la satisfaction d'avoir trouvé un abri, tout cela lui avait fait oublier les préceptes les plus simples de maître Fàhres. Il tendit la main vers son paquetage. Ses doigts glissèrent sur les gravillons accumulés par les intempéries et provoquèrent un léger éboulis.

En contrebas, les deux grands mâles qui se disputaient la préséance s'arrêtèrent soudain. Intrigués par la chute des gravillons, ils cessèrent le combat. Akilàm se mordit la lèvre, furieux de son imprudence. Heureusement, il était hors d'atteinte, si haut perché.

Bientôt, un raclement inquiétant lui révéla qu'il se trompait. Un scorp montait bel et bien le long de la paroi verticale. L'adolescent allait se retrouver coincé. Aucune échappatoire. Vers le haut, la falaise s'incurvait à l'horizontale. Vers le bas, une troupe aux pinces agitées attendait déjà la chute des restes que le mâle dominant voudrait bien laisser tomber.

« *Trouver une solution. Vite ! Le pistolase* ! »

Akilàm ne se souciait plus d'être repéré, il n'économisa plus ses efforts, il tenta de dénouer sa ceinture. Il n'avait aucune liberté de mouvement. Il entendit le crissement des pattes antérieures de la bête qui grimpait avec plus d'aisance qu'Akilàm n'en avait eu plus tôt ! Il se démena comme une larve qui se dégage de son cocon, entravé à la fois par son djelh et par les murs de roche. Son cœur battait à tout rompre.

Le pistolase était inaccessible, enroulé dans son foulard, les flèches coincées dans le carquois qui avait glissé dans le coin le plus étroit, l'épée grippée dans son fourreau. Impossible de se redresser sans perdre l'équilibre vers le fond. Comment attaquer sans aucune amplitude pour lever le bras ? Plutôt, comment se défendre, rectifia machinalement son cerveau.

« *Je ne suis plus le chasseur* ! »

Les crochets faisaient un bruit désagréable contre la roche. Le scorp montait inexorablement. Vaine consolation, Akilàm ne risquait pas de périr à cause du venin, mais sa position inconfortable ne lui permettait pas de se mettre à l'abri des tenailles géantes aussi affûtées que les meilleurs coutelas.

En désespoir de cause, il pivota sur le sol, tourna le dos à l'ouverture, saisit le fourreau de son épée entre les cuisses et dégaina en glissant les bras le long de son corps devant lui. Il manqua de se couper lui-même quand la lame frôla son visage.

Il avait à peine réussi à se retourner qu'une pince noire surgit dans le passage éclairé seulement par le reflet de la lune. Il n'avait aucun moyen de lever le bras avec assez d'élan pour atteindre une jointure et la sectionner. On était loin des chasses à ciel ouvert où Akilàm s'offrait le luxe de combats aux chorégraphies précises. Ici, il n'était qu'une proie acculée. Le prédateur se tenait déjà en équilibre sur le rebord, éraflant la roche, ses pinces cliquetaient de façon significative.

Au comble de l'affolement, les tempes bourdonnantes, Akilàm, toujours allongé sur le ventre, l'épée coincée, les membres engoncés, laissa échapper un hurlement de rage. Il agit avec sa volonté comme avec un ressort à la pointe acérée, il laissa déferler sa peur, sa fureur, son énergie contre son ennemi. Elle sembla rebondir sur la carapace du monstre qui vacilla comme si on l'avait repoussé avec une arme. L'animal perdit l'équilibre et dégringola dix mètres plus bas dans un craquement épouvantable. Brisé, il tenta de se redresser pour remonter à la charge, mais ses congénères fondirent sur lui pour le dévorer vivant.

L'adolescent, hébété, observa le spectacle à la lueur de la lune. Il ne savait pas si son cri avait surpris le scorp au point de le déséquilibrer ou s'il avait réussi à le faire basculer par la force de sa volonté. Il avait découvert ce pouvoir inattendu pendant sa retraite. Il n'en avait parlé à personne, pas même à la douce Ilhàm, tant il trouvait lui-même cela incroyable. Il arrivait à faire bouger de menus objets, comme un peigne ou une écuelle. Il focalisait son esprit et projetait un trait d'énergie qui *poussait* les objets comme il l'aurait fait d'un revers de main ! Cependant, il ne maîtrisait pas ce don ni les trajectoires aléatoires, il n'était même pas sûr d'être à l'origine de ces faits extraordinaires.

Au sol, les monstres achevaient leur festin. Il profita de ce répit pour se dépêtrer de son djelh, dégrafer sa ceinture et saisir son pistolase. Dans le doute sur ses pouvoirs psychiques, il préférait s'appuyer sur une aide bien physique. Conscient que les scorps ne l'oublieraient pas, il enfonça le bouton blanc et l'appareil se mit à vibrer doucement, signe qu'il était bien sous tension. Déjà, deux jeunes, évincés de la curée par leurs aînés, entamaient l'ascension de la falaise, à la recherche du curieux gibier qui avait réussi à repousser leur dominant.

Akilàm ne réfléchit pas. Sa position ne le lui permettait pas. Il appuya sur la détente après avoir sélectionné la pleine puissance. Le laser fusa en un jet de lumière bleue. Les deux bêtes explosèrent dans un fracas de chair et de cuirasse brûlées, les débris se répandirent sur le reste du clan en grésillant.

Dans l'obscurité, soudain devenue profonde, Akilàm se frotta les yeux, abasourdi par tant de puissance. Il osa se pencher par-dessus le parapet naturel et observa les scorps à la lueur blafarde de la lune. Nullement perturbés par le feu, leurs armures luisantes jetant des reflets bleutés, ils s'agitaient et déchiquetaient les derniers restes de leurs compagnons, leurs mandibules claquaient avec voracité. Le prince réprima un haut-le-cœur, ces créatures étaient vraiment sans pitié, telles des machines à tuer à l'appétit insatiable.

Inutile d'attendre la fin de leur horrible festin. Enivré par le pouvoir que lui procurait son arme étrangère, il fit feu du haut de son perchoir. Les arachnides géants explosèrent à leur tour dans une gerbe d'étincelles bleues, de chair cramoisie et d'écaille pulvérisée.

Akilàm resta pantelant, mais subjugué. Les sensations d'horreur et de toute-puissance se heurtèrent dans son esprit en ébullition. Bientôt, la raison reprit le dessus et il se rappela que l'arme n'avait pas un réservoir infini, sa toute-puissance était donc bien relative.

« *Je ne vais pas passer dix jours dans le désert à tirer sur tous les animaux dangereux que je vais croiser. Que cette mésaventure me serve de leçon, je dois être plus prudent...* »

Il se sourit à lui-même dans l'obscurité.

« *On croirait entendre maître Ouàkil. S'il me voyait en cet instant, il ne serait pas bien fier, pas plus que maître Fàhres. Quel piètre aventurier je fais.* »

L'odeur de chair calcinée n'allait pas tarder à attirer, si ce n'est une autre bande de scorps, du moins une meute de chiencàls. Ces derniers n'étaient pas si redoutables en temps normal, mais ils pouvaient devenir furieux, à proximité de cadavres, et attaquer en désordre.

Inutile de tenter de fuir dans la nuit, sans aucun repère, dans un territoire grouillant d'animaux nocturnes affamés. Il glissa le pistolase dans sa ceinture en laissant dépasser la crosse à portée de main, il empoigna son épée nue et se rallongea sur le côté, la joue posée sur son barda. Il resta éveillé jusqu'au lever du soleil, l'oreille aux aguets, les sens en alerte.

Dès que les premiers rayons heurtèrent le bord de son repère, il s'empara de son paquetage et descendit lestement de son perchoir. Contrairement à ses prévisions, aucun autre charognard n'était venu goûter aux restes brûlés des scorps. Les animaux sauvages préféraient certainement la viande crue.

Commandé par les gargouillements de son estomac, le prince saisit un morceau de carapace plein de chair blanchâtre. Il mâcha la première bouchée avec une certaine méfiance. Il fut surpris de trouver, malgré l'odeur de brûlé, une saveur agréable, avec cet arrière-goût de noisette présent dans les larves de guêpes grillées servies aux fêtes de Trà.

Le prince, à jeun depuis la veille, se gava de ce met étrange. Il tria les restes noircis des pinces éclatées, aspira le bout crochu les pattes, là où la chair était moins filandreuse. Il faudrait qu'il apprît aux Barkàns que le scorp était un animal comestible. Il fut tenté d'emporter une réserve de viande pour la journée, mais se douta qu'avec la chaleur, elle ne tarderait pas à pourrir et à attirer, si ce n'est un prédateur, du moins des mouches carnivores qui l'accompagneraient ensuite jusqu'au bout du voyage. Curieusement repu, Akilàm s'accorda une lampée d'eau déjà tiède et commença son véritable parcours dans le désert.

Les cinq journées suivantes passèrent lentement sous un soleil de plomb qui faisait se terrer chaque être vivant. Seuls les humains avaient la vanité de se déplacer en pleine clarté dans ces contrées infernales. Akilàm lui-même avait dû se résoudre à chasser à la nuit tombée, car aucun animal ne se montrait tant que Brùl lançait ses rayons implacables.

La nuit, il trouvait des cachettes plus ou moins ingénieuses, dans lesquelles il restait immobile, l'épée dans une main, le pistolase dans l'autre. Autant dire qu'il ne fermait pas souvent l'œil. Pour monter la garde, il appliquait parfois cet étrange phénomène qu'Ilhàm avait appelé « sortie de corps ». Akilàm dégageait une partie de son esprit qui veillait sur les alentours tandis que son enveloppe charnelle reposait presque sans aucun signe de vie : respiration minimum et pouls ralenti. Cela lui permit d'échapper plus d'une fois au flair de prédateurs qui passaient à proximité sans suspecter la présence d'un être vivant.

Un matin, alors que l'horizon rosissait à peine, un léger bruit le tira de la torpeur dans laquelle il sombrait parfois aux petites heures tandis qu'une fine couche de givre se formait sur son djelh et contribuait à l'engourdir. Il releva lentement le buste et saisit ses armes en silence.

Un renard au poil blond grattait le sol à quelques mètres à peine de l'abri qu'il avait trouvé sous un enchevêtrement de cactus hérissés de dards urticants, auxquels il avait échappé grâce à son vêtement. Le petit animal aux grandes oreilles ornées d'une houppette semblait déjà souffrir de la chaleur, il haletait et grattait la terre. Il était si fort occupé qu'il n'avait pas senti la présence de l'humain, terré au ras du sol, qui le visait déjà avec une flèche acérée.

La curiosité l'emporta sur la faim et Akilàm examina le petit mammifère avec attention. Ce dernier finit par extirper un caillou gris, de la grosseur d'une noix, qui semblait attaché au sol par une racine. Le renard se mit à le mordiller avidement et se lécha les babines à plusieurs reprises. L'adolescent se dressa sur un coude pour mieux voir à travers son rideau d'épines. Les grandes oreilles pivotèrent aussitôt et l'animal détala à une allure folle, abandonnant son précieux caillou.

Déçu, mais toujours intrigué, le prince rampa hors de sa cachette et s'avança vers le trou creusé. Au début, il ne vit qu'un petit tas de cailloux gris déterrés par les pattes griffues. Il ramassa celui que le renard avait mordu. Quelle ne fut pas sa surprise de constater qu'il était mou et juteux ! Il le huma, cela sentait légèrement le miel. Comme il avait vu le renard y goûter, il le tâta du bout de la langue. Il s'agissait d'une plante qui renfermait ses sucs sous l'apparence grise et grumeleuse d'un vulgaire caillou.

En observant le trou de plus près, il vit que le renard avait arraché la racine enfouie profondément sous le sable. Tant qu'ils étaient rattachés au sol, ces étranges bourgeons étaient aussi durs que l'écorce d'un arbre, mais lorsqu'on les détachait, ils devenaient soudain mous et comestibles, leur pulpe procurait une délicieuse sensation de fraîcheur et de vigueur.

Akilàm ne regretta pas d'avoir arrêté son geste de chasseur. Le petit renard lui avait enseigné une astuce de survie. Il ramassa une provision de plantes-cailloux qu'il glissa dans la poche de son sarouel, sans savoir combien de temps il pourrait les conserver.

Il reprit sa route, car le soleil était complètement levé et dardait ses rayons matinaux sur la rocaille, il étrécissait déjà les ombres et poursuivait les êtres vivants dans les moindres recoins.

Le prince était au bord de l'épuisement à cause du manque de sommeil, même si les fruits l'avaient désaltéré et si le sucre lui donnait un semblant d'énergie. Il avançait de plus en plus lentement, les distances qu'il réussissait à parcourir à chaque étape s'amenuisaient et il s'inquiétait de savoir s'il pourrait atteindre l'oasis en cinq jours seulement. Malgré le voile grillagé protecteur qui réduisait sa visibilité, ses yeux brûlaient et ses lèvres se desquamaient.

Pour se redonner du courage, il se dit qu'il ne regrettait pas cette étrange expérience. Ces nuits en solitaire dans un monde vaste, bruissant et inquiétant, ces journées harassantes de marche forcée vers l'est : il en avait tant rêvé ! La solitude de la retraite de l'Adùl l'avait formé à ces longues heures passées sans parler, ni échanger, ni rire. Il en profitait pour mettre en pratique les principes enseignés par son maître de yoà. Maîtriser sa respiration, contenir ses efforts, raviver en lui les plus petites parcelles d'énergie et les faire confluer toutes vers un même but, un même principe : avancer.

Avancer malgré les dunes qui glissaient, se déformaient et l'obligeaient à des détours harassants. Avancer malgré le goût amer de certaines proies atteintes par ses flèches empoisonnées et l'odeur rance de ses biscuits.

Au matin du cinquième jour, il eut l'impression que l'horizon se mouvait en vagues lentes et régulières. Était-ce une illusion d'optique, la poussière soulevée par un troupeau de pachyds, ou un ver géant qui ne se déplaçait que sous le sable ? Il se plaqua au sol sans bouger, il savait que la moindre vibration attirerait le monstre carnivore.

Il resta là longtemps, la poussière collait à son visage à travers le turban, son corps ruisselait de sueur. À l'heure de zénith, la chaleur était telle que chaque bouffée devenait un supplice. Akilàm avait la sensation que sa gorge, ses poumons, étaient devenus eux-mêmes une fournaise.

Il avait envie de se débarrasser de sa chemise poisseuse, de son sarouel aux plis inutiles, de sa ceinture qui le blessait. Ses bottes, son djelh, son turban grillagé. Il voulait les jeter à terre et courir, nu et libre. Fort heureusement, un recoin encore logique de son esprit lui rappela que ce serait signer là son arrêt de mort.

Une seule des morsures de Brùl et la peau se mettait à cloquer. Puis les pustules suintaient, craquaient, libéraient un liquide saumâtre, créant des plaies qui devenaient putrides en quelques heures. Au bout du compte, c'était la mort dans d'atroces souffrances pour avoir désobéi aux préceptes des prêtres de Barkàn, aux commandements du dieu le plus nécessaire et le plus dangereux de tous : Brùl.

Alors, Akilàm tolérait son costume crasseux et irritant. Il marchait avec une lenteur extrême, économisait ses forces. Qu'est-ce qui le poussait ainsi à dépasser ses limites, à rudoyer son corps et son esprit ? Pourquoi, pour qui tentait-il d'atteindre cette oasis improbable ?

« *Au diable l'oàz, le yoà, l'Adùl-royal, l'Exl, les Mégacités et tout le reste !*»

Akilàm tomba à genoux sur le sol poussiéreux et contre toute attente, se mit à pleurer. Pleurer de rage, de désespoir, d'épuisement. Il n'avait plus pleuré depuis bien des années et le goût salé de ses larmes le surprit et le soulagea en même temps.

Imprudence

Akilàm crut d'abord que son imagination lui jouait des tours. Il huma un parfum trop subtil pour être véritable dans un tel enfer : celui de l'eau. Non pas l'eau saumâtre d'une mare à demi craquelée, mais l'eau vive, courante, potable !

Il redressa la tête, s'essuya le visage et renifla. Devant lui, le relief du désert dansait dans la chaleur de l'après-midi : chaos de coteaux et de ravins escarpés, de buttes râpées par les vents. Nulle trace d'oasis. Pourtant, son odorat finement développé frémissait. Une petite voix intérieure le poussait. Sur une impulsion étrange, presque contre sa propre volonté, il se remit en marche, escalada le monticule qui se trouvait droit devant lui.

Son instinct ne l'avait pas trompé. Lorsqu'il atteignit la crête, il aperçut en contrebas, nichée dans l'ombre de falaises argileuses, une touffe de verdure ondulante. C'était un bouquet de grands arbres, qui ne ressemblaient en rien aux plantes annuelles qui émergeaient de façon éphémère et dressaient des cosses rabougries sur les plateaux rocheux. Rien à voir non plus avec les tapis de fleurs vivaces aux racines enchevêtrées qui suivait le mouvement perpétuel des dunes. Ce qu'il voyait à présent était un véritable bosquet !

L'oasis tant convoitée était à ses pieds ! Il avait atteint son but. Il aurait pu croire à un mirage s'il n'avait eu des indications précises de son père : le coteau de pierres blanches, le canyon ombragé au lit semé d'énormes galets arrondis, les falaises gluantes d'où suintait un filet d'eau brillant, tel un bijou argenté.

Il dévala la pente, hypnotisé par le spectacle qui s'offrait à lui. La présence de cette simple source, et la mare qu'elle formait dans une vasque de terre argileuse, avaient rempli le fond de la gorge d'un véritable jardin sauvage, dense et bruissant. Des dattiers balançaient faiblement leurs palmes au-dessus d'un amas inextricable de roseaux, de ronciers et de plantes inconnues.

Le prince avait l'impression étrange de reconnaître l'endroit. Les explications de son père avaient été très précises, mais il ressentait aussi l'apaisement du chasseur qui rentre chez lui. Ce décor idyllique lui était *familier*. Il semblait entendre une voix dans sa tête qui lui souhaitait la bienvenue.

— Calme-toi, maugréa-t-il, ne commence pas à délirer si près du but !

Il s'intima l'ordre de descendre prudemment dans le goulet et de ne plus se précipiter comme un écervelé. L'endroit devait regorger de bêtes sauvages venues se désaltérer, surtout à cette heure crépusculaire. Il fallait redoubler de vigilance. En effet, son approche, pourtant silencieuse, fit s'élever des nuées d'oiseaux criards qui revinrent presque aussitôt dans les frondaisons garnies de nourriture.

Akilàm croisa une famille de renards blonds qui s'attaquaient courageusement à de petits melons d'eau hérissés d'énormes piquants. Ils le regardèrent passer sans méfiance. Il n'avait d'ailleurs pas l'intention de les chasser. Par reconnaissance pour le premier renard qu'il avait rencontré, mais aussi parce que son idée immédiate était de remplir sa gourde, de s'asperger le visage et les mains au délicat filet d'eau fraîche qui dégoulinait de la paroi imperméable de façon miraculeuse.

— Et si je me jetais la mare, pourquoi pas ? Un bain ! Quel luxe ! déclara-t-il à voix basse.

Son arrivée fit fuir un couple d'antilopes aux cornes torsadées. Elles disparurent d'un bond élégant dans les fourrés avoisinants. Pas d'inquiétude pour le repas du soir, l'endroit foisonnait de gibier. Après avoir inspecté les alentours, il se désaltéra et se nettoya soigneusement le visage, il décolla ses cils et déboucha ses narines du sable qui s'y était incrusté.

Ensuite, il se mit en quête d'une plante à ramener pour mener à bien sa mission. Il faudrait la prendre avec une motte de terre pour lui permettre de résister au voyage. Il avisa, sous un berceau de ronces rouges, une plante grasse inconnue, qui semblait gorgée d'eau.

— En voilà une qui résistera bien, on dirait une outre pleine de réserves.

Il était conscient d'avoir pris l'habitude de parler seul, mais ne s'en souciait guère. Il se glissa à quatre pattes sous les tiges bardées d'épines, après avoir déposé son sac et son arc près du ruisseau. À l'aide de son coutelas, il entailla la terre autour de la plante charnue, évitant de sectionner un trop grand nombre de racines. Celles-ci couraient en un réseau inextricable et Akilàm dut opérer avec douceur pour ne pas les abîmer. Enfin, il réussit à extirper le cactus et sortit à reculons de l'épais taillis de ronces.

Il était assez fier de sa manœuvre lorsque son instinct, ou la petite voix intérieure qu'il avait déjà perçue auparavant, lui souffla un avertissement. Il ressentit la présence du félin avant même d'entendre le feulement dans son dos. Il se retourna très lentement, sa plante toujours contre son giron et aperçut de l'autre côté de la mare, un jeune liopàr apparu comme par magie. Le prince resta subjugué.

La bête était belle. Son pelage doré portait encore les taches brunes qui permettaient de connaître son âge. C'était un jeune mâle solitaire, en parfaite santé, sans aucune cicatrice. Il n'avait pas encore combattu pour devenir le dominant d'un clan. Sa crinière avait déjà une belle ampleur et il ne manquait aucun des crocs sous les babines noires retroussées. Le félin était immobile et dardait son regard d'ambre sur l'étrange bipède qui venait de surgir des fourrés.

Akilàm était si émerveillé qu'il ne songea même pas à se redresser. C'était la première fois qu'il voyait un liopàr sauvage. L'animal ne pouvait rivaliser avec les montures bien nourries, au poitrail surdéveloppé et au poil lustré, qu'on croisait dans les écuries royales. Il émanait pourtant de cette créature maigre et infestée de puces, une puissance indomptée, une beauté cent fois supérieure. Sa peau tendue jouait imperceptiblement sur une masse de muscles saillants, prêts à se détendre dans un bond. À en juger par la longueur de son corps aplati contre le sol, l'animal devait bien mesurer un mètre cinquante au garrot une fois redressé.

Akilàm, toujours à quatre pattes dans la boue, posa sa trouvaille contre son sac et porta lentement une main à son carquois tandis que l'autre se glissa vers l'arc abandonné au pied des ronces. Il était rassuré d'avoir enduit au préalable ses flèches de poison, mais il se demandait si la faible distance qui les séparait lui permettrait d'armer et de bander son arc à temps. Sa position inconfortable ne le gênait pas vraiment. Il savait qu'il était le plus rapide de sa classe à ce jeu-là, mais qu'en était-il de ce nouvel adversaire ? D'après sa corpulence, le fauve n'aurait besoin que de deux bonds pour franchir la vasque d'eau claire.

Au lieu d'attaquer, le liopàr se contentait de le guetter. C'est alors que le jeune prince eut une nouvelle fois l'impression que son esprit s'ouvrait comme malgré lui. Il avait la sensation étrange que de petits papillons délicats venaient lui effleurer l'intérieur du crâne et lui procurer une délicieuse chair de poule. Il n'était pas en train d'essayer d'appliquer les étapes de relaxation du yoà, pourtant sa respiration se fit plus lente, plus posée, ses muscles se détendirent et les battements de son cœur s'apaisèrent sans raison. Des mots surgirent dans son esprit.

« Rencontre... rencontre... »

D'une façon quasi mécanique, il se dressa sur ses jambes et toisa le liopàr qui, à la réaction inverse, se ramassa plus encore sur ses pattes aux griffes plantées dans le sol. Complètement détendu, dans un état second, Akilàm avança vers la bête. Ni le feulement menaçant ni la fraîcheur de l'eau qui saisit sa peau à travers le cuir de ses bottes ne réussirent à le sortir de cette transe. Il progressa fermement tandis que son esprit se tendait vers celui de l'animal.

Il eut d'abord l'impression de pénétrer un brouillard de sensations mêlées : l'odeur musquée d'une fourrure familière, le goût laiteux d'une mamelle, celui salé du sang. Puis, les images s'intensifièrent, comme si elles devenaient siennes : la griserie d'une cavalcade au crépuscule, le coup de griffe d'un compagnon de jeu brutal, la résistance élastique d'une pièce de viande crue sous la mâchoire et la saveur métallique de l'hémoglobine.

Akilàm était dans l'esprit du félin qui le laissait faire, l'air à peine intrigué. Le prince avait déjà partagé de telles sensations avec son liopàr de combat, mais cela ne durait jamais que quelques secondes. Au comble de l'excitation de la chasse, l'humain et la bête communiaient dans un éclair d'émotions fugaces, imprécises. Jamais Akilàm n'avait sondé un esprit aussi longuement ni aussi facilement.

Il était en proie, en même temps, à l'agaçante intuition qu'un autre esprit fouaillait le sien. Il l'effleurait avec la douceur d'une aile de papillon, mais cherchait tout de même à orienter ses actes et ses pensées. Était-ce l'animal qui l'attirait à lui, doué d'un pouvoir hypnotique insoupçonné ?

« Rencontre...pas peur... totem... pouvoir... »

Inexorablement, le prince avança vers le liopàr. Il était maintenant à portée de griffe, la bête n'aurait qu'à se redresser pour lui planter les crocs dans la gorge. Malgré ses grondements sourds, elle ne bougeait pas, comme paralysée par une volonté plus puissante.

Enfin, Akilàm tenta de briser le charme et tendit la main vers la crinière de chanvre cuivré. Contrairement à toute attente, le fauve ne se déroba pas à la caresse du bipède qui tenait son esprit en respect. Il courba son large cou et enfouit son museau entre ses pattes aux griffes toujours sorties.

Akilàm assista à la scène comme s'il n'y participait pas vraiment, avec le regard émerveillé d'un enfant, à la fois incertain d'avoir le contrôle de la situation et abasourdi par l'étrange pouvoir qu'il semblait posséder.

« Serai-je un si grand magicien ? » jubila-t-il en prenant garde à ne pas élever la voix.

Il fourragea le poil dru de l'animal. Ce dernier lui lança un regard furieux et craintif à la fois. Il finit par rouler sur le flanc et offrir sa gorge en signe de soumission.

« Nenni. Rencontre. Domine pas. Pas peur... pouvoir ! »

L'étrange voix résonna dans le cerveau de l'humain. Aussitôt, Akilàm laissa retomber ses mains le long de son corps et inclina la tête. Le félin se dressa sur ses puissantes pattes. Il mesurait une taille impressionnante pour un liopàr sauvage et il toisa le prince, face à face, d'un air de majesté. Puis, il se tourna lentement et s'enfonça dans les buissons épais.

Bientôt, pas même l'agitation d'une brindille n'indiqua une trace de son passage. Akilàm resta interloqué, les pieds dans l'eau, les bras ballants, comme s'il s'éveillait d'un rêve. Seule, dans le creux de sa paume, la forte odeur du pelage du fauve, lui prouvait qu'il avait bien vécu cette expérience magique, le contact avec un liopàr sauvage !

— Ça alors ! Personne ne me croira, c'est sûr ! s'exclama-t-il, dépité.

Il se laissa choir dans la mare, comme le paquet de vieux linge sale qu'il lui semblait être en réalité. Cette rencontre merveilleuse avait absorbé toute son énergie, il n'avait plus de force physique, mais nageait dans un état euphorique. Le félin aurait pu revenir sur ses pas et le lacérer sans qu'Akilàm n'y opposât la moindre résistance. Il s'allongea complètement. Il sentit son corps se détendre, se liquéfier, au contact frais et régénérant de l'eau froide sortie du ventre de Trà.

Il resta là pendant longtemps, incapable de bouger ou de former des pensées logiques. Il vit la famille de renards s'abreuver à quelques pas de son visage qui émergeait tout juste à la surface. Puis, les antilopes revinrent, nullement inquiétées par l'humain inoffensif, c'était sûrement la présence du grand fauve qui les avait fait fuir plus tôt. Enfin, Akilàm observa sans réagir l'arrivée d'un horrible animal, mi-mammifère, mi-reptile, au corps recouvert d'écailles bleues et à la langue bifide qu'il trempa copieusement dans l'eau. Tout ce petit monde se désaltéra sans crainte, n'ayant cure du paquet brun et froissé qui flottait entre deux eaux.

Enfin tiré de sa torpeur, Akilàm finit par se relever. Il profita de l'ombre épaisse procurée par les palmiers dattiers qui poussaient en rangs serrés, certain qu'aucune présence humaine ne viendrait témoigner de son acte sacrilège, il se dévêtit entièrement et pendit ses oripeaux dégoulinants aux branches avoisinantes. La présence réconfortante des petits mammifères assurait l'absence de prédateurs, il se laissa glisser dans l'eau, entièrement nu, pour la première fois de sa vie, du moins aussi loin qu'il s'en souvînt.

La sensation était exquise, même si au plus profond, la mare n'excédait pas cinquante centimètres et qu'il était impossible de nager. D'ailleurs, aucun Barkàn digne de ce nom ne savait le faire. Akilàm fut parcouru d'un frisson qui n'avait rien à voir avec la fraîcheur de l'eau. Il était nu, seul, face à lui-même. Il n'était plus protégé par ses habits, pas plus que par l'interdit religieux. Plus rien ne l'empêchait d'observer, de tolérer son aspect physique.

L'eau caressait sa peau blanche et imberbe, glissait le long de ses muscles fuselés. Il posa timidement une main sur sa poitrine. Un renflement imperceptible qui pouvait encore passer pour des pectoraux musculeux… pour combien de temps encore ? Combien d'années, de mois, pourrait-il encore se cacher sous son djelh ? Ignorer lui-même ce corps qu'il essayait de modeler, de modifier, à force d'exercices intenses, pour le rendre conforme à l'image qu'il avait de sa propre identité.

Tout à coup, Akilàm fut tenté de rester dans ce havre de paix, solitaire, insouciant. Loin de la civilisation, loin des luttes de pouvoir, des exercices de guerre et des lois de

Barkàn. Ces lois immuables qui l'engluaient dans le mensonge.

« *Je serais un ermite, je commanderais aux animaux, je me baignerais chaque jour complètement nu, sans entraves. Rien ne viendrait me contrarier. Je ne chercherais pas à être un homme ni une femme. Personne ne pourrait m'y contraindre.* »

Akilàm passa sa main entre ses cuisses, tâtonna avec appréhension.

« *Quelle importance ? Quelle importance vraiment, d'être doté ou non de cet appendice de chair supplémentaire ? Je pense, je mange, je dors, je combats comme un garçon. Donc, je peux être un garçon.* »

La révolte le submergea. Il donna une claque à la surface de l'eau. Les animaux détalèrent pour un court instant. Incapable de se rendre à l'évidence, il décida d'agir comme à son habitude. Il fallait ignorer les imperfections d'un corps qu'il jugeait étranger. Se vêtir, se cacher.

Lorsque la nuit tomba, il ne regretta pas son geste, car la fraîcheur et la proximité de l'eau éveillèrent des nuées de moustiques. Badigeonné d'onguent à la citronnelle et enveloppé dans un djelh un peu moins crasseux, il s'écroula sans demander son reste. Après quatre nuits épouvantables passées à ne dormir que d'un œil, l'adolescent se sentit en sécurité dans cette oasis qui bruissait de mille voix, comme si, sous le dôme de verdure, on veillait pour lui.

Avertissement

« Péril ! »

Akilàm s'éveilla en sursaut. Il se frotta les yeux, déçu que son repos fût déjà interrompu. Il n'était pas certain d'avoir rêvé l'avertissement. Il lui semblait avoir été réveillé par une voix véritable. L'esprit encore embrumé, il se dressa sur son séant, l'arme au poing et il scruta les alentours.

Il était difficile de voir bien loin au-delà des buissons et des touffes de roseaux, mais, du fond de la cuvette naturelle, il pouvait observer la crête des falaises qui surplombaient l'oasis. En hauteur, le soleil levant frangeait l'argile d'une douce couleur orangée, mais le reste était encore plongé dans la pénombre.

« Péril ! »

Ce n'était pas une voix à proprement parler. Ce n'était pas non plus un sixième sens, comme il l'avait d'abord cru. *Quelqu'un* s'exprimait en lui, directement dans son esprit !

Akilàm bondit sur ses pieds et se tint à l'affût, l'épée au clair, prête pour un combat rapproché. Il avait distingué un mouvement dans l'ombre. Sur la pierre plate fichée dans la falaise au-dessus de lui, dont il s'était servi comme abri pour dormir, se tenait un étrange personnage.

Un bipède le fixait de ses yeux verdâtres profondément enfoncés dans un crâne chauve et difforme. On ne pouvait distinguer son corps, dissimulé sous des peaux de bêtes, mais Akilàm devina aisément les membres atrophiés, les doigts crochus aux ongles noirs et racornis. Son sang se glaça. Une onde de terreur fit dresser tous les poils de son corps. Un nukùm ! Un véritable esprit du désert au teint cireux, à qui le nez camus et la large bouche donnaient l'air d'un batracien géant.

« Pas d'esfraiement ! »

Le spectre était parfaitement immobile. Il n'avait pas ouvert la bouche, pourtant Akilàm avait *entendu* ces mots. Réfrénant un tremblement, il osa s'adresser au personnage maléfique.

— Tu ne me fais pas peur, nukùm !

Le petit monstre esquissa un rictus qui pouvait passer pour un sourire dans ce visage déformé.

« Nia'mu pas nukùm ! »

— Alors, arrête de parler dans ma tête si tu n'en es pas un. Seuls les diables ont ce pouvoir !

— Akilàm diable itou adonc ? coassa le petit être qui fournissait un effort visible pour articuler des mots qu'il n'avait pas l'habitude d'utiliser.

— Moi ? Je ne parle pas avec mon esprit, se récria l'adolescent.

— Liopàr oït finement Akilàm pourtant, grasseya l'autre.

Le prince resta perplexe. Ainsi, cet horrible personnage avait-il assisté à la scène. Il était présent depuis la veille ! Il avait dû l'épier de son perchoir. Il lui sembla d'ailleurs qu'un éclair de malice traversait les prunelles glauques de la créature.

— Nia'mu pas nukùm. Pas esprit. Nia'mu. Humain véritel !

Joignant le geste à la parole, l'affreux gnome se dressa sur ses jambes torves et écarta les pans de son manteau rudimentaire. Akilàm eut un mouvement de recul, mais ne brandit pas son épée. Le corps qui apparut, quoique famélique et imberbe, était bien celui d'un humain dont les articulations semblaient percluses d'arthrose précoce, les genoux proéminents, les doigts aux jointures boursouflées. Il avait les côtes saillantes, le sexe rabougri et le bras gauche amputé au niveau du poignet.

— Messager. Pas ennemi, martela la voix à la prononciation gutturale.

Le prince dut se rendre à l'évidence. Si ses intentions avaient été mauvaises, le nukùm aurait pu profiter de son sommeil pour l'attaquer sans crainte. Il lui avait pourtant octroyé une nuit de repos avant de signaler sa présence par son message intrusif.

— Comment connais-tu mon nom ? demanda-t-il après réflexion.

— Nia'mu messager de l'ancêtre. Mésaise jacter voix véritelle mais aisé dans l'esprit. Oït le message : le peuple d'Akilàm court grand péril. Elle comprend, l'accorte pucelote ? ajouta-t-il en pointant un doigt crochu vers l'adolescent stupéfié.

— Pourquoi m'appelles-tu ainsi ? Je ne suis pas une pucelle. Je suis le prince Akilàm, futur roi de Barkàn.

— Si fait, opina l'affreuse créature, mire mignarde princesse céans. Si fait ! Nia'mu finaud bougre !

Akilàm sentit sa bouche devenir sèche. Un battement de cœur lui manqua. Comment ce monstre du désert connaissait-il son identité secrète ? Nia'mu inclina sa grosse tête et Akilàm crut discerner une pointe de lubricité dans ses yeux pers.

Soudain, un haut-le-cœur le saisit à l'idée que ce vicieux bout d'homme avait pu observer à loisir son anatomie pendant son bain de la veille ! Comment avait-il pu être assez imprudent pour livrer son corps en pâture aux regards impudiques de ce personnage hideux ? Comment avait-il pu être assez présomptueux pour nier la présence des nukùms dans le désert ?

— Pas grande importance la différence entre biau danzel ou mignarde pucelote ! Pas besoin de lorgner ta carcasse pour savoir, se moqua la créature. Nia'mu sait tout de la princesse, même son nom secret de naissance !

— C'est impossible, je ne le connais pas moi-même !

— Si fait, l'accorte caillette a pour nom Malikà, nom de reine !

— Non ! cria l'adolescent en crispant les poings, c'est impossible ! Je suis trop jeune, ce n'est pas le bon moment ni le bon messager ! Tu mens, ignoble créature !

Découvrir son nom secret en de telles circonstances était une catastrophe pour un Barkàn soumis aux lois religieuses les plus strictes. Akilàm ne pouvait que se raccrocher à l'idée que le nukùm se moquait de lui une fois de plus.

— Temps venu, céans ! Temps de grandir et d'agir, balaya le gnome avec impatience, la parentèle vivra pas alongue si la princesse croupit dans l'oàz. Doit cheminer à grand galopage. Peuple à grand péril !

— Que dis-tu ? Mon peuple serait en danger ? Comment sais-tu cela, toi un vulgaire nukùm ?

Décontenancé, le prince rengaina son épée. La réaction de Nia'mu fut instantanée. Il bondit sur lui en un éclair, enserra son cou de sa main valide à la force surhumaine, et le renversa sur le sable. Akilàm se tortilla vainement, dégoûté par le contact écœurant de l'être difforme.

« L'est pas finaud donner sa fiance trop lestement », reprit la voix dans son cerveau *« erreur qu'elle commet trop souvent, la tiote caillette ! »*

Les mots résonnèrent comme un éclat de tonnerre contre la paroi de son crâne, l'air lui manqua, des explosions de lumière fusèrent sous ses paupières.

« Soucie pas. Nia'mu va pas l'occire. L'est un morceau de choix et si Nia'mu gîtait encore avec sa horde, ferait bonne ripaille céans de ce cuissot-là. Mais Nia'mu l'est pas libre de décider. Agit pour le compte d'aïeule vénérable qui protège la princesse. »

L'adolescent résistait de moins en moins. Le nukùm était assis sur son torse et pesait de tout son poids. Il crut entendre une ébauche de rire sardonique puis, plus rien ! Il glissa dans l'inconscience, mais la voix le rattrapa bientôt.

« C'est ça, tiote pucelote. Laisse aller. Abandonne sa bréneuse morgue. Sa fouchte haine. Elle apprend prestement. Mire dans l'esprit de Nia'mu. »

Akilàm exhala un râle. La voix était moins tonitruante. Au contraire, elle n'était plus qu'un chuchotis dans le maelström d'images, d'éclairs et de déchirements, qui envahit son esprit.

Un ouragan de flammes déferle sur des peuples entiers, embrase le sol et le ciel dans un tourbillon de lumière incandescente. Des fumées de suie très noires obscurcissent le ciel. Des panaches de pluies acides sont entraînés par le vent. Les corps désarticulés se consument sur place, les chairs boursouflées suintent, se fendent, les membres s'arrachent sans résistance, les gens hurlent, mais le feu les engloutit, tous, tous ! Puis le froid, la glace, l'obscurité. La nuit totale. Sans fond. Ancestrale.

« Eh ben ! Céans, princesse a miré même la très totale guerre ! » s'exclama la voix troublée.

Akilàm ouvrit les yeux. Le nukùm le dévisageait bizarrement.

« Elle a réussi à toucher l'esprit antique de la horde ! Elle est plus forte que paraît. Se demande qui a pu la former si bien dans son bréneux ménil de Barkàn ? Visiter la caboche de Nia'mu l'était moins aisé qu'achopper les souvenances d'un liopàr ! Mais Nia'mu reconnaît qu'elle est finaude. Écervelée, morgueuse aussi, mais finaude... l'ancêtre fera peut-être quelque chose d'elle ! »

Akilàm cligna des yeux et toussa. Nia'mu était toujours juché sur sa poitrine, mais il avait relâché son étreinte et ne semblait pas peser plus lourd qu'un gros chat. Pourtant, le prince n'eut pas la force de s'en débarrasser, les membres mous et le cœur au bord des lèvres.

— Arrête ça, siffla-t-il, Arrête de jacasser dans ma tête, bête immonde !

« Pas bon les insultes, damizelle. La télépat de l'esprit l'est plus aisée pour Nia'mu. Dans la tendre enfancelote, l'a eu un

tiot ennui dans le gosier et l'est débecté de jacter des mots véritels. Aime bien jouer les simplets pour endormir la malfiance des grandzoms. »

— Tes malheurs d'enfance m'importent peu, nukùm !

« Véritel, assez esbaudi céans, mignarde caillette. Nia'mu doit dégoiser un message. Le temps apresse. Le peuple d'elle court grand danger. Vont se faire escarmoucher par ces fouchtes ennemis volants. Faut qu'elle chemine lestement dans son ménil, pour aider le roitelet et sauver ses accointes. »

— Je ne comprends pas grand-chose à tes divagations, Nia'mu. Cesse de me traiter de fille. Je suis un prince. Parle simplement et explique-moi comment tu peux savoir ce qui se passe dans ma ville qui est à quarante lieues d'ici, demanda Akilàm en reprenant son souffle.

Il réussit à dégager ses bras et repoussa mollement le petit être qui resta accroupi non loin.

« Nia'mu l'est pas un caqueux jacteur de bonne aventure. Nia'mu arrive pas à lire dans les esprits à cette distance. Peut que dégoiser le message de l'ancêtre. Péril pour le peuple d'Akilàm. »

— Mais qui t'envoie ? Qui est cette ancêtre que tu évoques sans arrêt ? Surtout, pourquoi te croirais-je maintenant ?

« La malfiance règne céans. Bravo ! L'aïeule l'est une vieille accointe au paternel d'elle. »

— La Khawàn ? C'est elle qui t'envoie ?

« Nia'mu dit pas des boniments, pucelote. Faut se presser ! Appelle le bréneux liopàr avec son esprit et pour cheminer à Barkàn prendra que deux jours. »

— Personne ne croira que je sois arrivé à l'oàz si je rentre avant la décade prévue, remarqua le prince avec sa logique d'étudiant. Je n'aurais pas réussi l'Exl aux yeux de mon peuple…

« Nia'mu croit pas qu'y aura céans grand peuple pour se soucier du tiot voyage d'elle par le désert. »

— Le petit voyage, dis-tu ?

Akilàm saisit son arme, mais le plat de la lame ne rencontra que du vide.

« Nia'mu pense plus vite que la pucelote qui se prend pour un finaud danzel ! » s'écria la voix railleuse du nukùm à nouveau perché sur la roche saillante, hors d'atteinte.

Au même instant, le liopàr sortit des fourrés, son regard ambré était courroucé, mais son attitude soumise.

« Nia'mu a quéri ce caqueux liopàr. Faut tout faire céans. Allez caillette, bon voyage. Même si a pas trop la mine chafouine de se départir de son nouvel accointe, la bougresse, se moqua le gnome. *Mais Nia'mu prévoit des retrouvailles avant alongue. Grands esprits ont tant de secrets à partager. »*

Akilàm haussa les épaules. Nia'mu esquissa un clin d'œil qui lui donna la chair de poule. Sans un mot d'adieu ou de remerciement, le prince s'empara de son barda et de ses armes, sans oublier la plante endémique. Il s'approcha de l'animal sauvage accroupi. Il ne savait quel instinct le poussait à suivre les conseils d'un diable sorti du désert, pourtant il pressentait la véracité de son message dans les fibres de son corps.

Sans la moindre hésitation, il enfourcha le farouche animal qui se laissa commander comme par magie. Ils bondirent vers le coteau déjà dévoré de lumière incandescente. Fermement accroché à cette monture inattendue, Akilàm abandonna la paisible oasis et son mystérieux occupant télépathe.

Disparitions

— Non, Akilàm ! Je ne te laisserai pas faire, cette fois-ci !

Jàhlel, furieux, arpentait la cuisine, désertée à cette heure de la nuit. Le prince se campait sur ses longues jambes musclées et observait son père avec une expression identique de colère. Les quelques soldats présents, appuyés contre la cheminée, se gardaient bien d'intervenir.

— Je monterai une expédition, père ! Je les ramènerai vivantes à Barkàn !

— Je te demande de te taire ! Ne vois-tu pas dans quel état se trouve la ville ? Nous ne serons pas assez de deux membres de la famille royale pour ramener l'ordre et la paix. Imagine que nos ennemis les Ghoùrs apprennent ce qui nous est arrivé. Ils ne tarderaient pas à se jeter sur les restes encore fumants de notre cité.

Joignant le geste à la parole, Jàhlel s'arrêta devant la fenêtre qui surplombait la ville. Il tendit la main, paume vers le ciel, en signe d'impuissance devant le spectacle qui s'offrait à leurs yeux. Des colonnes de fumée montaient encore des maisons incendiées, des palais démolis, des places de marché dévastées. Les habitants de la demi-lune, en cohortes de fourmis affairées, fouillaient les décombres et tentaient d'éteindre les dernières fumerolles.

Akilàm observa le spectacle désolant des toits éventrés et des rues encombrées d'éboulements ou de corps sans vie, que l'on dégageait des gravats. On aurait dit que la ville avait été mise à sac par des troupeaux de pachyds déchaînés. Pourtant, les remparts étaient intacts, ils se dressaient fièrement face aux ennemis du désert, sans la moindre lézarde ni la moindre défaillance.

Cet aspect rassurant et solide avait induit le prince en erreur, lorsqu'au terme de deux jours de chevauchée éperdue, il avait mis pied à terre devant la première enceinte. La cité ne présentait aucune trace d'attaque ou de catastrophe. Il enragea contre le nukùm facétieux qui l'avait sûrement trompé. L'espace d'un instant, il envisagea de rester caché dans les alentours pour attendre la date butoir de son Exl.

Cependant, il fut intrigué par l'absence de gardes aux tourelles. De plus, la forte odeur de brûlé était bien supérieure à celle produite par les cheminées des habitations barkànes. Il tambourina contre la porte de l'est, mais ses appels restèrent sans réponse. Pas une sentinelle, pas un gardien ne se présenta.

— Je ne vais tout de même pas escalader les murailles de ma propre cité pour y entrer ! s'exclama-t-il, conscient de l'ironie de la situation pour celui qui avait toujours voulu s'en évader.

De plus en plus inquiet, il cherchait une solution, lorsque le liopàr s'approcha au point de lui toucher le front du bout de son mufle tiède.

— Tu as raison, mon beau, peut-être que je peux réussir à le faire sans l'aide de ce Nia'mu de mauvais augure.

Akilàm s'assit contre la porte et souffla avec lenteur pour se calmer, comme le lui avait enseigné son maître de yoà. Il respira régulièrement et se concentra jusqu'à contrôler son rythme cardiaque, il le ralentit avec délicatesse, afin que même le battement le plus infime ne vînt troubler son intention.

Lorsqu'il atteignit le point de désincarnation voulu, il s'efforça de toucher un spectre familier, de l'autre côté des murailles. Dans la masse mouvante et informe des esprits des habitants, il chercha Ilhàm, car c'était avec elle qu'il avait le plus de propension à entrer en contact. Il essaya, à de nombreuses reprises, de repérer l'aura de sa sœur bien aimée, mais chaque tentative resta infructueuse.

Il fallait vérifier autrement. Akilàm s'allongea dans la poussière et le liopàr prit position auprès de lui, comme s'il montait la garde. Complètement relaxé par l'effet des exercices respiratoires et la méditation profonde, le prince réussit à atteindre la transe qu'il avait déjà expérimentée en cellule de càsrn.

Après avoir fait mentalement le tour de chacun de ses points vitaux et l'inventaire minutieux de chaque parcelle d'énergie que son corps recelait, il les rassembla en un seul point lumineux qu'il extirpa de lui-même. Il eut la sensation de flotter maladroitement dans l'air et de frôler son propre corps de l'extérieur. Puis son esprit se dégagea entièrement de son enveloppe corporelle qui resta inerte, posée sur le sol poussiéreux du chemin, n'abritant plus qu'un souffle ténu de conscience.

Il s'éleva lentement, d'abord, comme enivré par l'absence de bornes physiques. Il prit peu à peu de l'assurance dans la conduite de ce point d'énergie concentrée. Il se dirigea vers la tour de guet désertée, la dépassa et survola la ville. Ce qu'il discerna, à ce moment-là, ne fut que désespoir et désolation.

Il ne pouvait pas *voir* au-delà des murailles, au sens propre du terme, rien ne s'imprimait physiquement sur sa rétine. Cependant, il utilisait une autre sorte de sens. Il pouvait capter les sources d'énergie des créatures vivantes. Ce qu'il éprouva alors au plus profond de son âme fut leur désarroi, leur effroi, leur deuil. Les pensées endolories, les meurtrissures et les larmes flottaient comme des résidus amers au-dessus d'un magma d'émotions mouvantes, indistinctes.

Épuisé, les membres tremblants et le cerveau en ébullition, Akilàm crut ressentir, au loin, la langue râpeuse du liopàr sur ce qu'il se rappelait être… son front ? Il évacua cette sensation pour mieux se concentrer. Il repéra soudain, dans la masse de pensées négatives et sombres, un minuscule point lumineux, à peine une flammèche située en hauteur. Il se tendit vers cette source d'énergie concentrée et se rendit compte qu'il s'agissait de l'esprit de son propre père. Lui aussi se concentrait, mais il n'était pas conscient de produire une activité cérébrale si intense qu'elle devenait tangible pour Akilàm.

« *Père doit se tenir dans son corps,* se dit-il avec intérêt. *Même s'il rayonne de façon significative, son esprit est prisonnier. Il ne sait pas communiquer, il ne peut pas me voir…* »

Akilàm n'était jamais resté aussi longtemps hors de lui-même et ses forces s'amenuisaient. Dans un dernier sursaut de volonté, il se lança de toutes ses forces contre le point lumineux qu'il discernait au faîte de la tourmente des esprits désorientés et aveugles. Sur le chemin de terre, le corps du prince s'affaissa soudain entre les pattes du grand félin. Il avait perdu connaissance.

Au même instant, dans la salle du trône, Jàhlel s'efforçait de prendre des mesures pour rétablir l'ordre dans la cité. Les ministres le virent chanceler, il porta les mains à son crâne, comme si un violent accès de migraine le terrassait. Il tomba à genoux et ses servants se précipitèrent, mais il les arrêta d'un geste.

— Akilàm ! s'écria-t-il, j'ai un pressentiment ! Akilàm est revenu. Il est vivant !

— C'est impossible, siffla Sahàr.

Elle était assise au milieu de ses prêtresses-apothicaires. Elle donnait des ordres pour parer aux soins les plus urgents. Il y eut un mouvement de foule dans la grand-salle, chacun voulait apporter un commentaire, une réflexion, mais le roi sortit à grandes enjambées du palais, la garde royale sur ses talons.

Le temps mis par Jàhlel pour atteindre la porte de l'est, permit à Akilàm de retrouver ses esprits. Il avait heureusement regagné son enveloppe corporelle avant de s'évanouir et n'était pas resté dans les limbes dangereux, sans espoir de retour. Affaibli, mais capable de tenir sur ses jambes, il s'épousseta avec maladresse et, flattant l'encolure du liopàr sauvage, il tenta de lui rendre la liberté à force de paroles douces et de pressions du plat de la main. Le félin resta à proximité de l'humain auquel il était étrangement lié.

Bientôt, la porte dérobée s'ouvrit à l'intérieur du vaste porche et le roi se jeta sur son enfant avec un cri de soulagement.

— Akilàm ! Tu es là ! Je le savais. Par Brùl ! Je l'ai senti !

Sans se soucier de l'étiquette, il caressa le visage poussiéreux de l'adolescent et l'embrassa sur le front. Les gardes eux-mêmes riaient et le congratulaient. Certains observèrent le liopàr avec une méfiance teintée d'admiration. Au bout d'un court instant, le roi se reprit, il recula et dévisagea l'épouvantail dépenaillé qui se tenait devant lui.

— Mais que viens-tu faire ici, mon fils ? Une décade ne s'est pas encore écoulée depuis ton départ pour l'Exl, remarqua-t-il gravement.

— Je ne sais pas comment l'expliquer, mentit Akilàm, mon instinct m'a poussé à revenir au plus vite, j'ai ressenti l'imminence d'une catastrophe. Que se passe-t-il, père ? Les tours de guet sont sans surveillance !

— Nous avons été attaqués par d'horribles ennemis, révéla le roi, ils ont mis à sac notre belle cité. De nombreux guerriers ont péri dans une bataille insensée, mais n'ont pas pu empêcher l'enlèvement d'une centaine de jeunes Barkànes qui…

— Pourquoi n'avez-vous pas poursuivi ces mécréants ? Je veux participer aux recherches et leur flanquer une belle rossée.

Malgré le respect qu'ils lui devaient, les guerriers sourirent dans l'obscurité. À peine rentré d'un périple épuisant, la mise défaite et la mine affreuse, voilà déjà leur jeune héros prêt à en découdre. Comme le roi hésitait, un vieux garde prit la parole.

— Impossible, prince, ils se sont enfuis comme ils sont arrivés : par les airs !

Akilàm dévisagea son père qui opina du chef et lui lança un regard où les émotions se mêlaient.

— Retournons au palais où nous t'accueillerons dignement. Nous discuterons de tout cela plus tard. Tu dois d'abord reprendre des forces.

Le ton du roi était sans appel et la petite troupe prit le chemin du château dans l'indifférence totale. Point d'ovation, de hourras accueillant l'héritier, le héros de l'Exl. Il serait bien temps d'annoncer la nouvelle quand la population serait remise du choc.

Ils traversèrent les trois enceintes sans provoquer l'intérêt des survivants affairés dans les décombres, à la lueur des torches ou celle des braises. Les Barkàns, contrairement à l'usage, ne se terraient pas pour la nuit, mais tentaient de porter secours ou de réparer dans l'urgence. La succession des quartiers offrait le même tableau de confusion. Le prince ne reconnaissait pas sa ville natale. Partout où il portait les yeux, il distinguait un édifice endommagé, un toit effondré, une charpente hérissée.

Le liopàr les suivit en silence jusqu'à la dernière tour de guet. Là, le prince refusa de l'enfermer dans les écuries. Personne ne songea à le contredire. L'animal effraya au passage les rares servants encore en poste, il pénétra dans l'enceinte même du palais. Il avançait docilement, lançait des regards méfiants, mais empreints de curiosité. Les odeurs de chair déchiquetée excitaient ses narines, mais il ne s'écarta jamais de la flaque lumineuse qui conduisait les hommes en armes. Ils décidèrent de se restaurer avant de remonter dans la salle du conseil des sages.

En temps normal, l'activité dans les cuisines d'un palais si important ne cessait jamais. La catastrophe avait perturbé les habitudes et ils ne trouvèrent, pour les servir, qu'un jeune garçon roulé en boule près de l'âtre. Point de marmiton larmoyant sur un tas de pelures d'oignon, pas plus que de servantes affairées à dresser les plateaux, l'endroit était désert. Badirà elle-même manquait, alors qu'Akilàm s'était attendu à la trouver fidèle au poste, en train de pétrir le pain ou de lancer des ordres à la volée, en même temps que des taloches enfarinées.

Seulement le silence et la pénombre, les plans de travail vides bien astiqués et la vaisselle briquée, mais le tout inutile. Chacun était rentré chez soi, qui pour soigner un membre de sa famille, qui pour lui assurer une crémation digne de ce nom.

Après avoir lancé au grand fauve un quartier de viande déniché dans la réserve, le prince put enfin se restaurer convenablement. Il se réchauffa devant l'immense cheminée où un garde attentionné raviva le feu, il avala avec délices une grande quantité de bouillon dans lequel il trempa de larges tranches de pain de la veille. Il engouffra ensuite de gros morceaux de fromage accompagnés de figues confites et de pain d'épice. Tout en se goinfrant sous le regard amusé des guerriers, Akilàm laissa libre cours à sa curiosité, éveillée par des souvenirs de légendes contées par de vieux Nmàds.

— Il faut m'expliquer ce qui s'est passé, qu'est-ce que c'est que cette histoire d'attaquants volants ? Je veux comprendre !

— Nous avons été surpris hier, en pleine nuit, par des envoyés de Brùl descendus d'étoiles volantes qu'ils dirigeaient à volonté, affirma le roi, ils possédaient des armes extraordinaires, de minuscules objets brillants qui crachaient des flammes bleues dévastatrices. C'était terrible ! Combien de braves Barkàns ont péri en voulant simplement se défendre !

Akilàm jeta un regard honteux sur la crosse de son pistolase qui dépassait encore de sa ceinture. Il rabattit subrepticement un pan de son djelh de manière à la dissimuler complètement et plongea le nez dans son hanap de vin sucré, tandis qu'un garde prenait le relais, sensible au trouble de son roi.

— Les étoiles de feu se sont arrêtées au-dessus de nos têtes dans un vacarme assourdissant. Des esprits vêtus de lumière, aux yeux rouges qui lançaient des éclairs, sont descendus dans la ville. Ils détruisaient tout ce qui leur résistait, semaient la mort et la désolation sans raison…

— Ce n'était pas sans raison, ajouta un vieux soldat, ils cherchaient des jeunes filles dans chaque habitation, chaque càsrn. Ils les ont parquées sur la place des caravanes nmàds, comme de vulgaires drùms. Une étoile immense est venue se poser tout près, comme si elle ne pesait pas plus qu'une plume. Les créatures brillantes ont emporté les filles à l'intérieur et elle s'est envolée dans un tourbillon de feu et de poussière. Quatre-vingt-dix-sept jeunes filles au total, nobles ou servantes, toutes âgées d'une quinzaine d'années.

— Mais pourquoi ? s'exclama le prince abasourdi.

Il suspectait que Barkàn avait reçu la visite de guerriers de Mégasilia, même s'il ne pouvait avouer ses doutes sans passer pour un enfant abreuvé de légendes.

— Pour quelle raison ces mystérieux attaquants voudraient enlever nos sœurs, nos… par Brùl ! *Mes* sœurs !

— Oui, mon fils, reprit Jàhlel en appuyant sur ces derniers mots, Ilhàm et Hassoudà ont été arrachées à la protection de leur càsrn. Elles ont disparu à jamais…

Un lourd silence suivit, pendant lequel Akilàm sentit son estomac se nouer. La nourriture qu'il avait ingurgitée semblait devenue du plomb. Les gardes se taisaient, se tenant roides sur les côtés de la vaste cheminée.

— Cela ne se passera pas comme ça, protesta enfin le jeune prince, il faut agir ! Il faut faire quelque chose. On ne peut pas les abandonner ainsi !

— Allons, cesse de rêver, soupira le roi, elles ont été emportées par une force invincible ! Disparues à jamais ! Nos braves Barkàns sont déjà attelés à la reconstruction de la ville. Tous les habitants encore valides sont réquisitionnés par les maîtres-bâtisseurs. Il faut penser à réparer et à se tourner vers l'avenir.

Jàhlel observa longuement son enfant. Il cherchait toujours à comprendre la force qui l'avait conduit vers lui, en pleine nuit, par-delà les murailles de la cité. C'était plus fort qu'un simple instinct.

— Je monterai une expédition moi-même, insista Akilàm, j'irai jusqu'aux confins du désert, j'irai les chercher à Mégasilia, s'il le faut…

— Tu ne cesseras donc jamais de rêver à des cités imaginaires et un destin par-delà les murailles ! s'écria Jàhlel dont les oreilles bourdonnaient de la prophétie de la reine Firouz au moment de sa mort.

— Ce ne sont pas des cités imaginaires, père, je le sais !

Le jeune prince avait du mal à tenir sa langue, même devant les témoins qui baissaient le front pour masquer leur embarras.

— Les Nmàds nous parlent de chars volants de Mégasilia depuis toujours ! Ce n'est pas parce que vous ne les croyez pas qu'ils ont tort ! Ce qui est arrivé devrait vous ouvrir les yeux ! Il faut partir là-bas !

— Mais ton rôle est ici, Akilàm ! Tu es l'héritier du trône ! tonna le roi. Maintenant que tu es repu et que tu as repris figure humaine, je vais te conduire dans la salle du grand conseil. Les ministres survivants y sont réunis et travaillent sans relâche. Tu vas participer à la lourde charge du gouvernement, comme il sied à un prince. Nous annoncerons publiquement ta réussite aux épreuves de l'Adùl-royal… après tout, tu as réussi à revenir vivant du désert. Te voilà sain et sauf, mon soulagement est grand. Il n'y a rien à ajouter.

Réminiscences

Le soulagement fut de courte durée. Au lieu d'un ministère en liesse, il fallut affronter les doutes et les réticences des hommes de loi, les sarcasmes de Sahàr et des prêtres-marchands. Akilàm eut beau exhiber la plante vivace rapportée de l'oasis, il dut subir les interrogatoires, ainsi que les remarques pleines de suspicion sur l'intuition qui l'avait averti du danger et poussé à revenir avant la décade définie pour l'Exl.

L'adolescent se garda d'évoquer le rôle, ou même l'existence de Nia'mu, et son récit parut vraiment difficile à prouver. Pour montrer sa bonne foi, le prince décida de faire monter le liopàr dans la grand-salle. L'événement provoqua l'effet escompté, l'énorme bête déboula sur un simple appel, il rugit et griffa le sol d'une façon qu'Akilàm jugea volontairement exagérée. Il réprima un rire tandis que les ministres se réfugiaient dans le fond de la pièce avec les prêtresses effrayées. Le liopàr en rajouta à loisir, ses babines retroussées dévoilaient d'inquiétants crocs jaunes et sa queue fouettait ses flancs avec un bruit sec.

Akilàm étendit simplement la main vers le mufle de l'animal qui se calma et se mit à haleter, fier de son succès.

— J'ai effectué à pied, cinq jours durant, le périple jusqu'à l'oàz, j'en ai rapporté la preuve. J'ai en cela suivi les règles de l'Exl, déclara le prince une fois le calme revenu. Je reconnais que j'ai dû employer un moyen peu habituel pour revenir en toute hâte, car j'ai eu une intuition. Ma monture est un liopàr sauvage, je l'ai apprivoisé et nous avons chevauché pendant deux jours sans interruption pour parcourir quarante lieues.

Pris d'une inspiration subite, il décida d'agrémenter son récit de détails qui convaincraient l'assemblée plus facilement, car ils correspondraient à leurs attentes.

— Quand je bivouaquais près de la source, j'ai vu un signe dans le ciel, une étoile filante plus énorme que toutes les autres. Je l'ai pris comme un signe du destin, un message de Brùl, dit-il d'une voix assurée, après avoir vu ce qui s'est passé dans Barkàn et entendu comment c'est arrivé, je comprends que ce que j'ai aperçu était l'étoile qui a emporté mes sœurs et vos filles.

Le prince marqua une pause, caressa la crinière du fauve et reprit avec tristesse.

— Je suis pourtant arrivé trop tard pour combattre ces mystérieux ennemis. Je reconnais que j'ai commis une erreur en revenant à dos de liopàr. Libre à vous de me refuser l'obtention de l'Adùl-royal, même si j'ai parcouru la distance réglementaire. Mon instinct m'a dicté ma conduite : il fallait que je revienne au plus vite pour aider mon peuple.

— Nous honorons ton honnêteté, souligna Sahàr d'une voix suave, démentie par les éclairs de ses yeux, nous ne mettons pas en doute le fait que tu aies atteint l'oàz sacrée. Il n'en reste pas moins que tu n'es pas resté une décade dans le désert. Toutes les consignes n'ont pas été respectées.

— Les épreuves finales ne permettent pas de juger le ressenti ou la prescience d'un futur roi, ajouta Dàrih, le maître des maîtres, mais sa propension à perpétuer la loi de Barkàn.

— Pour décerner l'Adùl-royal, il me semble que la loi de Barkàn préconise la réunion d'un conseil des sages. Vous allez vite en besogne pour juger tous les deux les actes du prince, lança le roi d'un air moqueur à l'adresse de la grande-prêtresse et du maître de càsrn.

— L'attaque des esprits de lumière a jeté le désordre dans la cité, l'état d'urgence a été voté ici même, rappela le général Fàhres d'une voix grave.

Les blessures qu'il arborait, au visage et à la jambe, montraient combien il avait payé de sa personne pour défendre la ville et chacun baissa le front avec respect.

— Barkàn est plongée dans le chaos et vous vous raccrochez aux détails d'une cérémonie hors du temps, lança-t-il avec mépris, ces vaisseaux volants remettent en question toutes nos croyances et vous ergotez sur la tradition !

— La douleur te fait perdre le sens, noble général, insista Sahàr, c'est justement en ces temps difficiles qu'il faut se raccrocher aux valeurs les plus séculaires…

Le roi allait intervenir quand la voix claire d'Akilàm couvrit le brouhaha qui grandissait sous la coupole.

— Je ne veux pas créer de luttes supplémentaires au sein du conseil des sages. C'est une dépense d'énergie inutile au moment où le peuple a besoin de la cohésion de ses chefs. De plus, il est évident que chacun d'entre vous a raison : l'état de la cité est plus important que ma réussite personnelle ! Pourtant, ce n'est pas le moment de remettre en question les lois fondamentales de cette même cité.

Un murmure d'approbation parcourut la salle. L'admiration se lisait dans les yeux des vieux maîtres, seule Sahàr fulminait sur son fauteuil. Jàhlel allait se rengorger, fier de voir que son fils devenait enfin diplomate, quand l'adolescent poursuivit d'un air innocent :

— Une fois que Barkàn aura retrouvé son aspect originel et que la paix aura regagné les esprits, je m'engage à subir à nouveau l'épreuve de l'Exl.

Cette affirmation jeta la confusion dans l'assemblée. De mémoire de Barkàn, jamais personne n'avait réitéré de bonne grâce un tel calvaire. Akilàm proposait de se plier à la loi, tout en provoquant en précédent. Les partisans du prince ne purent réprimer des sourires de connivence.

— L'expérience que j'ai vécue me permet de prétendre que je peux affronter le désert en toute autre occasion, ajouta Akilàm non sans une pointe de provocation, maintenant, je vous laisse parer au plus urgent pour le bien de la cité et je vais prendre un repos bien mérité. Après une chevauchée de quarante-huit heures sans dormir ni manger, je suis légèrement fatigué.

Sans autre forme de procès, le prince, que ce voyage avait véritablement exténué, tourna les talons et regagna ses appartements sans la moindre escorte. Il s'effondra de tout son long sur son lit propre et s'endormit au moment même où sa joue toucha le drap de lin. Le liopàr grogna un instant, mal à l'aise de se retrouver, une fois encore, enfermé. Il chercha une place confortable sur le tapis de chanvre et finit par grimper sur le lit dont les sangles gémirent, mais résistèrent. Akilàm se roula en boule contre le flanc protecteur et grogna de satisfaction comme un animal.

C'est une délicieuse odeur de pain chaud qui tira Akilàm de son sommeil. Il ouvrit les yeux avec peine et réalisa que son estomac criait famine. Un servant se tenait sur le pas de la porte, il n'osait approcher à cause du grand félin étendu de tout son long au pied du lit. Akilàm lui sourit et lui fit signe d'avancer sans crainte.

Le servant posa le plateau garni d'une miche encore chaude, d'un cruchon de lait sucré et d'un plat rempli d'agneau braisé accompagné de fèves bien cuites. Dans un petit bol, quelques dattes fourrées, ses friandises préférées, avaient été placées avec soin. Il reconnaissait bien là l'attention de Badirà qui avait dû réintégrer son antre odorant. Il en fourra deux dans sa bouche et mâcha avec plaisir.

— Un plat chaud, des mets sucrés, enfin ! s'écria-t-il.

Le fumet de la sauce pimentée lui ouvrit l'appétit et il n'attendit pas que le servant fût sorti. Il se jeta sur la nourriture et dévora la moitié du plat de viande en un temps record. Il poussa le reste vers le liopàr qui lampa le contenu du plat en un seul coup de langue. Le prince s'attaqua au pain blond qui exhalait des parfums de cannelle et de levure.

— Je ne suis parti que quelques jours, mais le bon goût de sauce et d'épices m'a manqué cruellement. Quel délice ! J'en avais assez du gibier nerveux et des cactus à mâchonner !

Le servant opina silencieusement tout en s'activant dans la chambre. Il décrocha les volets de bois et tira les paravents devant les fenêtres afin de créer des courants d'air et d'empêcher la chaleur de pénétrer trop brutalement dans la pièce. Le soleil brûlait dehors avec fureur.

— Ai-je dormi longtemps ? s'enquit l'adolescent en se frottant les yeux, on dirait qu'il n'est pas loin de l'heure de zénith ?

— En effet, prince, vous avez dormi longtemps, répondit l'homme avec une pointe d'amusement, vous êtes resté étendu inconscient pendant deux jours et demi.

— Quoi ? C'est impossible !

— Sa Majesté le roi a interdit qu'on vous réveille. Doujà s'est occupée de votre toilette chaque soir. Chaque matin, je venais avec un pareil plateau que je déposais dans la chambre. Mais je crois que c'est cet animal qui s'en nourrissait.

— Le liopàr est resté ici deux jours entiers ! Il doit mourir de faim. Un tel carnivore doit chasser !

— Ne vous inquiétez pas, mon prince. Une fois qu'il a compris que vous étiez en sécurité, il a cessé de monter la garde. Il ne s'est pas gêné pour aller et venir à sa guise, effrayant tout le monde sur son passage. Comme ça, j'ai pu profiter de ses absences pour m'occuper de la chambre et changer vos draps infestés de puces, ajouta le servant avec un froncement de sourcils.

Akilàm flatta l'encolure du félin qui émit un feulement de contentement.

— Pour un animal sauvage, je trouve qu'il s'adapte facilement à la vie de château, se moqua-t-il.

— Oh, pas si facilement que ça, Majesté. Personne ne peut le toucher ni l'approcher. Pas même les plus grands dresseurs des écuries royales, qui ont pourtant essayé. C'est bien une créature indomptée que vous avez ramenée de l'Exl.

— C'est ce que j'imagine. Pourtant, il a un comportement familier avec moi. S'il n'était pas si jeune, on pourrait croire qu'il a déjà été dressé par des hommes, puis qu'il est retourné dans le désert. C'est d'ailleurs ce dont les ministres m'ont accusé. Ils ne voulaient pas croire que j'aie capturé seul un liopàr sauvage.

— Je ne partage pas leurs doutes. Moi, je crois ce qu'on dit en ville sur vous, Votre Altesse, confessa l'homme d'un air entendu.

— Continue, servant, que dit-on de moi ? plaisanta Akilàm en mastiquant de plus belle.

— On raconte que vous le maîtrisez par la seule puissance de votre esprit…

— Ah, ma légende est assurée ! s'esclaffa le prince pour donner le change, toi aussi, tu crois cela ?

— Je vous connais depuis l'enfance, mon prince, et je *sais* que cela est vrai. Je vous ai déjà vu faire, déclara le servant d'un ton d'évidence.

Akilàm le scruta attentivement. Il avait quitté le palais pour la càsrn depuis des années, il avait oublié jusqu'à son visage. Avec une pointe de honte, il réalisa que les serviteurs du palais n'avaient jamais vraiment eu d'autre d'intérêt que celui de l'entretenir, le nourrir, le servir. Parfois, certaines personnalités sortaient du lot, comme Badirà qui le gavait toujours de friandises préparées exprès pour lui, ou Doujà la vieille muette, nourrice des princesses, qui lui avait donné secrètement le sein quand le roi était trop préoccupé par la charge du gouvernement.

Cependant, la plupart du temps, pour les nobles Barkàns, les servants n'étaient pas des individus, tout juste de pauvres bougres interchangeables qui arboraient le crâne rasé des êtres faibles qui n'avaient pas réussi leur Adùl. Akilàm s'en voulut d'avoir pensé de la sorte. Il ne savait pas ce qui avait changé en lui, mais il se sentait différent à présent, plus proche de chacun des habitants de Barkàn, quel que fût son statut.

— Que veux-tu dire exactement ? insista le prince.

— Ce n'était pas si flagrant, mais je me rappelle que vous aviez adopté un petit chiencàl qui vous obéissait au doigt et à l'œil…

— Je me souviens aussi ! Il s'appelait Kleheb, s'écria Akilàm, le sourire aux lèvres, je le cachais là, dans cette même chambre !

— Je sais, Votre Altesse. C'est moi qui vous aidais à le nourrir et qui nettoyais ses déjections. Quand votre père a découvert cela, il m'a renvoyé aux écuries en même temps que votre animal favori, ajouta-t-il gravement, je peux vous l'avouer maintenant que vous êtes presque un adulte, le pauvre petit s'est laissé dépérir. Après avoir été choyé par un prince, il n'a pas supporté la vie en chenil. Contrairement à moi qui ai engraissé, ajouta-t-il dans une vaine tentative pour détendre l'atmosphère.

— Les chiencàls sont des animaux affectueux quand ils sont domestiqués. Ils sont très dociles et faciles à dresser. Si Kleheb m'obéissait, comme tu dis, c'était dans sa nature de canin, déclara Akilàm songeur.

— Permettez-moi d'insister, Majesté. Je sais ce que j'ai vu, s'engaillardit l'homme, vos relations étaient familières. On n'aurait pas dit qu'il vous obéissait, mais qu'il vous comprenait. Vous communiquiez comme deux amis.

— Tes souvenirs te jouent des tours, mon brave. C'était sûrement un chiencàl que j'avais bien dressé.

— Vous aviez deux ans, mon prince, vous parliez à peine vous-même.

Akilàm le dévisagea, incrédule. Si on en croyait ce serviteur, les capacités télépathiques du prince ne dataient pas de sa rencontre avec Nia'mu. Ce dernier n'avait été qu'un catalyseur, il avait mis au jour un pouvoir latent. L'adolescent se remémora des expériences qui lui avaient paru insignifiantes et qui pourtant, à la lumière de ces révélations, étaient autant d'indices. Il portait ce don en lui depuis toujours et le sentait inexorablement se développer. C'était grisant et effrayant à la fois.

— Je sais que vous commandez aux animaux, seigneur, mais je suis sûr que jamais vous ne leur ordonnerez de faire du mal, osa le servant, mis en confiance par l'attitude du prince enclin à poser des questions.

— Pourquoi dis-tu cela ?

— On raconte aussi bien d'autres choses en ville sur votre compte, Votre Altesse. On dit que vous avez envoyé un liopàr tuer le Premier ministre Nàssih…

— C'était ma monture, en effet, admit Akilàm à regret, mais il s'agit d'un terrible accident !

— C'était un meurtre, Majesté, insista le servant, mes sources sont fiables. Mon oncle Qàdim a assisté au meurtre. Il soutenait qu'un homme a donné ordre au liopàr d'attaquer.

— Pourquoi colporter une telle médisance ? s'emporta Akilàm en renversant son écuelle de dattes, Nàssih était mon maître vénéré, je n'aurai jamais touché à un seul de ses cheveux !

— Oui, mais il tentait d'empêcher votre admission à l'Adùl-royal, alors…

— De là à commettre un crime ! La rumeur fait de moi un fou sanguinaire ! J'exige de confondre ce Qàdim calomnieux ! s'offusqua l'adolescent.

— Il a mystérieusement disparu, le jour même de votre départ pour le désert.

Furieux, Akilàm sonda son esprit, mais le brave homme n'en savait pas plus.

— Je suis désolé si je vous ai fâché, mon maître, mais vous m'avez demandé… hésita l'homme, honteux à l'idée d'avoir outrepassé son rôle de serviteur.

— Ma colère n'est pas dirigée contre toi. Ces rumeurs sont infondées, mais je suis déçu d'apprendre qu'elles courent dans la ville. Je me chargerai de retrouver ce Qàdim et de lui faire avouer la vérité, grommela l'adolescent.

Le félin, ennuyé par la conversation des humains, s'étira longuement, secoua sa crinière et s'éclipsa dans un bond silencieux. Le prince sentit son bras le démanger, il écrasa une puce entre ses ongles.

— Un bain rafraîchissant vous attend comme chaque jour dans les étuves royales, déclara le servant, soulagé de changer de sujet. Ainsi qu'une tenue princière, ajouta-t-il en en lorgnant le djelh dégoûtant qui enveloppait encore l'adolescent.

— Pour ton aide et pour tes révélations, merci, mon cher Islem ! déclara le prince sur un ton un peu trop solennel.

Le serviteur lui répondit par un large sourire, profondément touché par cette marque d'attention. Akilàm n'avoua pas qu'il avait fouillé, non dans sa propre mémoire, mais dans celle du servant, pour découvrir son nom. Il ne savait pas comment il s'y était pris, mais il avait agi avec certitude. Il était entré dans le cerveau de l'homme avec une facilité déconcertante, comme on pénètre dans la tente de toile d'un Nmàd sans défense. Il lui avait suffi de visualiser le fil de sa pensée pour s'y accrocher et le dévider jusqu'au point intéressant, jusqu'à l'information voulue.

Il avait agi de la même façon que la vieille Doujà qui faisait glisser la laine sur son fuseau et crochetait les bouloches, pendant les soirées tranquilles où elle veillait sur le sommeil de l'héritier. Les fils de la connaissance s'enroulaient les uns sur les autres et le prince devait se maîtriser pour ne pas se noyer dans les souvenirs de son interlocuteur.

Il était à la fois émerveillé et inquiet. Quel était ce don étrange qui faisait de lui l'égal d'un nukùm ? Comment résister à la tentation et ne pas se fondre dans le magma des pensées d'autrui ? Garder son intégrité. Maîtriser ce flux puissant qui pouvait vous emporter comme un fétu, vous noyer, vous perdre. Akilàm avait besoin d'apprendre. Il avait besoin d'aide. Il lui fallait réagir pour connaître la vérité.

Retrouvailles

— Tu m'étouffes, haleta le prince, écarlate, je suis parvenu jusqu'ici sain et sauf, j'ai échappé aux dangers du désert et pourtant, je vais mourir asphyxié dans mon propre château. Lâche-moi !

Pour rejoindre les étuves, Akilàm avait traversé un palais presque désert. Les bâtiments n'avaient subi aucun dégât matériel, sûrement parce qu'aucune jeune fille n'y résidait encore. Cependant, les couloirs vides et les salles silencieuses montraient que toute la population de Barkàn, servants compris, était occupée à la reconstruction des quartiers et des habitations détruits par les flammes. Sans parler des interminables cérémonies qui faisaient planer sur la ville la fumée sombre des bûchers funéraires.

Le prince poussa la porte des étuves. Il tomba en arrêt devant le corps d'Ethàn, étendu contre le mur. Sa tête pendait mollement sur le côté, ses longs cheveux épars sur les épaules. Son visage aux traits carrés avait perdu toute la douceur que lui conférait son regard de drùm de voyage. On aurait pu le croire mort, si sa bouche entrouverte n'avait émis un gargouillis régulier.

Soudain, alerté dans son sommeil par un sens aigu, le jeune homme ouvrit les yeux. À la vue de son ami, point de cris ni d'exclamations. Ses grands yeux s'illuminèrent, il se redressa, lissa sa chevelure dans un geste maladroit pour avoir l'air présentable. Akilàm, la gorge nouée, lui tendit les bras. C'est alors qu'il dut subir l'étreinte incroyable de son plus ancien compagnon. Le prince gigota en plaisantant.

— J'étouffe, je te dis !

L'air contrit, Ethàn desserra l'étau de ses bras musclés, mais il maintint le jeune prince par les épaules, le jaugeant des pieds à la tête.

— Tu as maigri, Aki.

— Oh, ça oui ! Les menus du désert de Méditrà sont frugaux !

— Tu as changé aussi…

— Tu ne crois pas si bien dire ! Que faisais-tu, endormi dans les étuves ? éluda Akilàm.

— Depuis ton retour, il m'est impossible de te rencontrer, protesta Ethàn, comme je connais ton amour inconsidéré pour la déesse Aqà et les ablutions, je me suis dit que je finirais bien par te trouver ici.

— Rassure-toi, je ne te fermais pas ma porte. J'ai dormi pendant deux jours !

— C'est compréhensible, si l'on en croit toutes les aventures qui se racontent dans les coulisses du palais. Raconte-moi la vérité par le menu. Sans rien omettre, supplia Ethàn.

— D'accord, mais il faut que je me lave !

— Je partage cette opinion, grimaça le jeune homme en s'écartant du djelh poisseux qu'il agrippait encore, je t'accompagne !

Akilàm pivota sur ses talons avec précipitation pour que son ami ne le vît pas rougir. Il s'installa néanmoins, en chemise, dans le baquet d'eau fumante qui lui était destiné tandis qu'Ethàn s'assit derrière un paravent, sur le cabinet d'aisances dont il avait rabattu le couvercle en bois.

Les étuves du palais étaient plus spacieuses que celles des càsrns, mais leur décoration était tout aussi rudimentaire. Quelques brocs, des étoffes de laine empilées sur des étagères à côté des pains de savon noir et, comble du luxe, un grand miroir de bronze poli appuyé contre le mur. Akilàm se frotta avec une vigueur inhabituelle et l'eau du bain devint bien vite d'une couleur douteuse.

Ils s'installèrent ensuite dans le sauna. Ils y restèrent des heures, oubliant de répandre l'eau sur les pierres chaudes, qui bientôt ne le furent plus du tout. Akilàm raconta son périple, omettant toujours le même passage qui concernait Nia'mu. Il ne craignait pas l'incrédulité de son auditeur cette fois-ci, mais il ne voulait pas l'effrayer. Il ressentait confusément qu'Ethàn n'était pas prêt à comprendre qu'on pût approcher un nukùm sans être foudroyé par une malédiction.

Son récit terminé, le prince prit une mine grave et se pencha vers son ami, qui se tenait coi, au comble de l'admiration.

— Il faut que je te parle d'une chose très sérieuse, Ethàn. Je dois compter sur ta discrétion.

L'autre hocha le menton, l'air attentif.

— Je veux mener une expédition, reprit le prince, je veux partir à la recherche des jeunes filles qui ont été enlevées.

— Impossible, déclara Ethàn sans hésiter, elles ont disparu à jamais, par magie.

— Non, ce n'est pas le cas…

— Tout le monde pourra en témoigner ! On les a vues s'élever dans les airs, emportées par une étoile. On ne peut pas poursuivre des esprits volants.

— Ce n'étaient pas des esprits, s'obstina le prince.

— Tu ne les as pas vus comme je te vois ! Ils lançaient des éclairs, leurs yeux étaient rouges et leur cuirasse forgée dans un alliage inaltérable. Rien ne pouvait les atteindre, ni les flèches ni les coups d'épée. J'étais là, Akilàm, je les ai combattus !

L'apprenti guerrier releva sa manche. Il montra la longue estafilade qui courait le long de son avant-bras. La plaie était laide, les lésions violacées formaient des ramifications telles des tentacules brûlants sur sa peau laiteuse.

— C'est grave ! Il faut soigner cela ! s'écria Akilàm d'une voix aiguë.

Il se morigéna intérieurement de cet éclat peu viril, mais Ethàn n'y prêta pas attention.

— Les prêtresses-apothicaires sont démunies, poursuivit-il, elles ont tout essayé : des cataplasmes de sanguinaria, des onguents de mauve contre les brûlures. Rien ne fonctionne. Mon bras continue à se consumer de l'intérieur et la plaie s'étend de jour en jour. Je souffre le martyre, mais je ne suis pas le seul et mon cas n'est pas le pire. C'est pourquoi je peux te l'assurer, ceux qui nous ont attaqués possédaient des pouvoirs surhumains et nous ne retrouverons jamais nos sœurs.

— Tout le monde se comporte comme si elles étaient mortes ! s'exaspéra le prince.

— Eh bien, c'est tout comme…

— Si ces êtres mystérieux avaient voulu les tuer, ils n'auraient pas pris la peine de les chercher et de les emporter vivantes dans les airs ! Nos sœurs n'ont pas été enlevées par des esprits et je sais où elles ont été emmenées. Je regrette pour ton bras, mais je n'ai pas le temps de m'apitoyer. Feras-tu partie de mon expédition ?

— Tu sais bien que je te suivrais au bout du désert. Ne serait-ce que pour te protéger de tes propres chimères.

— Tu ne crois pas si bien dire. Nous irons aux portes de Méditrà et peut-être plus loin encore.

— C'est bien ce que je disais, tu es fou, constata Ethàn avec placidité.

— Je ne peux pas t'expliquer d'où me viennent ces certitudes. Me fais-tu confiance ?

— Oh non ! Pas du tout ! Je te connais trop bien, s'esclaffa le guerrier au visage d'ange.

— Alors, tu le feras peut-être pour l'amour d'Ilhàm ?

— Je n'ai pas besoin que tu te moques de mes sentiments, bredouilla le jeune homme les joues en feu, je t'ai dit que je t'accompagnerai, je le ferai. Comme l'ami fidèle que j'ai toujours été. Même si je ne partage pas tes illusions.

— Ne t'énerve pas, je suis aussi inquiet que toi, c'est ma sœur après tout ! J'ai besoin que ce projet devienne réalisable pour le présenter au roi. Je sais où trouver des alliés pour nous guider dans le désert. Il faut nous rendre à l'esplanade des Nmàds.

— Ils ne sont pas dans la cité. Ce n'était pas une période de marché quand nous avons été attaqués. Depuis, les portes sont restées closes. Une caravane est passée, mais nous n'avons pas ouvert, afin que les mauvaises nouvelles ne circulent pas trop vite entre les cités-états.

Akilàm réfléchit avec rapidité.

— Dans ce cas, allons voir le roi. Lui seul a le pouvoir de prendre la décision de laisser les caravanes entrer à nouveau. Nous sommes tributaires du savoir de ces itinérants.

Les adolescents se préparèrent avec soin, Ethàn remit de l'ordre dans sa tenue et sa chevelure, Akilàm savoura la sensation agréable d'enfiler des vêtements propres. Il ceignit son bandeau orné de turquoises au dessin royal et endossa le djelh indigo que le servant Islem avait préparé pour lui. Il avait fière allure et s'en voulut de sa coquetterie, mais l'admiration qu'il lisait dans le regard de son ami était un baume réconfortant dont il avait besoin.

Dans le couloir, ils furent bientôt rejoints par Ha'sad dont la foulée silencieuse surprit Ethàn. Une fois remis de la frayeur de se trouver nez à nez avec un liopàr dans un palais, il admira le grand félin avec tout le respect d'un futur guerrier-chasseur. Le prince expliqua qu'il ne l'avait ni dompté ni dressé. Pourtant, l'animal l'avait aidé de son plein gré.

— Si tu restes avec moi, il faudra te trouver un nom, dit-il au liopàr comme s'il s'adressait à un pair, c'est assez dégradant de se faire traiter de bête quand on est un si bon compagnon. Que penses-tu de…

Le félin s'immobilisa et plongea son regard doré dans celui du jeune humain, avec une insistance insolite pour un animal sauvage. Akilàm se mit à trembler. Ses propres paroles lui parurent d'une frivolité désagréable. Il accepta avec avidité le flux que le félin lui communiqua, comme un éclat d'ambre, un coup de griffe silencieux.

— Ha'sad, tel est ton nom, murmura-t-il avec respect, heureux de l'apprendre, mon ami.

— C'est un nom de guerrier, renchérit Ethàn, il a bien choisi.

— C'est aussi un grand chasseur. Ce monde plein de murs n'est pas fait pour toi, Ha'sad. Pourquoi ne retournes-tu pas auprès des tiens ?

Le liopàr émit un feulement sourd et se détourna. Le prince haussa les épaules, il avait tenté à plusieurs reprises de lui rendre sa liberté, mais en vain. La petite troupe s'engagea alors en silence dans l'escalier qui menait à la salle du trône. Le roi s'y trouvait seul, à l'heure où tous étaient partis se restaurer.

Akilàm abandonna ses amis derrière les portes monumentales et s'avança vers son père pour lui faire part de son projet d'expédition de façon moins impulsive que le soir de son retour. Il déclencha aussitôt la réaction prévue : la colère, la dénégation. Le prince campa sur sa position sans faillir et Jàhlel finit par s'asseoir sur son trône, le front dans les mains. Il resta silencieux un moment puis il s'exprima à voix basse, forçant Akilàm à s'approcher au plus près.

— Mon enfant, ne comprends-tu pas que ces esprits maléfiques ne sont pas parvenus jusqu'ici par hasard ? Ils sont venus pour nous punir. Toutes leurs victimes avaient à peu près ton âge, Akilàm. En réalité, ils étaient à ta recherche. Une créature qui n'est pas à sa place dans ce monde. Ces guerriers d'argent étaient envoyés par je ne sais quel dieu inconnu. Et ce dieu réclamait son dû. Ta vie ! Je suis certain qu'ils venaient pour te prendre. *Toi* !

Akilàm n'avait pas vu les choses sous cet angle, mais il ne se démonta pas pour autant.

— Père, je ne sais pas pourquoi ces guerriers nous ont attaqués, mais je sais que ce ne sont pas des esprits qui sont venus par les airs, ce sont des humains. Leurs armes n'étaient pas magiques, mais fabriquées par des hommes, par les habitants d'une *mégacité*.

— Quand cesseras-tu de croire à ces balivernes, Akilàm ?

Le roi secoua la tête en signe de lassitude et sa chevelure se répandit sur ses épaules. Il avait l'air déçu et haussa le ton.

— Les mégacités n'existent pas, pas plus que les mégacitoyens. Grandis un peu ! Ce ne sont que des boniments de Nmàds destinés à entourlouper le client. Je te dis que les adolescentes de Barkàn ont été enlevées pour nous punir de notre acte impie. Ces démons te cherchaient, ils pourraient même bien revenir quand ils se rendront compte de leur méprise. Mais… mais que fais-tu ?

Akilàm, sans mot dire, extirpa le pistolase de sa ceinture. Il l'exhiba un moment sous le nez de son père, actionna le petit bouton blanc et comme attendu, la crosse se mit à vibrer automatiquement. Devant le regard médusé de Jàhlel, il choisit le degré orange de l'énergie. Il visa le fauteuil de la prêtresse Sahàr, non sans malice, et fit feu. Le laser bleu jaillit avec une puissance assez forte pour pulvériser le bois du fauteuil qui se consuma instantanément et s'écroula en un petit tas de cendres fumantes.

— Ceci n'est pas de la magie, père. C'est une arme fabriquée par des humains.

Le roi resta pétrifié, mais Akilàm se méprit sur son expression. Il lui mit de force la crosse cannelée dans la main.

— C'est un objet qui provient de Mégasilia. Une vraie mégacité située aux confins de Méditrà, habitée par de vrais humains. C'est pourquoi je dis que, si vous avez été attaqués par des armes semblables, elles n'étaient pas divines. Ce sont bien les mégacitoyens qui ont enlevé les jeunes filles de Barkàn. Pour une raison que j'ignore. Peut-être ces gens étaient-ils à ma recherche, comme vous le supposez. C'est pourquoi je dois trouver des explications, partir à leur poursuite.

— Co… comment t'es-tu procuré ce… pistolase ? articula le roi, le souffle court.

Il jeta l'arme sur le dallage. Ce fut au tour d'Akilàm de dévisager Jàhlel avec stupéfaction.

— Père ! Vous savez ce que c'est !

— C'est une arme mortelle, fabriquée dans une matière inconnue et utilisant une énergie encore moins connue de nous, avoua Jàhlel, cela ne prouve pas qu'elle soit humaine.

— Mais elle n'est pas magique, elle est maîtrisable. J'ai fait exploser quatre scorps en quelques secondes en appuyant sur ce bouton rouge. Regardez la crosse, elle est moulée pour être tenue par une main humaine ! Vous savez que j'ai raison, vous l'avez toujours su ! cria le prince en brandissant le pistolase.

Décisions

Le roi fixait, non l'arme, mais Akilàm avec un air désespéré.

— Vous connaissiez la vérité, père ! s'écria le prince avec amertume, pourquoi persister à me mentir ainsi ?

— Pour te protéger…

— Je n'ai pas besoin de ce genre de protection. Il faut me laisser aller là-bas ! Il faut me laisser découvrir le secret de cette civilisation. Je vous en supplie, aidez-moi !

— Pour te protéger de tes propres chimères, continua le roi, mais je vois que c'est peine perdue.

Jàhlel se leva du trône de cèdre imputrescible, vieux de plusieurs siècles, et l'observa avec méfiance. Puis son regard se coula sur la petite arme qui paraissait si fragile.

— Ce sont les Nmàds qui t'ont donné cet objet, n'est-ce pas ?

— En quelque sorte, éluda le prince pour éviter de dévoiler le rôle joué par Ilhàm, nous avons un indice sur la provenance de nos cruels ravisseurs puisqu'ils ont utilisé de telles armes pour vous attaquer. Il faut laisser entrer la caravane nmàde au prochain passage. Je dois me joindre à eux pour leur voyage vers Mégasilia afin de pister les guerriers volants. Il faut cesser de nier la réalité, père, au nom de principes et de dieux qui ne sont peut-être pas plus des dieux que les nukùms sont des diables !

— Akilàm ! Mais qu'est-ce qui ne va pas chez toi ? Es-tu devenu fou ? Douter de l'existence des dieux à voix haute !

— J'ai fait la rencontre d'un nukùm dans l'oàz. J'ai pu constater de façon tangible que c'était un humain, répondit l'adolescent en portant machinalement sa main à sa gorge, il avait un nom. Il était doué de raison. C'était un être horrible aux membres atrophiés et au crâne malformé, mais un homme tout de même.

— Mon enfant, tu comprends pourquoi je voulais t'éviter l'Adùl-royal, soupira le monarque, ces aventures n'ont fait que te conforter dans tes aspirations les plus extrêmes…

— Si les nukùms, que nous prenons pour des esprits maléfiques, sont des humains, que penser de nos dieux ? insista Akilàm, sur sa lancée, peut-être ne sont-ils que lumière, poussière, air et eau ? Des éléments seulement matériels, qui nous entourent et nous dominent, sans aucune volonté divine ? Peut-être la notion du divin n'est-elle présente que dans nos esprits ?

Le prince observa son père avec attention. Jàhlel avait repris des couleurs et redressait la tête sous la masse de ses cheveux décoiffés.

— Ce que je vous raconte ne semble pas vous surprendre, père, au contraire, constata Akilàm avec colère, vous en avez rencontré vous-même, n'est-ce pas ?

— Ainsi, Khawàn t'est-elle venue en aide à toi aussi lors de ton Exl, exhala le roi comme soulagé d'un fardeau.

— La sorcière qui m'a soigné quand j'ai été piqué par un scorp ? Oui, je crois avoir compris qu'elle m'a envoyé ce Nia'mu.

— C'est son messager, ou son serviteur, je ne sais pas trop, avoua Jàhlel avec lassitude, elle l'a recueilli quand il était enfant, comme elle le fait avec tant d'autres qu'elle persiste à vouloir soigner et éduquer…

Il secoua à nouveau la tête avant de reprendre avec force :

— Mais elle ne réussit pas ! C'est insensé et impossible ! Les nukùms ne sont pas des diables, mais ce ne sont pas non plus des hommes. Leur race fut maudite par les dieux il y a bien longtemps. Ils ont perdu toute trace de civilisation. Ils ne respectent aucune règle, aucune loi et n'éprouvent plus le moindre sentiment. Ils ne pensent qu'à tuer, dévorer et forniquer. Ils ne tolèrent de vivre en bande que parce que le nombre leur permet de pallier leurs faiblesses physiques. Ces simulacres de clans ne connaissent ni hiérarchie, ni respect, ni compassion. Ils s'entretuent pour un lambeau de viande, n'hésitent pas à s'entredévorer lorsque la chasse n'est pas suffisante. Ce ne sont pas des hommes, ce sont des monstres, et ils méritent leur réputation de démons du désert.

— Vous les connaissez parfaitement, n'est-ce pas ? remarqua Akilàm songeur, ces monstres que je voyais dans mes rêves lorsque vous m'avez conduit chez la sorcière, ils étaient bien réels ! Ce n'étaient pas des cauchemars !

— En effet, admit le roi à regret, quand elle le peut, Khawàn accueille les créatures douées d'un semblant d'intelligence et tente de leur inculquer des rudiments de civilisation. Mais c'est comme dresser un chiencàl ! Libérez-le quelques jours dans le désert et il retourne à son état sauvage naturel, il…

— Il faut que je rencontre la Khawàn, père ! l'interrompit Akilàm avec une fougue décuplée, si c'est elle qui a envoyé Nia'mu pour me prévenir de l'arrivée des vaisseaux volants, c'est qu'elle en sait bien plus que nous. Elle pourra me renseigner, j'en suis sûr !

— Akilàm, tu m'en demandes trop. Je suis à peine à la joie de te retrouver vivant, revenu d'une épreuve dangereuse, et tu veux déjà t'échapper.

— Ma place n'est pas ici, père. Vous le savez aussi bien que moi ! Je ne suis pas fait pour vivre entre ces murailles étriquées, à la tête d'un peuple qui n'acceptera jamais ce que je suis. Je dois partir en quête, prouver ma valeur, c'est d'une nécessité vitale.

— Attends demain, supplia Jàhlel avec tristesse, ce soir se tiendra le grand conseil qui t'accordera ou non la réussite à l'Adùl-royal. Ne prends pas de décision avant de connaître ton véritable statut dans la cité.

Akilàm s'inclina de mauvaise grâce et prit congé, laissant le roi accoudé au balcon qui offrait une vue vertigineuse sur une ville en pleine activité, inondée des rougeoiements du soleil.

Les silhouettes zélées allaient et venaient courageusement, les décombres se hérissaient d'échafaudages et les bûchers mortuaires se faisaient de plus en plus rares. Une multitude de sons insolites montaient comme autant de percussions musicales. La cadence infatigable des charpentiers, le bruit mat des briquetiers, le cliquettement incessant des tailleurs de pierre. Après la stupeur qui les avait cloués sur place, les Barkàns reprenaient vie et se jetaient avec méthode dans la reconstruction de leur univers familier. Ils renouaient avec leurs habitudes, leurs traditions, de façon machinale.

Le roi avait beau essayer de repousser l'inéluctable, il savait qu'Akilàm avait raison. Les chances de faire changer les mentalités étaient minimes. Seul un acte héroïque hors du commun pourrait renverser les traditions d'un peuple aussi conservateur.

Le lendemain, le conseil des maîtres prit enfin sa décision en ce qui concernait les résultats du prince. La grand-salle du palais se trouva à nouveau pleine à craquer. Ministres, guerriers, maîtres de càsrns et représentants du clergé, tous se tenaient à leur poste, dans un bruissement de conversations étouffées et de pas discrets, entre les colonnades qui supportaient la coupole du toit. L'excitation, dans l'attente du dénouement, était à son comble.

Akilàm avait autant de partisans que de détracteurs, et ils étaient tous réunis, dans une atmosphère électrique. Le prince Zàim se campait au premier plan, il affichait un air plein d'envie. Entouré de quelques étudiants belliqueux, il attendait avec impatience de voir son jeune oncle déchu de ses droits à la succession. Non loin, Ethàn ruminait en silence et leur lançait des regards assassins.

Le calme se fit lorsqu'un héraut annonça la fin des délibérations et que deux gardes ouvrirent les portes du cabinet attenant. Les responsables, qui débattaient depuis trois jours et trois nuits, entrèrent et formèrent un cortège solennel.

En tête, avança la grande prêtresse Sahàr, le front ceint d'un diadème incrusté d'onyx, elle était majestueuse dans sa houppelande noire à manches pertuisées, complètement brodée de fils d'argent. Suivait le grand maître de càsrn Dàrih, lui aussi revêtu pour la circonstance de ses meilleurs habits. Puis le juge Hetim, présent comme témoin objectif du déroulement des délibérations, il arborait le bâton et le torque de sa charge avec fierté. À leur suite, tous les enseignants qui avaient eu à s'occuper des études du prince, même son premier précepteur le vieux et maigre Ouàkil.

Enfin, le djelh rouge sang jeté sur sa cuirasse de cuivre, l'épée au côté et le bouclier dans le dos comme s'il allait livrer combat, maître Fàhres se tenait impassible. Il fermait la marche avec dignité malgré une béquille de soutien passée sous son bras. Il avait été gravement blessé à la cuisse et une profonde entaille, semblable à celle d'Ethàn, répandait ses ramifications enflammées jusqu'à la hanche.

Il portait également sur le visage les traces de la lutte acharnée qu'il avait livrée contre le feu des armes ennemies : une balafre tuméfiée le traversait du menton à la tempe et bleuissait la peau jusqu'à l'œil. On disait qu'il avait refusé de se soigner pour se punir d'avoir failli à défendre sa famille. Sihàm, une de ses propres filles, avait été enlevée dans le gymnase même où il dirigeait l'entraînement.

Chacun s'inclina devant le roi, immobile sur son trône. Sahàr tiqua en voyant qu'on avait remplacé son fauteuil de cérémonie par un simple siège trouvé à la va-vite, mais elle se maîtrisa et forma lentement le cercle avec les protagonistes de la cérémonie. Ils suivirent les dessins du dallage qui reproduisaient la symétrie des formes de la coupole.

Akilàm vint se placer au centre, l'air imperturbable, drapé dans son djelh brun de chasseur. La modestie de sa tenue contrastait avec le chatoiement, les broderies et les pierreries qui ornaient les atours de ceux qui l'entouraient, mais cela lui conférait une prestance singulière.

En tant que principal formateur du prince, maître Dàrih avança d'un pas et prit la parole. Son visage parcheminé ne laissait deviner aucun sentiment, mais ses petits yeux perçants vrillaient ceux du prince.

— Je parle au nom du grand conseil des sages. La décision qui a été prise fut votée à l'unanimité.

Il laissa ses paroles planer un instant dans l'air. Il hocha la tête et reprit avec force.

— Akilàm, prince de Barkàn, fils du roi Jàhlel, tu as réussi brillamment les épreuves de l'Adùl et tu as subi l'Exl avec courage. Tu as rapporté une plante que les prêtresses-apothicaires n'ont pas pu identifier, qui ne pousse qu'à l'état sauvage. Ce qui prouve que tu as rejoint l'oàz comme prévu.

Des murmures d'approbation parcoururent l'assemblée, les ministres hochèrent la tête, le roi se redressa curieusement sur son trône.

— Cependant, tu n'es resté que sept jours à l'extérieur de l'enceinte, alors que l'Exl demande de survivre une décade entière dans le désert, ajouta le vieux maître avec componction, c'est pourquoi, selon nos lois et nos traditions, nous *ne pouvons t'accorder* la réussite à l'ultime épreuve.

Il y eut un remous dans l'assistance, mais le roi y mit bon ordre sur un simple geste. Akilàm reçut la sentence sans même laisser paraître un tressaillement. Dàrih, fier de son petit effet de style, avança d'un pas.

— Prince Akilàm, tu as été jugé indigne de régner, lança-t-il avec force, ta jeunesse et ton impétuosité ont pris le pas sur la réflexion et le respect des règles. Nous savons que les motivations de ton retour anticipé étaient loyales, mais en tant que futur roi de Barkàn, tu devais montrer une déférence indéfectible aux préceptes de ta propre cité-état.

Un silence glacé suivit cette déclaration. Chacun attendit sans broncher la suite des événements. L'anxiété était à son comble, on craignait un éclat, un scandale affreux dans la famille royale. Cependant, Akilàm garda la tête haute et le regard clair. Les personnes présentes admiraient en silence sa maîtrise de soi. Elles ne pouvaient pas se douter qu'il était *réellement* indifférent à la sentence formulée par le maître de càsrn : peu lui importait la décision du conseil, le règne sur Barkàn, petite cité orgueilleuse dans un minuscule pays. Son esprit était déjà tourné vers un ailleurs plein de promesses, vers le vaste désert de Méditrà et la frontière avec le monde des mégacités. Il hocha la tête et inclina le buste en signe de soumission.

La grande prêtresse Sahàr avança dans un bruissement de soieries et lui retira, avec un peu trop de précipitation, le bandeau royal serti de turquoises. L'adolescent releva le menton avec un sourire imperceptible. Il jeta un regard presque soulagé à son père. Le visage du roi devint rouge brique, mais il ne dit pas un mot. Après avoir entendu les arguments de Dàrih, il lui était impossible de dissoudre ce conseil fantoche, il était obligé lui aussi de montrer son respect de la loi et des traditions. De plus, il connaissait les pensées du prince, que plus rien maintenant ne liait au pouvoir.

Si la réussite à l'Exl avait été ratifiée, Akilàm aurait été contraint de rester à Barkàn, de se former avec les ministres au gouvernement de la cité-état, d'étudier sous la houlette des hommes de loi. Jàhlel aurait pu veiller lui-même à la formation du futur roi et le préparer à la succession, au détriment de sa personnalité et de sa nature. Une fille prisonnière dans un rôle d'héritier.

Akilàm était pourtant sur le point de lui échapper définitivement. D'un revers de manche, le roi essuya les gouttes de sueur qui perlaient sur ses tempes. Ce que ses sujets prirent pour une manifestation de colère ou de déception était en fait de la peur. La peur de voir son enfant s'éloigner pour toujours.

De son œil valide, Fàhres suivit avec attention l'échange de regards entre le père et le fils. Sans mot dire, il se retira du cercle et vint se placer près du trône. Ce simple mouvement eut pour effet de briser la chape de plomb invisible qui écrasait l'assistance. L'étrange malaise qui les tenait tous sans réactions se dissipa d'un coup et chacun des participants au grand conseil des sages tourna le dos au prince pour rejoindre la foule.

Le roi se redressa et autorisa la levée de la séance. La cérémonie, qui avait commencé en grande pompe, s'éteignit comme une flammèche mouillée. Les conversations hésitèrent à reprendre. Seules quelques remarques chuchotées, des exclamations sporadiques, ponctuèrent le départ des témoins de cette scène ahurissante.

Tandis que chacun retournait à ses activités, le conseil des sages s'apprêta à siéger comme à l'ordinaire. Les servants secrétaires taillaient déjà leurs plumes afin de consigner le tout sur des parchemins précieux. Fàhres resta près du trône, le torse bombé, au garde à vous. Lorsque la salle fut presque vide, il se pencha à l'oreille de son souverain et murmura :

— J'ai été obligé, Votre Majesté.

— Je sais, mon noble ami. Je ne te fais aucun reproche.

— Pendant deux jours, j'ai persisté à mettre la pierre blanche dans l'urne, contraignant le conseil à réviser son jugement.

— Je m'en doute et la faim a dû les tenailler plus que la mauvaise foi.

— J'ai plaidé la cause de mon prince jusqu'au bout, affirma le grand guerrier au regard triste, mais je crois que ses exploits extraordinaires, plus que son irrespect des règles, ont effrayé les représentants du conseil des sages, ces pleutres.

— En effet, mon ami, c'est ce que je pense aussi, admit le monarque.

Les ministres, assis sur leur siège, attendaient patiemment que l'échange de chuchotis entre le roi et le général prît fin. Les servants essayèrent de tendre l'oreille, mais la garde royale faisait écran. Jàhlel s'était entouré de vétérans incorruptibles dont la fidélité allait bien au-delà de la simple obédience due à un chef politique et religieux.

— Quand j'ai compris que je ne ferais pas plier seul tout un grand conseil, j'ai mis la pierre noire, comme les onze autres, poursuivit le militaire.

— C'est ce qu'il fallait faire, Fàhres, la décision était prise d'avance. Tu n'y pouvais rien. Je te le répète, mon ami, je ne te reproche rien.

— Majesté, que puis-je faire pour changer les choses ? Ordonnez, j'obéirai.

— Tu ne veux tout de même pas assassiner tout le conseil des sages ? ricana Jàhlel dans sa barbe.

— Je suis prêt, mon roi, chuchota le maître d'armes sans la moindre trace d'ironie, je partage votre courroux.

— Je lutte plutôt contre l'angoisse. Maintenant, plus rien ne retiendra Akilàm dans nos murs.

— Vous voulez dire qu'il est vraiment prêt à recommencer l'épreuve de l'Exl ?

— Non, malheureusement, fit le roi avec un pâle sourire, il veut partir dans le désert à la recherche des jeunes filles enlevées.

— C'est de la folie ! s'exclama Fàhres qui ne se souciait plus d'être discret, s'il y parvient, il se fera tuer ! J'ai combattu ces esprits de lumière, ils sont invincibles. Aucune de nos armes ne peut les transpercer. De plus, personne ne sait où les trouver !

— Akilàm le sait, affirma le roi, et personne ne pourra empêcher son périple à travers Méditrà.

— Cet enfant est opiniâtre, mais irréfléchi. Il va se jeter dans la fournaise comme un jeune liopàr ! Je me joindrai à lui, je le protégerai. Je ne le laisserai pas, heu…

Le guerrier s'avisa que tout le monde le dévisageait avec insistance, il baissa d'un ton, retrouvant son calme par la même occasion.

— Je vous demande votre permission, chuchota-t-il.

— Je ne puis te l'accorder, mon ami.

— Si c'est à cause de mes blessures, sachez que je suis encore parfaitement…

— Non, Fàhres, ce n'est pas cela, soupira Jàhlel en fixant la coupole aux dessins harmonieux, je dois avouer avec regret qu'il est temps de laisser le prince aller vers son destin. Depuis sa naissance, je l'empêche de trouver sa place.

Le roi se tourna vers le vétéran au regard empreint d'incrédulité et ajouta avec une douceur inattendue :

— J'ai commis un acte audacieux en sauvant la vie d'un orphelin de mère, il y a quatorze ans de cela. C'est contraire aux dures lois de notre monde.

Il arrêta d'un geste les protestations de Fàhres et lui accorda un faible sourire.

— Je l'ai ramené à la vie une seconde fois, quand il avait neuf ans. J'ai eu recours à une magicienne traîtresse, elle-même bannie de la cité. Toutes ces choses étaient interdites et n'auraient pas dû arriver. J'ai fait passer mon intérêt personnel avant celui de Barkàn, celui de mes fidèles sujets.

— En quoi la survie du prince…

— Est-elle un acte impie et égoïste ? plaisanta Jàhlel goûtant en solitaire le double sens de ses paroles, j'ai modifié l'ordre des choses. Je dois en assumer les conséquences. Je dois cesser d'intervenir dans la destinée de ma… progéniture.

— Il ne survivra pas, maugréa le maître d'armes tout en courbant l'échine.

— Je crois que si. Je crois qu'il va accomplir de grands exploits, dignes de ton enseignement et du mien.

— Il n'y arrivera pas seul, c'est encore un enfant, je dois…

— Tu dois rester à Barkàn. Tu es mon meilleur général, j'ai besoin de toi pour commander les guerriers encore vivants et en former d'autres le plus rapidement possible, affirma le roi sur un ton sans appel, les Barkàns ont besoin de toi pour les protéger. Douze mille personnes contre une, tu ne dois pas hésiter un instant. Maintenant, général, laisse-moi, obéis.

Fàhres s'inclina, autant que ses blessures le lui permettaient et il garda le silence. Il était certain de ne plus jamais revoir son élève favori, mais ne pouvait aller contre la volonté du roi.

Baleine

Le vent qui les accompagnait depuis le matin sifflait dans leurs oreilles, leur lançait des poignées de poussière dans les yeux, à travers le grillage de leur djelh, provoquait de petites tornades éphémères sous les pattes de leurs montures.

Autour d'eux, une immensité pétrée, au relief modelé par le souffle perpétuel qui semblait se servir des grains de sable comme du papier de verre. Il érodait les collines, polissait les rochers, leur donnait des formes insolites. Champignons géants, dos de pachyds pétrifiés, lunes énormes en équilibre sur des pics rocheux.

Impressionnés par ce spectacle grandiose, les deux amis, à dos de liopàr, avançaient péniblement le long d'un ravin. Des coulées de pierres glissaient vers le fond à chaque pas. Akilàm qui montait à cru, car Ha'sad refusait obstinément tout harnachement, faillit se rompre le cou plus d'une fois.

— Nous arrivons, lança-t-il.

— Ah vraiment ? Je me demande comment tu sais ça, ironisa Ethàn.

Ce dernier cherchait ostensiblement un signe de vie humaine. Une colonne de fumée, une plantation de tomates ou de melons naras au ras du sol, un mur de protection en brique. Il n'y avait rien, rien que des blocs de granit patinés par le vent, du sable qui crissait sous le pas agile des liopàrs. Le jeune homme haussa les épaules, il faisait confiance aux talents de pisteur du prince, mais commençait à douter.

La veille, il s'était retrouvé dans les appartements royaux quand Jàhlel avait soudain surgi dans l'encadrement de la porte. Pour sa part, il avait sursauté, mais il aurait juré qu'Akilàm avait décelé cette arrivée silencieuse depuis un moment. Le prince se tenait déjà en position d'affrontement, les poings sur les hanches, le menton levé et prit les devants.

— Père, sachez que si vous cherchez à me retenir, c'est inutile !

— Ce n'est pas mon intention, dit Jàhlel en refermant la porte de bois avec soin.

Son visage semblait avoir vieilli de dix ans en une nuit. De profondes rides d'expression barraient son front et dessinaient un rictus à la commissure de ses lèvres.

— Je suis venu t'apporter mon aide. Je vais t'expliquer comment te rendre chez Khawàn. Je sais qu'elle possède des connaissances qui pourront t'aider, toi et ton ami Ethàn…

Le roi avait prononcé ces dernières paroles avec hésitation. Le jeune homme avait aussitôt balayé ses doutes dans un hochement de tête qui signifiait : *« Oui, j'accompagnerai bien cette bourrique dans son périple, oui je protégerai mon prince. »*

— Je ne vois pas trace de vie, déclara Ethàn au bout d'un moment, tu es sûr de tes indications ?

— Je ne vois rien non plus. Je le ressens, avoua Akilàm, la Khawàn nous attend, elle nous invite… euh, ils nous invitent tous !

Il venait de prendre conscience que la nuée de papillons invisibles qui frôlaient son esprit était un message de bienvenue envoyé par la sorcière et ses protégés.

— Qui ça, *ils ?* demanda Ethàn, avec inquiétude.

— Il faut que je t'avoue quelque chose, mon ami, déclara le prince avec un sourire contraint, maintenant, écoute-moi bien tranquillement.

— Comment t'écouter tranquillement ? Chaque minute, je risque de glisser dans cette combe infernale ! Le vent me vrille les oreilles, mon liopàr tressaille sans arrêt et toi tu as encore des choses à me révéler. Tu crois que c'est le moment ?

— Plutôt, oui. Écoute et arrête de faire la tête. Tu dois savoir que la Khawàn n'est pas une magicienne traîtresse à son peuple qui vit en ermite dans le désert…

— Qu'est-ce que tu vas encore m'apprendre, que c'est une de tes fameuses mégacitoyennes, hein ? s'exclama le jeune homme en tiraillant sur ses rênes avec humeur.

— Non, pas vraiment…

— Je préfère ça !

— Je ne crois pas que ce que je vais t'annoncer va te plaire, soupira le prince en essayant de choisir ses mots, la Khawàn n'est qu'une simple Barkàne au cœur compatissant et aux connaissances infinies. C'était une prêtresse-apothicaire respectable avant d'être bannie de la cité…

— Tu me déçois, là ! Je croyais qu'on allait assister à un vrai sabbat de sorcière, avec des monstres sortis des enfers et des nukùms dansant la sarabande, ironisa Ethàn en assurant son assiette sur la large selle de cuir.

Akilàm demanda à Ha'sad de s'immobiliser par une simple impulsion de sa volonté. Il se tourna vers son ami et tenta de le dévisager à travers le grillage de leur djelh respectif.

— Tu ne crois pas si bien dire, enchaîna-t-il. La Khawàn était une grande guérisseuse dans Barkàn. Quand elle a été exclue, elle a continué d'apporter le soulagement et la guérison aux rares habitants du désert…

— Il n'y a pas d'habitants, dans le désert, se moqua Ethàn.

— Si, par exemple, les nukùms.

— Q…Quoi ? Par Brùl !

Ethàn manqua de vider les arçons tant sa réaction fut vive. Akilàm se félicita d'avoir cessé la marche.

— Qu'est-ce que tu racontes encore ?

— La Khawàn abrite des nukùms dans son antre. Il ne faudra pas les effrayer, tu entends ?

— Moi ? Moi, je vais les effrayer ? articula le jeune homme lorsqu'il réussit à décoller la langue de son palais devenu soudain aussi sec que le désert, tu n'imagines pas que c'est moi qu'on ne doit pas effrayer ? Tu es devenu fou à cause du soleil qui t'a grillé la cervelle, ma parole !

— Je te préviens juste que ce sont de bons nukùms...

— Un bon nukùm est un nukùm mort ! Ce sont des erreurs de la nature et il faut les exterminer tous !

— Non, mon ami. Il ne faut pas faire ça, conseilla Akilàm avec patience, je n'ai pas le temps de t'expliquer tout ce que je sais, mais je te demande de me faire confiance. Contente-toi de penser que ceux-là sont... apprivoisés, d'accord ? Ne fais pas de gestes brusques, ne te montre pas belliqueux, n'affiche aucun signe d'agressivité ou de répulsion devant leur aspect effrayant. Tu m'as bien compris ?

— Non ! Non ! Au nom des quatre dieux réunis ! Je n'ai rien compris ! Je ne comprends plus rien ! Je veux faire demi-tour. Tu es fou à lier. Tu veux m'entraîner dans tes divagations, ou ton suicide, peut-être ? Tu veux nous mener dans un repaire de nukùms qui vont nous dévorer vivants !

Akilàm attrapa la bride du liopàr qui s'agitait et perdait confiance en son cavalier. Il pouvait ressentir la terreur qui suintait de son corps.

— Ethàn, ça suffit ! Calme-toi, tu énerves ta monture.

Le jeune homme se redressa tant bien que mal. Akilàm lui rendit les rênes.

— Fais-moi confiance, je t'en prie, mon ami, reprit-il avec plus de douceur, j'ai déjà rencontré un nukùm dans l'oàz, il était civilisé. Même si sa grammaire était sommaire et son humour grinçant, et même s'il avait la désagréable manie de parler dans ma tête, il était capable de se tenir et d'obéir à la Khawàn. Crois-moi.

— Je te crois... mais je continue de penser que c'est une folie.

Ethàn agrippa la crinière de son liopàr et décida de se taire pour montrer son mécontentement. Ils se mirent en route dans un silence épais, seulement traversé par les sifflements du vent et le bruit sec des pierres qui éclataient sous l'effet de la chaleur. Ils atteignirent bientôt le sentier à peine tracé dans la rocaille et amorcèrent une descente raide dans une crevasse naturelle dont le fond en entonnoir offrait une ombre permanente et bienvenue.

Akilàm avait une impression de déjà-vu. Il laissa Ha'sad avancer à sa guise, comme guidé à bon port par une main mystérieuse. Après avoir suivi la forte déclivité avec prudence, ils arrivèrent enfin en vue de la grotte, mais ce qui les impressionna d'abord fut la construction qui en ornait l'entrée. C'était une longue avancée d'au moins trente mètres de long plantée d'arches hautes qui semblaient faites d'ivoire, mais aucun pachyd ne pouvait posséder de défenses d'une telle importance. Les étranges arceaux étaient réunis au-dessus par des empiècements qui ressemblaient à des vertèbres hypertrophiées.

Ils n'avaient jamais vu pareille architecture. Ethàn jeta un coup d'œil méfiant à son ami qui se contenta de hausser les épaules en signe d'ignorance. Ils mirent pied à terre et avancèrent avec circonspection vers l'entrée monumentale. Ils relevèrent le pan de gaze grillagée qui était censé protéger leurs yeux du soleil et du sable. À l'autre bout de ce tunnel ajouré, ils distinguèrent une silhouette drapée de blanc, elle semblait les attendre, immobile. Les adolescents se pétrifièrent devant la première arche.

La forme blanche avança à leur rencontre avec lenteur. Il s'agissait d'une très vieille femme au visage parcheminé. Ses longs cheveux blancs la drapaient comme un manteau. Elle portait une tunique tissée dans une étoffe d'une finesse inédite. La sorcière avançait avec peine et s'aidait d'un bâton finement ciselé aux reflets d'acier. Ce n'est qu'une fois qu'elle les rejoignit qu'ils constatèrent qu'elle était aveugle. Ses yeux révulsés étaient aussi blancs que sa chevelure. Elle tendit néanmoins une main décharnée en signe d'accueil.

— Bienvenue dans ma modeste demeure. Akilàm, j'ai pressenti ton arrivée, dit-elle avec une intonation suave qui surprit les adolescents qui s'attendaient à une voix chevrotante.

— Tu es venu avec ton plus fidèle compagnon, *je vois* ?

— Oui, maîtresse, Ethàn est mon meilleur ami, fit le prince en désignant inutilement son compagnon.

— Je ne parlais pas de lui, s'esclaffa la sorcière tandis qu'Ha'sad émit un feulement satisfait.

Ethàn n'apprécia pas du tout la plaisanterie, mais l'aïeule ne lui laissa pas le temps de réagir :

— Dis-moi, jeune homme, accordes-tu à ton prince une confiance sans restriction ? Un amour sans condition qui te ferait quitter père, mère, compagne, pour toute ta vie, comme l'a fait Ha'sad ?

— Oui, articula-t-il, sidéré par le regard désincarné qu'elle avait tourné vers lui sans hésitation.

— C'est bien, mais ce ne sera pas suffisant. Entrez, suivez-moi, ne restez pas au soleil. Ne vous inquiétez pas pour vos montures.

Ils lui emboîtèrent le pas après avoir attaché le liopàr d'Ethàn à une arche. Ha'sad, qui ne supportait aucune entrave, se mit à rôder dans la ravine. Les jeunes gens suivirent leur hôte en levant le nez. Ils se demandaient si l'étrange voûte était un ornement construit par les nukùms.

— C'est impressionnant, n'est-ce pas ? admit la vieille femme comme si elle captait leur regard, c'était là bien avant que je ne vienne habiter cette grotte. Il s'agit du squelette d'une baleine, un monstre marin qui vécut ici il y a des milliers d'années…

— Un monstre *marin* ? s'écrièrent-ils en chœur.

— Méditrà n'a pas toujours été un désert, affirma la sorcière, il y a des milliers d'années, c'était une mer agitée de tempêtes légendaires et peuplée d'animaux aquatiques.

Ethàn écarquilla les yeux, qu'il avait déjà immenses. Il fit un petit signe avec son doigt pointé vers sa tempe, signifiant que la vieille femme avait perdu la raison, mais Akilàm lui donna un coup de coude.

— Non, je ne suis pas toquée. Je sais encore ce que je dis, même si j'ai plus de cent ans, révéla la magicienne avec amusement.

Ethàn haussa les sourcils dans une question muette à son ami qui haussa les épaules. La centenaire ne put s'empêcher de rire devant cette pantomime qu'elle devinait.

— Venez à l'intérieur, nous avons des choses importantes à nous dire. Si vous êtes venus à moi, c'est que vous êtes prêts à les entendre, alors, cessez vos enfantillages et ne perdons pas une minute.

Ethàn n'eut pas le temps de se vexer, déjà de nouvelles découvertes aiguisèrent sa curiosité. L'endroit dans lequel ils pénétrèrent n'avait de grotte que le nom. Les murs étaient parfaitement lisses, construits dans une matière aussi brillante que l'argent poli. Ils furent englobés dans une agréable sensation de fraîcheur tandis qu'une douce lumière augmentait progressivement d'intensité à leur passage. Ethàn jeta des regards méfiants, à la recherche de servants ou de ces fameux nukùms apprivoisés, mais l'endroit semblait désert.

La Khawàn, après les avoir débarrassés de leurs djelhs poussiéreux, les fit asseoir sur des chaises couvertes d'un tissu moelleux tendu sur des tubes argentés. Les garçons se laissèrent aller, ils détendirent leurs muscles endoloris par une journée presque entière de chevauchée. Ils observèrent la vaste pièce rectangulaire envahie d'objets hétéroclites, de coffres et d'armoires, entreposés de façon anarchique. Dans le fond, une fontaine émettait le gargouillis de l'eau fraîche. La vieille femme alla y remplir deux coupelles et revint vers eux sans hésiter. Ils burent avec avidité jusqu'à la dernière goutte.

— Alors, mes jeunes amis, même si je me doute de la raison qui vous a conduit à moi, j'attends vos explications, demanda-t-elle en s'asseyant à son tour, l'occasion de recevoir deux jeunes Barkàns d'un coup n'est pas si habituelle !

— Nous sommes venus vous demander conseil, maîtresse…

— Ne m'appelle pas ainsi, je ne suis la maîtresse de personne, ici.

— Pourtant vous commandez aux nukùms, paraît-il ? interrompit Ethàn, regrettant aussitôt de n'avoir pas tenu sa langue.

— Non, jeune apprenti guerrier, je ne les commande pas. Je me contente de les soigner.

— Venons-en aux faits, reprit Akilàm avec impatience, Barkàn a été attaquée par d'invincibles créatures venues du ciel.

La sorcière inclina la tête sur le côté, sans quitter Akilàm de ses yeux pourtant vides.

— Vous ne l'ignorez pas, car vous avez envoyé Nia'mu me prévenir, ajouta-t-il sans ambages.

La Khawàn acquiesça avec un sourire.

— Toutes les jeunes filles qui avaient à peu près mon âge ont été enlevées, au prix de violences inouïes.

— Oui, je sais cela aussi, avoua la vieille femme au regard sans expression.

— Mon peuple croit qu'il a subi les coups de démons vengeurs. Mon père croit qu'il a été puni pour m'avoir sauvé la vie, contre la volonté des dieux-majeurs, quand ma mère est morte en me mettant au monde, expliqua le prince sans préciser son autre secret.

Ethàn ne put réprimer un hoquet de surprise à l'idée que le roi de Barkàn pût avoir de tels doutes. Khawàn tourna vers lui ses prunelles blanchâtres, mais s'abstint de tout commentaire.

— Moi, je pense que notre ville n'a pas été assiégée par des esprits démoniaques, mais par des hommes, des mégacitoyens venus à bord de leurs vaisseaux volants et armés de pistolases mécaniques, affirma le prince avec conviction.

Ethàn secoua la tête, persuadé que celui qui divaguait était maintenant son propre ami.

— Ce sont des histoires que les Nmàds racontent aux petits enfants, Akilàm, s'insurgea-t-il, tu ne peux pas croire ça, tout de même !

— Je suis venu vous demander si je ne faisais pas fausse route, dit le prince à la vieille femme, ignorant totalement la remarque de son compagnon.

— Tu as malheureusement raison, Akilàm, admit-elle laconiquement.

Ethàn crut tomber à la renverse sur sa chaise, mais ne pipa mot.

— Je suis aussi venu vous demander de m'expliquer comment atteindre la mégacité la plus proche, car d'après mon père vous avez déjà réussi à en rejoindre une, dans le temps, et vous en avez rapporté un immense savoir…

— À l'origine de mon exil définitif de Barkàn, assena la Khawàn.

Conscient de l'avertissement implicite, Akilàm prit un air solennel :

— Seriez-vous prête à m'aider, sorcière Khawàn ?

— Serais-tu prêt à subir mon sort ? Toi, le petit prince promis au trône de Barkàn ? demanda-t-elle à son tour avec sérieux.

— Que voulez-vous dire ?

— Découvrir les mégacités et leurs merveilles feront de ton pays un royaume insignifiant pour tes yeux éblouis. Ton univers dominé par quatre éléments primaires, ta chère cité de glaise rouge, ton grand désert effroyable. Tout cela te paraîtra étriqué, archaïque et barbare. Ton peuple, qui ce jour te respecte et te chérit, te rejettera pour tes idées neuves, te chassera à jamais pour avoir osé penser le sortir de son ignorance. Toi-même, tu préféreras l'exil plutôt qu'un retour sous un tel joug.

Elle marqua une pause, comme pour analyser les réactions des jeunes gens. Ses révélations n'avaient pas le même effet sur chacun d'eux. Ethàn trépignait sur son fauteuil, révolté. Akilàm croisait les bras, déterminé. Il connaissait déjà la réponse.

— Est-ce vraiment ce que tu veux, *petit prince* ?

Protections

Ethàn bondit de son siège comme s'il n'était plus si confortable.

— Akilàm, cette sorcière dépasse les bornes ! On ne s'adresse pas ainsi à son futur roi ! Partons d'ici avant que ses délires ne te donnent des idées plus stupides que celles qui t'animent déjà !

Le prince posa une main sur le bras de son ami en signe d'apaisement, mais resta résolument tourné vers la vieille aveugle.

— Vous savez déjà que mon destin est ailleurs, Khawàn, vous qui m'avez sauvé la vie autrefois. Vous savez parfaitement que je ne peux pas régner sur Barkàn. Je dois partir. Je dois accomplir un acte plus héroïque qu'on ne le demande à un héritier de droit, déclara-t-il en choisissant ses mots pour ne pas trahir son secret devant Ethàn.

— C'est ce que je disais, soupira ce dernier. Tu perds la raison.

— Je dois retrouver les filles barkànes et les ramener dans leur foyer, saines et sauves. Je sais qu'elles ont été enlevées par erreur, à cause de moi, je dois réparer cette erreur.

— Céans bonne jactance ! Tiote pucelote comprend lestement ! nasarda une voix bien connue d'Akilàm.

Il fit volte-face et aperçut Nia'mu accroupi non loin de lui, sur une caisse métallique. Le nukùm les observait d'un air torve, un sourire humide aux lèvres. Ethàn porta par réflexe la main à son épée. La Khawàn fut plus rapide que lui et arrêta son geste d'une simple pression sur le coude. Il se demanda si elle était vraiment aveugle et resta cloué sur place.

— Nia'mu ne vous fera pas de mal. Ce n'est pas un esprit maléfique, précisa-t-elle.

— Je sais, Akilàm m'a prévenu. Excusez mon geste belliqueux sous votre toit hospitalier, récita-t-il sans réussir à détacher son regard du personnage accroupi sur la caisse, c'était un réflexe de guerrier-chasseur qui n'a encore jamais rencontré de… nukùm.

— Présente-toi comme il faut, intima la vieille femme au gnome qui riait, cesse de faire la bête.

Il sauta de son perchoir et vint s'incliner devant les jeunes gens. Il utilisa une voix enrouée qui cherchait un passage dans sa gorge goitreuse.

— Nia'mu accort, mignard ! Grands danzels pas botter Nia'mu, dit-il sur un ton plus ironique que respectueux, humain gentil, utile, Nia'mu.

— Je ne comprends pas un traître mot de son langage, mais il parle ! s'exclama Ethàn, ébahi.

— Nia'mu a bonne jactance véritel, Nia'mu humain ! Ethàn comprend pas dans sa caboche de fouchtre bréneux danzel !

— Je ne saisis pas tout, mais je crois qu'il m'insulte ! remarqua le jeune homme en posant à nouveau la main sur son pommeau, ce défaut prouve donc qu'il a un caractère bien humain.

Nia'mu apprécia la remarque et effectua une parodie de révérence. Les adolescents ne purent réprimer un sourire. La Khawàn se tourna vers eux, levant son bâton pour ramener le calme.

— Nia'mu est ce qu'on appelle un *Nuclémute*, fit-elle d'un ton docte. Il fait partie des descendants des habitants des quartiers les plus pauvres des mégacités, qui n'ont pas eu la chance d'être abrités sous les dômes pendant la Guerre-totale qui a ravagé la Terre, il y a trois mille ans. Rejetés par les mégacitoyens, décimés, irradiés, condamnés, ils ont été livrés à la dure vie des climats glaciaires, puis désertiques, qui ont suivi les retombées des bombes nucléaires.

— Ce que vous dites est incroyable, incompréhensible aussi, mais je sais que c'est vrai ! s'écria Akilàm.

Elle hocha la tête, son regard fixe semblait tourné à l'intérieur de son crâne.

— On a cru que cette population s'éteindrait d'elle-même, ravagée par les malformations et les maladies. Pourtant, ils se reproduisirent et formèrent une sorte de race revenue à l'état sauvage. Ils vivent comme des chiencàls dans tous les déserts du monde, mais ce sont des humains tout de même. Ils peuvent parler quand on se donne la peine de leur apprendre. Ils peuvent évoluer, j'en suis sûre. Je pense qu'ils ont droit à toute l'aide qu'ils sont capables d'accepter.

— C'est pour cela que vous êtes revenue vivre dans le désert de Méditrà ? murmura Ethàn, abasourdi, malgré la vie meilleure qui s'offrait à vous dans une mégacité ! Pour aider ce peuple qui n'en est pas un ?

— Ce n'est pas si simple jeune garçon, mais je suis satisfaite de voir que tu as accepté l'idée qu'une mégacité existe vraiment, confirma la vieille femme avec un sourire énigmatique.

— L'insistance d'Akilàm n'y est pas pour rien ! Depuis l'enfance, il me contamine !

— Tu as tout de même raison, jeune homme. Ma vocation de prêtresse-apothicaire est d'être soignante. C'est ce que je fais ici. Mais je fais plus encore, j'agis pour un motif plus grand, qui dépasse nos intentions de simples mortels. Je suis une sentinelle.

Elle marqua une longue pause, comme si elle réfléchissait aux mots qu'elle allait employer.

— J'ai tellement à vous révéler et nous avons si peu de temps. Je vais essayer de faire simple. D'après les saintes paroles du prophète Natr, qui est apparu sur les cendres d'une

Terre en ruine il y a trois mille ans, le monde ne pourra véritablement être reconstruit que lorsque tous les peuples vivront à nouveau réunis. Il a bien dit tous, sans exception. Un jour viendra où les frontières, les murailles tomberont. J'œuvre à ma modeste façon, je surveille la venue de l'événement déclencheur.

Elle tourna vers Akilàm son visage parcheminé et ses prunelles sans fond. Sa voix descendit dans les basses comme pour les envoûter.

— Je remercie Dieu unique, le Méga-universel, de m'avoir permis de vivre assez longtemps, car… ce jour approche, ajouta-t-elle en chuchotant presque, les signes sont manifestes. La prophétie, dont les derniers versets sont gravés dans la roche, dit qu'une âme pure naîtra parmi les petits peuples du Monde-hors et renversera l'ordre des choses…

— Les petits peuples du Monde-hors, qui sont-ils ? interrompit Akilàm.

— Ceux du désert, la horde à Nia'mu, le peuple de Barkàn, les Hors, tous ces fouchtres bâtards qui respirent l'air hors les dômes, articula le gnome, l'œil malicieux.

— Comment oses-tu comparer les Barkàns à ton peuple ? protesta Ethàn, toujours sur le qui-vive.

— Avons bien céans du travail pour la réunion des peuples ! ironisa le nukùm.

— Nia'mu a pourtant raison, intervint la vieille femme, les mégacitoyens appellent ainsi tous ceux qui vivent en dehors de la protection de leurs cités géantes. Ils méprisent les Barkàns autant que les Ghoùrs, les Nmàds, les Salants ou les Nuclémutes.

— Tous les habitants de Méditrà, en somme, résuma Ethàn.

— Et plus encore, les habitants des océans, des forêts et des montagnes enneigées, précisa la sorcière à ses auditeurs incrédules, jusqu'à présent, aucun Mégasilien ne se préoccupait du Monde-hors.

Elle se leva et alla remplir les coupes à nouveau. Ils burent en silence, même si les questions grouillaient dans leur cerveau comme des insectes affolés.

— La secte du prophète Natr a une place étrange dans les mégacités : c'est la religion officielle depuis trois mille ans, car le projet des survivants était de venir en aide aux plus démunis dès que l'atmosphère leur permettrait de quitter les dômes. Mais au fil des siècles, les mégacitoyens se sont habitués à vivre dans un confort matériel protecteur et ne se soucient plus de réunification. Ils ont oublié la signification véritable des paroles du prophète. Ils se contentent de réciter les prières de façon conventionnelle, comme une tradition, sans croire vraiment que les choses vont changer.

— Cette attitude impie devrait provoquer la colère de votre dieu méga, qui doit se sentir bien seul, soupira Ethàn.

— Je crois que, malgré ta naïveté, tu penses juste, jeune homme. De sombres événements se préparent, nous l'avons constaté…

— Quand vous dites : *nous*, vous parlez des Nuclémutes qui ont des pouvoirs de télépathes ? demanda Akilàm.

— Non, pas vraiment, s'esclaffa la Khawàn qui passait facilement du rire au discours le plus sérieux, je suis toujours en contact avec d'autres hommes de science à travers Méditrà, nous avons su déchiffrer les prémices d'un bouleversement. L'astrologie associée à l'étude des prémonitions écrites du prophète, nous ont déjà permis de prévoir l'apparition, il y a une quinzaine d'années déjà, de la Créature Pouvoir, *Celle* qui saura changer la face du monde…

— Une fille ? s'écria Akilàm, plus fasciné qu'il n'aurait bien voulu l'avouer.

— Oui, *petit prince*, et cela n'est pas du goût de certains dirigeants mégacitoyens qui refusent de lier leur sort aux peuples du Monde-hors.

— Vous croyez que les filles de notre peuple ont été enlevées à cause de cette vieille prophétie ?

— Cela ne fait aucun doute, affirma la sorcière, la religion de Natr est tombée en désuétude dans la population, mais de nombreux érudits, dont je fais partie, continuent de la transmettre et font perdurer les textes sacrés. Quelque part sur Terre, il y a quelqu'un d'assez puissant pour affréter des vaisseaux et engager des commandos afin d'enlever *Celle* qui apportera le changement et la paix.

— Pourquoi la recherche-t-il ? Pourquoi ne pas la tuer ? Quelles sont ses intentions ? demanda Ethàn, conquis par ce récit qui commençait à devenir guerrier.

— Je pense qu'elles sont mauvaises, à en juger par sa façon violente et irréfléchie de procéder, suggéra Akilàm d'un ton lugubre, je pense aussi que ses informations ne sont pas suffisantes, il cherche au hasard.

— Je partage ton opinion, avoua la vieille femme, mais je trouve que notre ennemi progresse vite. Il a sûrement dû soudoyer des prêtres de Natr pour en arriver à comprendre qu'il fallait chercher ici, *Celle* qui bouleversera le monde.

— Si elle est née il y a une quinzaine d'années… commença Akilàm avec une expression d'horreur sur le visage.

— Eh oui, soupira l'aïeule d'un air entendu, tu commences à comprendre, *petit prince…*

— C'est la princesse Ilhàm ! interrompit Ethàn au comble de l'excitation.

« Bravo le benêt danzel transi de passionnette ! » pouffa la voix de Nia'mu dans la tête d'Akilàm.

— Arrête ça, nukùm ! cria-t-il dans le silence de la grande pièce.

— C'est vrai, Nia'mu, ce n'est pas poli ce que tu fais, approuva la Khawàn avec le ton sentencieux d'une nourrice s'adressant à un enfant.

— Pas poli ? rugit Akilàm, c'est une intrusion, un acte outrageant ! La prochaine fois je te transperce d'un coup d'épée, compris ?

Ethàn les dévisageait avec incompréhension, Akilàm lui jeta un regard curieux.

— Tu n'entends rien ?

— Je ne sais pas ce qui vous prend !

— Il ne parle donc pas dans ton esprit à toi ? précisa le prince avec une pointe d'envie.

« Comment Nia'mu pourrait aborder l'esprit de ce gros balourd bréneux ? Quelle gausse. Elle veut que l'esquinte sa caboche céans ? » ironisa la petite voix insupportable.

Comme promis, Akilàm dégaina son épée et se rua sur la créature, mais Nia'mu avait prévu cette réaction et s'écarta d'un bond. Il s'enfuit en riant et sauta entre les caisses avec une vivacité insoupçonnée. C'est alors que le prince lança un cri de colère, le coffre sur lequel Nia'mu était réfugié se renversa. Le gnome se dégagea, lui jeta un regard ahuri et se réfugia plus loin en bousculant d'autres objets.

La voix de Khawàn s'éleva dans le vacarme :

— Cessez ces enfantillages immédiatement ! Akilàm, apaise ton esprit, tu ne sais pas le maîtriser ! L'heure est grave. Je vous parle de rassemblement des peuples et vous commencez par une querelle ? Bravo !

Akilàm n'était pas sûr d'avoir provoqué la chute du coffre simplement avec sa volonté, mais la remarque de la sorcière venait de balayer ses doutes ! Il revint s'asseoir, mais lança des regards furieux vers le nukùm qui se tenait toujours hors de portée. Ethàn les regardait d'un air curieux, il avait la désagréable impression de vivre ce moment en pointillés.

— Akilàm, je pense que tu as un rôle primordial à jouer dans cette histoire, qui va bien au-delà de la libération de tes compatriotes, reprit la Khawàn d'un ton plus posé, mais c'est une première étape dans ton destin. Je ne sais pas où ont été emmenées les jeunes filles, mais je suppose que les vaisseaux ont eu besoin de se ravitailler dans la mégacité la plus proche, c'est-à-dire Mégasilia. C'est là que tu dois te rendre.

— Je le savais ! s'exclama le prince les yeux étincelants, je dois aller là-bas ! Je pensais voyager avec les membres d'une caravane. J'attendais que Barkàn ouvre à nouveau ses portes. Je ne peux affronter seul cette traversée.

— Il faudra t'entourer, en effet, de compagnons fidèles et utiles.

Ethan se rengorgeait déjà quand la vieille femme ajouta :

— Pour cela, je te conseille d'emmener Nia'mu dans ton expédition.

Une protestation unanime jaillit des trois gorges en même temps.

— Nia'mu voyage pas ! s'égosilla le gnome.

— Plutôt me couper un bras ! glapit Ethàn.

— Chiche ? lança le nukùm avec un regard mauvais.

— Ce projet est impossible, Khawàn, ajouta Akilàm, avec sérieux, les Nmàds détestent les nukùms autant que nous, comme toute autre peuplade du désert. Comment pourrions-nous faire accepter ce… cette créature ?

— En effet, il faudra trouver un subterfuge, admit la magicienne, je suis convaincue que Nia'mu aura besoin de ses dons télépathiques, du moins, tout au long de la traversée de Méditrà.

— Ses dons ? éructa Akilàm méprisant. Sa manie de fouailler mes pensées à sa guise ? Je n'appelle pas ça un don. C'est un grave défaut !

« Peut bien faire d'autres choses, pucelote. Alongue Nia'mu te montrera. »

— Moi aussi, tu as pu en juger par toi-même, je peux recommencer *à volonté*, menaça Akilàm en le fixant droit dans les yeux.

Le nukùm eut un petit rire grinçant, mais s'inclina.

— Es-sssa-yer, exagéra-t-il en laissant sa langue fourcher entre ses dents pointues.

— Écoutons ce que la Khawàn a à nous dire, fit Akilàm en se détournant volontairement.

La vieille femme le gratifia d'un regard blanc impressionnant.

— Je vais vous donner les indications nécessaires pour rencontrer un ami sincère, une fois que vous aurez atteint Mégasilia. Il est prêtre du culte de Natr. Il pourra vous apporter, si ce n'est une aide directe, du moins des explications sur la prophétie et ceux qui sont susceptibles de la redouter. Il s'appelle Panfilo, mais les habitants de Mégasilia n'utilisent pas toujours leurs prénoms. Il faudra demander le mégacitoyen numéro 703-PA-LO-3231-02.

Devant l'air perplexe des jeunes Barkàns, elle précisa.

— Les Mégasiliens ont, pour se reconnaître, un matricule d'identité qui a été tatoué sur leur nuque au moment de leur naissance. Apprenez ce code par cœur, c'est celui qui désigne mon ami. De plus…

La vieille femme se leva et fouilla dans un meuble étroit, garni de dizaines de petits tiroirs.

— Où ai-je bien pu le ranger ? marmotta-t-elle en tâtonnant.

« Céans perd l'esprit l'ancêtre ! Dernier tiroir en bas à gauche, folasse ! » résonna la voix moqueuse.

Akilàm fronça les sourcils tandis que la Khawàn plongea la main dans ledit tiroir. Rien ne laissait supposer qu'elle avait entendu, mais elle s'écria avec soulagement.

— Ah ! Le voilà enfin !

Elle brandit une petite carte découpée dans une matière inconnue des deux Barkàns et couverte de signes incompréhensibles.

— Ceci est un laissez-passer qui vous permettra d'atteindre le quartier où vit Panfilo. Cette zone est rarement autorisée aux gens du Monde-hors. Mais je fais confiance à votre astuce pour réussir à vous faufiler à l'intérieur… j'y ai bien réussi, moi, ajouta-t-elle avec un sourire nostalgique.

Elle glissa une chaînette argentée dans un trou ménagé dans la carte magnétique et la passa au cou du prince. Ses gestes étaient précis, sans la moindre hésitation, comme si elle n'était pas aveugle. Cette attitude ne cessait d'intriguer les deux amis.

— Je ne te vois pas, c'est vrai, mais je te sens, admit-elle en fermant les paupières, comme si elle avait suivi le cours de leur pensée, je reconnais tes vibrations, tes émotions. Je distingue ton aura dans les ténèbres. Tu connais cette sensation, n'est-ce pas ?

— Oui, je crois. Je ne le fais pas exprès… c'est comme de la magie, avoua l'adolescent.

— Voilà bien le défaut des humains qui expliquent ainsi ce qu'ils ne comprennent pas, remarqua la vieille femme, ce n'est pas un pouvoir magique, Akilàm. C'est chimique. Ton cerveau fonctionne d'une façon supérieure à la normale. Dommage que le temps nous soit compté. J'aurais pu t'apprendre à maîtriser ce don et à t'en servir de façon délibérée, comme on se sert de sa mémoire ou de sa logique…

— Nia'mu apprendre, voui, bredouilla Nia'mu avec un air gourmand.

— Certainement pas. Tu lui expliquerais tout de travers avec ton langage ordurier. Je ne sais pas qui t'a appris à parler si mal, d'ailleurs. Certainement pas moi.

« L'ancêtre chasse la nature véritelle de Nia'mu, pourtant revient à grand galopage ! » lança le gnome en inclinant la tête avec une expression qu'il voulait angélique, s'il avait été possible d'appliquer ce terme à sa figure simiesque.

La femme l'ignora et se tourna vers Akilàm :

— Dans trois jours, une caravane de Nmàds atteindra Barkàn avec la nouvelle que le peuple de Ghoùr a subi les mêmes attaques que vous. Le roi ne pourra pas refuser de les laisser s'installer sur l'esplanade. Vous commencez à manquer de plantes médicinales que seuls les Nmàds transportent jusqu'à vos contrées.

— Comment savez-vous tout cela, vous l'ermite en exil ? s'exclama Ethàn.

— Je le sais et bien d'autres choses encore, soupira-t-elle, vous vous procurerez des vêtements modestes et vous vous joindrez à eux le jour du départ. Le chef de la caravane n'y verra aucun inconvénient pourvu que tu y mettes le prix et que tu ne révèles pas ton identité, Akilàm. Rares sont les Barkàns qui ont quitté cette cité qui vit si bien en autarcie et se croit la capitale du monde. Mais certains l'ont fait par le passé, ajouta-t-elle avec un sourire entendu.

— Abrège, l'ancêtre, les autres bréneux de la horde s'empressent pour mander l'infirmeresse ! annonça soudain la voix grinçante de Nia'mu.

— Je vais devoir vous laisser maintenant, j'ai des choses à faire, déclara Khawàn, il va falloir que vous partiez. Allez boire une dernière fois à la fontaine.

Elle réunit dans une sacoche des objets étranges. Au bout d'un moment, elle marmonna pour elle-même, comme pour évaluer le contenu de son sac.

— Gaze hydrophile, film gras, aiguilles, antiseptiques, antihistaminiques, lidocaïne, vaccins… tiens, il faut que je renouvelle mon stock, je n'ai presque plus rien contre la rage. Là, scalpel et fil chirurgical…

— Ce sont vos médecines dont vous faites l'inventaire, n'est-ce pas ? demanda Akilàm avec intérêt.

— En effet, chaque soir avant la tombée de la nuit, je m'occupe de soigner les nukùms malades ou blessés de la région.

— Avez-vous des produits contre les brûlures de pistolase ? s'enquit le prince avec précipitation.

— Je n'en ai pas besoin, dans cette partie du désert. Mais, pourquoi me demandes-tu cela ?

Sans mot dire, il saisit le bras d'Ethàn et remonta l'ample manche. La blessure apparut, toujours aussi vilaine et boursouflée. Khawàn posa machinalement la main au-dessus de la plaie et soupira.

— Une blessure par pistolase ! Tu dois souffrir le martyre ! C'est cela que je ressentais quand je m'approchais de ton aura, elle tremblait de manière incompréhensible. Je me suis méprise sur ton compte, jeune guerrier-chasseur.

Elle posa doucement les doigts sur le pourtour bleuâtre et Ethàn poussa un gémissement.

— Je crois que j'ai quelque chose pour te soulager, dit-elle en retournant vers une grande armoire métallique.

« Sont tous céans, ils escomptent ! » prévint la voix de Nia'mu.

Sans lui prêter attention, la vieille femme extirpa d'un carton rangé tout en haut, une boîte de gros pansements marron, à la texture alvéolée, emplie d'une substance jaunâtre.

— Je ne peux pas lire la date de péremption, je suis sûre qu'elle est dépassée depuis fort longtemps. Mais on peut toujours essayer, ça aura peut-être encore un petit effet cicatrisant.

Elle décolla la partie protectrice des pansements et en appliqua le long de la plaie avec délicatesse. Ethàn ressentit aussitôt une onde de fraîcheur lui parcourir l'épiderme, et il soupira de soulagement.

— C'est ma dernière boîte, garde-la. Je n'en ai pas besoin. Les nukùms se battent avec des armes plus rudimentaires. Change les pansements tous les jours, jusqu'à disparition complète de la blessure.

— Merci, Khawàn, bredouilla le jeune homme.

— Merci à toi de ne plus m'appeler *la* Khawàn, qui veut dire *la traîtresse*, dit-elle en lui passant ses maigres doigts dans les cheveux.

— Je connais un grand maître de Barkàn qui aura bien besoin de tels pansements, je les partagerai, dit-il en pensant aux cicatrices horribles de son maître d'armes.

— Ce n'est pas possible, malheureusement, soupira la vieille femme-médecine, je ne peux soigner que les personnes qui viennent à moi, qui font l'effort de traverser le désert et d'abandonner leurs préjugés. Ne montrez surtout pas ces pansements dans votre cité, vos compatriotes auraient tôt fait de les détruire comme des objets maudits, maître Fàhres le premier.

— Mais…

— N'insiste pas, Ethàn, coupa Akilàm, même si ça part d'un bon sentiment, tu ne peux pas révéler notre secret aux Barkàns. Ils nous empêcheraient d'agir.

— Allez ! Filez ! s'écria Khawàn avec impatience, j'ai encore bien du travail avant la nuit. Je vais accomplir ma tâche. Accomplissez la vôtre avec prudence. Elle vous demandera bien plus de courage qu'à moi.

Hurlement

Akilàm sentit une langue râpeuse et humide lui lécher le visage avec insistance. L'odeur fétide de la gueule du félin lui souleva le cœur. Il ouvrit les yeux et sursauta en voyant le mufle armé de crocs jaunes s'approcher à nouveau.

— Assez ! cria-t-il en essuyant ses joues pleines de bave.

Le sang lui montait au cerveau et il réalisa que sa tête pendait, car Ethàn le transportait sur son épaule.

— Ah ! Ça y est ? Te revoilà parmi nous, s'exclama le jeune guerrier en se libérant de son fardeau sur la terre du chemin, nous devons donc être suffisamment éloignés des autres nukùms.

— Qu'est-ce que tu racontes ? Pourquoi as-tu laissé Ha'sad me débarbouiller ? J'empeste !

« La jactance moins haute, l'Altesse », cingla la voix intérieure de Nia'mu, *« en place de grincher comme pucelote morgueuse, pense à mercier ce danzel qui la transporte, avec cette fouchtre chaleur sur la caboche, alors que la damizelle s'estourbit toute seule pasqu'elle a miré des nukùms estropiés ! »*

— Je ne comprends rien du tout, pesta Akilàm en se relevant et rabattant devant son visage le grillage de son djelh tout fripé.

— Moi non plus, avoua Ethàn, mais je suis bien content de voir que tu as retrouvé tes esprits et qu'Ha'sad est revenu ! Il a disparu dès que tu es tombé dans les pommes. Je ne sais pas trop comment t'expliquer ce qui est arrivé, demande au nukùm.

« L'a un nom véritel le fouchtre nukùm. S'appelle Nia'mu ! Malikà dit ça à ce bréneux danzel ou Nia'mu lui casse la caboche ! »

— Dis-le-lui toi-même et arrête de parler de cette manière. Ma tête éclate !

— Nia'mu nom véritel ! Nia'mu ! éructa le gnome en colère à l'attention des adolescents, frappant de son poing valide contre sa poitrine.

Il leur fallut un bon moment avant de le calmer. Le nukùm se mit à bouder et s'enferma dans un mutisme borné. Ethàn essaya alors de raconter à Akilàm tout ce que son évanouissement lui avait fait manquer depuis qu'ils avaient quitté l'antre climatisé de la Khawàn.

Ils lui avaient d'abord emboîté le pas à travers le squelette géant qui lançait ses côtes vers le ciel turquoise. Écrasés de chaleur, ils reprirent leur souffle difficilement. Puis, ils s'inquiétèrent de leurs montures, car le liopàr d'Ethàn poussait d'étranges feulements et tirait sur sa longe. Ha'sad, quant à lui, restait invisible dans le ravin qui menait au repaire de la femme-médecine.

La sorcière secouait la tête et murmurait qu'il était trop tard, que l'heure était venue. Les jeunes gens scrutèrent l'ombre du ravin à la recherche de l'autre liopàr. C'est alors qu'ils les virent. Juchés sur la crête de la falaise, accroupis ou tapis dans l'ombre bienfaisante des saillies de roches, des nukùms par dizaines attendaient, immobiles. Ils fixaient leurs yeux insondables sur les intrus.

Même si les adolescents étaient prévenus de leur passivité, ils se hérissèrent à la vue de ces êtres difformes sortis tout droit de leurs pires cauchemars. La plupart d'entre eux arboraient un crâne chauve et disproportionné, comme Nia'mu. Les corps à demi nus étaient couverts de cloques et de pustules. Les membres étaient souvent malformés, affublés d'excroissances ou amputés de plusieurs doigts.

Ce qui réunissait ces personnages d'épouvante était le nombre des blessures. Mauvaises entailles, coups de griffes infectés, chair déchirée, fractures ouvertes, plaies sanguinolentes, le tableau était insoutenable. La souffrance suintait de chacun des corps, mais aussi des âmes. Elle fusait telle une pensée hurlante, une torture immatérielle, lancée dans l'espace à l'aveuglette.

Elle déferla sur l'esprit d'Akilàm qui la reçut de plein fouet. Il fut irradié par une vague de douleur pure qui s'engouffra dans son esprit sans protection et lui donna une violente nausée. Il essaya de faire face, mais un nouvel assaut le submergea. Il s'évanouit d'un coup, les yeux révulsés, et tomba à la renverse dans les bras d'Ethàn.

— Ce spectacle est répugnant, mais je ne pensais pas que mon prince était si impressionnable…

— Oh non…gémit la Khawàn, ce n'est pas la simple vue de ces pauvres malheureux qui le met dans cet état. C'est son esprit qui est trop perméable aux sensations que les autres envoient. Tous les nukùms sont télépathes, vois-tu…

Elle se mit à ronchonner et fouilla dans son sac.

— Je n'ai pas le temps ! Pourtant il faut lui enseigner comment se prémunir…

— De quoi parlez-vous, maîtresse ? demanda Ethàn en tapotant sur les joues de son ami.

— Estourbir plus fort ! s'écria Nia'mu qui semblait assister à la scène avec amusement.

— Maîtresse, on dirait qu'il n'est pas seulement évanoui, c'est plus profond, fit Ethàn en ignorant la remarque du nukùm.

— Tu as raison, jeune homme. Cela ne servirait à rien de le ranimer. La douleur ambiante qui nous entoure est toujours présente et le plongerait aussitôt dans le même coma. Il ne sait pas encore se protéger mentalement. Va, emmène-le loin d'ici, tant qu'il est inconscient. C'est ce qu'il y a de mieux à faire. L'éloigner de la source du mal.

La vieille femme se tourna vers Nia'mu qui ricanait derrière eux.

— Ça ne sert à rien de te gausser, dit-elle d'une voix tranchante, Akilàm ne sait pas se défendre. Ça te fera une raison supplémentaire pour l'accompagner. Même si j'ai dit le contraire, tout à l'heure, je te charge de le former du mieux que tu peux. Si tu le peux.

Le nukùm réprima un mouvement d'humeur et baissa la tête. Il ne pouvait s'empêcher d'obéir à la femme-médecine. Celle-ci disposa son matériel et enfila ses gants de chirurgien, mais elle pensait encore à voix haute.

— Je ne peux pas les accompagner, une vieille aveugle ne ferait que les encombrer. J'ai trop de travail, ici, trop de travail. Attention, Nia'mu, pas d'entourloupe ! Jure-moi que tu t'y prendras avec douceur et conviction.

— Nia'mu jure céans, grogna le bossu en faisant mine d'aider Ethàn à charger le corps inerte sur son épaule, car le liopàr surexcité ne se laissait pas monter.

Ils ne furent pas trop de deux pour obliger la bête à gravir le sentier à flanc de colline à leur suite, sous le regard des Nuclémutes silencieux. Incapable de ressentir les émotions des autres comme Akilàm, Ethàn n'en éprouvait pas moins une hostilité grandissante dans son dos. Il hâta le pas vers le sommet de la butte.

En bas, la vieille soignante recommençait des gestes auxquels elle était habituée depuis des décennies. Elle avait déjà cautérisé, désinfecté et pansé les meurtrissures les plus graves. De ses doigts agiles, elle préparait des aiguillées et recousait le bord des plaies déchiquetées. Ethàn lui adressa un bref signe de la main tandis que Nia'mu tirait sur la longe d'un pas résolu et bougonnait des injures incompréhensibles.

Ils avancèrent ainsi, cahin-caha, pendant près d'une lieue. Le corps d'Akilàm en travers de l'épaule de son ami qui le maintenait de son bras valide pour l'empêcher de glisser. Leur progression, lente et pénible, fut bientôt interrompue par l'arrivée d'Ha'sad, surgi de nulle part comme par magie. Il se jeta sur son compagnon humain et s'employa à le ranimer à sa manière, à coup de langue.

— Voilà, conclut Ethàn, Je t'ai raconté tout ce que je sais… ou ce que j'ai cru comprendre, avec ma *bréneuse caboche*, ironisa le jeune guerrier.

— En effet, ce n'est pas très clair, dit Akilàm en jetant un air agacé à Nia'mu qui les observait en coin.

Ce dernier brûlait d'intervenir dans la conversation afin d'apporter ses lumières, mais il attendait qu'on le suppliât.

— Tant pis, si je n'ai pas tout compris, Ethàn mon ami, dit Akilàm en se hissant sur la croupe d'Ha'sad maintenant rasséréné, reprenons la route, nous avons une mission à accomplir…

— Eh oui, allons-y. Khawàn ne pourra rien nous reprocher, à nous, enchaîna Ethàn non sans malice.

— Nous, au moins, nous aurons agi comme elle nous l'a demandé. Nous sommes dignes de confiance.

— Tant pis si nous sommes retardés par notre manque de connaissance. Nous agirons en toute bonne foi, n'est-ce pas ?

— Assez ! hurla Nia'mu n'y tenant plus, il sauta en travers de leur route, incapable de se sentir exclu plus longtemps.

— Tu vas nous expliquer, enfin ?

— Akilàm l'est trop sensible à l'esprit de la horde, en perd le sentiment. Nia'mu apprendra à sa caboche, percée comme une passette, à enclore le passage. La comprenance céans ? déclara-t-il d'une voix enrouée.

— Qu'est-ce que ce charabia ? marmonna Ethàn tandis qu'Akilàm riait à gorge déployée de l'impatience du petit personnage.

« Dégoiser avec voix véritelle malaisé pour Nia'mu. Grande cuisance dans le gosier. Adonc Malikà doit accepter de jacter par la télépat de l'esprit sans grincher. »

— J'accepte, à la condition que tu ne m'appelles plus jamais de cette façon. Mon nom est Akilàm et il n'en est pas autrement. Tu devrais le comprendre, toi qui accordes tant d'importance à ton nom véritable.

— Si fait, Nia'mu jure, sur la caboche de l'Altesse fiérote ! coassa le nukùm d'un air contrit.

Akilàm hocha la tête, même s'il se doutait que le gnome était à moitié ironique, il fit avancer le liopàr d'une simple pensée. Celui d'Ethàn suivit docilement, tandis que le bonhomme bondit à leurs côtés, comme un animal.

« Nia'mu sait pas porquoi cette pucelote issue du ventre des grandzoms peut oïr et tenir les mêmes entendements que ces bâtards de la horde. Peut-être elle a du sang de Nuclémute ? »

Akilàm lui lança un regard furieux à travers le grillage de son turban.

« Adonc, l'a un don véritel mais sait pas le maîtriser. L'est pas magie, mais la cervelle l'a bien accru dans grosse caboche. Remarque, ça la rend pas plus finaude, au contraire... »

— Je ne te suis plus, Nia'mu ! s'écria Akilàm en levant la main, arrête de parler à tort et à travers. Fixe-toi sur un sujet.

« Si fait. Adonc, Nia'mu pense qu'elle a accru par nature le don de la télépat, comme Nuclémutes. Mais sait pas s'en servir. Peut oïr les pensées de Nia'mu, mais sait pas l'en retourner. Peut entendre la horde, mais sait pas partager. »

— Pourtant, je me fais comprendre d'Ha'sad.

« Facile, ce bréneux liopàr pense pas à mal, destin lié à la pucelote. Mais la horde est autrement cruelle. Et quand veulent estourbir l'esprit d'elle, elle sait pas bouter l'ennemi hors sa caboche. Et puis, elle peut pas mirer ceux qui veulent celer leur présence, comme quand Nia'mu espinchait elle toute nue dans l'oàz ! »

— Je ne savais pas que c'était toi, mais je ressentais confusément une présence intruse, avoua le prince.

« L'est une émerveillable chose qu'elle dégoise-là. Nia'mu fait fiance. A senti en elle grande puissance à l'état brut. L'ancêtre pense que Akilàm peut apprendre la maîtrise. A mandé à Nia'mu d'escorter elle pour débourrer son esprit... »

— Quoi ? Toi ? s'exclama Akilàm dégoûté, tu es sûr que tu as bien compris ce qu'elle t'a demandé ? Je me souviens qu'elle a dit le contraire.

« Fouchtre ! Grande urgence pourtant. Nia'mu l'est pas un magister. Fera ce que pourra ! »

— Je suis étonné par ta modestie !

« C'est que Nia'mu a véritelle curiosité de mirer ce qu'elle fera. Jamais encontré telle intensité dans une caboche, ni telle juvénilesse par le même temps. Fait n'importe quoi, la tiote pucelote, sans mirer le péril et pourtant, a grand pouvoir ! »

— Que veux-tu dire ?

— Vous n'avez pas bientôt fini ? s'exclama soudain Ethàn, agacé.

Ils se tournèrent vers lui avec étonnement. Le jeune homme tira sur les rênes.

— Cette situation est trop étrange ! Akilàm, on dirait que tu parles tout seul pendant que l'autre sautille comme un chiencàl autour de nous, je n'aime pas ça.

— Désolé, Ethàn, mais Nia'mu s'exprime plus aisément avec son esprit, même s'il n'est pas toujours compréhensible. Et j'ai beaucoup de choses à apprendre en peu de temps.

« Si fait ! Nia'mu mire depuis alongue et s'ahurit des émerveillables extravagances de la pucelote. Manque de connaissance, nigaude véritelle ! »

Akilàm se renfrogna, mais il laissa le nukùm continuer.

« Quand Akilàm essayait d'atteindre l'aura lumineuse du paternel à travers les murs. A employé moyens barbares ! A laissé le corps d'elle au dépourvu. Y avait bien gros bréneux poilu qui rôdait alentour, mais n'aura pas oncques un liopàr en parage, surtout dans une mégacité où toute bestiole est bannie. La princelette fait n'importe quoi. Pourtant, a su déceler chemins de traverse, a contacté le roitelet par instinct, ce qui est merveillable. Nia'mu cuide que malgré malvaises habitudes, l'instruction d'elle sera finaude ! »

Akilàm ne pipait mot, vexé par toutes les critiques du Nuclémute, il se rendait néanmoins compte de ses erreurs en matière de télépathie. Il fit le vide dans son cerveau. Il laissa

Ha'sad prendre la direction de Barkàn, tandis que le nukùm cabriolait de roche en roche en suivant leur allure forcée. Il se concentra, non sur le sens des paroles mentales, mais sur le trajet qu'elles effectuaient, sur le filet inconsistant qui allait d'un esprit à l'autre. Il se sentit comme un noyé fixant une perche encore hors de portée. Il essaya de s'y accrocher pendant que Nia'mu jacassait sans interruption.

Akilàm réunit toute son énergie pour saisir ce fil et réussit, au prix d'un effort irraisonné. Il puisa les dernières ressources dans son mental et envoya une impulsion à partir de son cerveau. Elle remonta avec puissance l'onde télépathique qui le reliait à Nia'mu.

« TAIS-TOI ! »

Sous le choc, le Nuclémute se figea en plein bond et dégringola sur le terrain accidenté, en hurlant de douleur. Il roula comme un animal atteint par une flèche et resta étendu dans la poussière. Akilàm arbora un petit sourire satisfait. Ethàn les rejoignit et mit pied à terre.

— Qu'est-ce qu'il a maintenant, celui-là ?

— Je lui ai rabattu son caquet, s'écria Akilàm joyeusement, j'ai retourné la télépathie contre lui ! Je l'ai fait taire et il est vexé ! Nia'mu, cesse ton manège, lève-toi et suis-nous !

— Je ne sais pas ce que tu lui as fait, mais il a l'air mal en point, confia Ethàn, inquiet malgré lui.

— Il m'a déjà fait le coup de l'évanouissement une fois. Je ne m'approcherais pas, si j'étais toi, prévint le prince.

— Je ne crois pas qu'il soit en train de jouer la comédie !

Curieusement, l'inquiétude d'Ethàn gagna Akilàm. Il chercha à reproduire le même trajet mental pour atteindre Nia'mu, mais cette fois-ci ce fut beaucoup plus difficile, car rien ne les reliait. Il ne pouvait plus s'appuyer sur le babillage incessant du nabot télépathe. Il se concentra néanmoins avec la plus grande attention et envoya son message à l'aveuglette, avec toute la force possible.

« DEBOUT ! »

Le corps du nukùm tressauta. Les liopàrs se mirent à rugir et fouetter l'air de leur queue. Ethàn chancela. Nia'mu se leva d'un bond en hurlant.

— Arrête ! Arrête ça ! Dolence ! Trop de dolence ! Partout ! s'égosilla-t-il, la figure livide.

Akilàm le dévisagea avec circonspection. Le gnome grimaçant avait l'air d'avoir été soufflé par un coup violent.

— Tu m'as entendu dans ta tête ! J'ai réussi ! se félicita je prince, j'ai réussi à te contacter par l'esprit !

« Espèce de garcelette bréneuse, l'a démantelé la caboche à Nia'mu ! Arrive plus à respirer. Mire trouble. Fouchtre morgueuse de bréneuse de caqueuse gueuse ! »

— Oui, mais, pas besoin d'être si grossier. Tu t'es relevé. Tu m'as entendu. Tu m'as entendu ! répéta le prince comme un enfant qui vient de comprendre les règles d'un nouveau jeu.

« Agit n'importe comment », protesta Nia'mu, *« envoie toute la puissance pour simple parlote ! Voulait-elle une jactance cosmique ou quoi ? Telle énergie mentale est pour occire l'ennemi, pas pour dégoiser par politesse. Espèce de folasse ! Failli démanteler la cervelle à Nia'mu et les liopàrs à même temps ! Pour heureux que nigaud Ethàn l'a pas plus d'esprit qu'un melon nara. Sa caboche de bois a sauvé sa vie ! »*

— Excuse-moi, c'était juste un essai, s'écria le prince, insensible aux reproches du télépathe, on peut donc tuer avec son esprit ?

— Il dit que tu as failli le tuer avec ta pensée ? s'enquit Ethàn qui remontait en selle et flattait l'encolure de son liopàr pour le calmer.

— C'est ce qu'il dit…

— En tout cas, il avait l'air presque mort, ça doit être vrai.

Le nukùm se massait la tête en ronchonnant. Tout d'un coup, il s'immobilisa, tendit l'oreille, écarquilla les yeux.

— En selle ! cria-t-il de sa voix caverneuse afin d'être compris de tous, les bestiaux sauvages s'apressent. Allons être assaillis céans.

— Mais le soleil n'est pas encore couché, objecta Akilàm. Les animaux ne sortent pas avant le…

— Le braiement forcené a été oï partout ! A pas dirigé seulement vers Nia'mu. A gueulé *debout.* A envahi le désert du pouvoir de la télépat. A convié tous les êtres vivants à la ronde. Va y avoir du chambardement. En selle et au galopage !

Puissance

Au début, ce ne fut qu'un bruissement, un vague froissement d'aile dans l'air brûlant de la soirée. Bientôt, ils virent sortir de terre un nombre impressionnant d'insectes grouillants et volants qui vinrent tourmenter leurs montures.

— Que se passe-t-il, encore ? pesta Ethàn.

— Rabats ton djelh et fonce ! hurla Akilàm qui n'eut pas besoin de talonner Ha'sad pour le sentir s'élancer sur le chemin.

Les liopàrs bondirent avec irritation, ils fouettaient l'air de leur queue empanachée pour se débarrasser des insectes voraces. De petits mammifères déboussolés filèrent entre leurs pattes et provoquèrent des écarts imprévisibles. Akilàm se cramponna à la crinière d'Ha'sad, car ses cuisses glissaient sur le pelage luisant de sueur.

Puis, ce fut le tour des chiencàls. Des bandes se formèrent à l'horizon, elles soulevaient la poussière, poussaient des hurlements aigus. Enfin, le cliquetis inquiétant des scorps les accompagna dangereusement. Quelques-uns apparurent, pinces raidies, démarche hésitante à cause du soleil.

Partout les bêtes sortirent des trous, des terriers, des cachettes ombragées. Des nuées de mouches vrombirent autour d'eux, essayèrent de pénétrer le grillage de leur djelh, harcelèrent les félins au point de les faire ruer sauvagement. Affolés de voir autant d'animaux nocturnes en plein jour, ils s'enfuirent en direction de Barkàn. Leur instinct les poussait à trouver refuge derrière les murs de la cité. Leur foulée ample et solide leur permit de gagner du terrain, mais le poids de leur cavalier les retardait.

Alentour, les animaux égarés chargeaient à vive allure, hallucinés par le soleil. Des troupeaux de gazelles aux cornes effilées bondissaient sans aucune grâce. Sur les rochers, de grands lézards bleus rampaient à l'aveuglette. Quelques chiencàls réussirent à les rejoindre, on entendit leurs mâchoires claquer. Akilàm et Ethàn durent jouer de l'épée pour s'en défaire.

Ils atteignirent l'extrémité d'un défilé, haletant sous la morsure de l'air incandescent. Ils s'y jetèrent sans réfléchir, attirés par l'ombre des murailles minérales. Nia'mu, dont plus personne ne s'occupait, cahotait péniblement à leur suite.

Tout à coup, un grondement se fit entendre, pareil au souffle d'un tremblement de terre. À l'autre extrémité du goulet naturel creusé dans l'argile des falaises par un antique cours d'eau, un nuage de poussière rouge s'éleva, comme la fumée d'un incendie.

— Pachyds ! hurla Akilàm, une harde de pachyds ! Nous sommes pris en tenaille !

Derrière lui, Ethàn faisait de grands moulinets avec son épée pour se débarrasser aussi bien des chiencàls que des nuées de sauterelles qui bourdonnaient dans l'air.

— Par-ci ! Cachette !

La voix éraillée de Nia'mu résonna, étrangement forte dans le vacarme ambiant. Il désignait une faille dans la falaise, qui s'ouvrait sur leur gauche. L'anfractuosité ne devait pas mesurer plus d'un mètre de large.

Le liopàr d'Ethàn bifurqua, Nia'mu à sa suite. Ils s'engouffrèrent dans la fente noire d'ombre, à peine assez spacieuse pour les abriter. Le félin s'enfonça instinctivement à l'abri. Il s'érafla les flancs contre les parois rugueuses, arracha du même coup le sarouel et la peau des jambes de son cavalier. Nia'mu, qui n'avait pas assez de place derrière eux, bondit sur la croupe du fauve puis sur les épaules d'Ethàn.

— Où est Akilàm ? vociféra le jeune homme.

Il paraissait complètement insoucieux de ses blessures ni du poids du nukùm sur son dos fourbu. Nia'mu esquissa une grimace. Le prince était toujours dans le défilé et s'élançait droit devant lui, à la rencontre des tourbillons de poussière provoqués par les pachyds hagards. Dans sa course effrénée, Akilàm n'en revenait toujours pas d'avoir causé un tel désordre. En même temps, il était poussé par une curiosité affolante. Il n'avait jamais vu de pachyd vivant.

Ces mastodontes à l'instinct grégaire vivaient en troupeaux immenses aux confins du désert, dans les vallées profondes où l'humidité nocturne suffisait à les réhydrater. Leur peau épaisse était recouverte d'une cuirasse de cartilage souple, mais impossible à transpercer. Leurs défenses immenses et recourbées étaient affûtées comme des sabres. Chaque individu pesait au moins cinq tonnes et représentait une source considérable de nourriture.

Pourtant pas même les liopàrs, les plus grands chasseurs de Méditrà, n'osaient les approcher. Durant le jour, protégés par leur armure naturelle, ils parcouraient placidement des centaines de kilomètres, à la recherche des plantes éphémères qui tapissaient la rocaille au petit matin, avant d'être grillées par le soleil. Ces êtres fabuleux étaient herbivores !

Les hommes, pas plus que les autres prédateurs, ne s'attaquaient jamais aux pachyds vivants. Pour récolter l'ivoire tant convoité de leurs défenses et de leurs ongles crochus, les guerriers-chasseurs partaient à la recherche de carcasses ou d'animaux mourants. Ils suivaient de loin ces troupeaux impressionnants, mais pacifiques. Aucun d'entre eux n'avait jamais eu à affronter une charge d'animaux furieux lancés à vive allure !

« Il faut les arrêter. Il faut que je leur envoie l'ordre inverse ! » se dit Akilàm.

Cependant, ses pensées affolées papillonnaient en tous sens. Il était incapable de se concentrer, son cœur battait à tout rompre. C'est alors qu'Ha'sad freina brutalement sa course, Akilàm n'ayant ni rêne ni selle où se raccrocher, faillit passer par-dessus tête.

— Que fais-tu ? Tu as peur ou quoi ? On ne peut pas faire demi-tour ! Derrière, c'est plein de scorps ! cria le prince en rétablissant son assiette sur la croupe musclée.

Le liopàr lui jeta un regard étincelant par-dessus sa puissante épaule, luisante de sueur.

« Confiance. »

Abasourdi, Akilàm se rappela qu'il pouvait entendre Ha'sad aussi clairement que Nia'mu. Il se retourna. Derrière eux, le défilé était complètement désert. Plus un scorp, plus un seul chiencàl. Toutes les bêtes rampantes étaient rentrées sous terre, dans les moindres interstices, ou avaient regagné prudemment les crêtes, à l'abri du déferlement inexorable des pachyds. Il n'était plus temps pour eux de faire volte-face. La menace était trop proche.

Déjà, au loin, émergeaient les premières silhouettes dans l'écran rouge de poussière. En tête se dessinait la masse gigantesque de celui qui semblait mener la course. Il dépassait ses congénères et arborait des défenses magnifiques, à la patine étincelante.

Akilàm comprit. L'urgence ne lui permettait plus de se concentrer ni de chercher à atteindre la conscience de ces pachydermes hallucinés. Il se fia à son instinct. Rapide comme l'éclair, il dégaina son pistolase et l'arma sans réfléchir, choisissant la pleine puissance. L'engin se mit à vibrer.

Ha'sad resta parfaitement immobile, les griffes plantées dans le sol. La terre tremblait autour d'eux, la poussière tourbillonnait, les bêtes poussaient des barrissements étourdissants. Comme dans une tempête cauchemardesque, Akilàm visa le crâne cuirassé du grand mâle qui chargeait tête baissée, trompe et défenses en avant. Le prince adressa mentalement une prière à Trà, déesse de la terre et de toute créature vivante, et fit feu. Aucun laser bleu ne fusa vers l'animal qui n'était plus qu'à quelques mètres. Le petit appareil était défectueux !

« NON ! »

Akilàm tendit vainement les mains devant lui, comme s'il pouvait stopper par ce geste dérisoire la marche inexorable des mastodontes. Tout à coup, la cuirasse du chef de file vola en éclat, arrachant des lambeaux de peau épaisse et tannée. Le pachyd tomba à genoux tandis qu'apparaissait, dans un déchirement de chair, l'os blanc de son crâne. Akilàm hoqueta de dégoût. La boîte crânienne s'éparpilla, le cerveau énorme de la bête se répandit entre ses pattes. L'arrêt fut si brutal que le monstre glissa sur plusieurs mètres, emporté par son élan et son poids. Le corps géant s'immobilisa devant Ha'sad, qui n'avait pas bronché, et créa un écran improvisé contre le flot de bêtes qui contournèrent le cadavre de leur chef, pour continuer leur course sans but.

Akilàm grimpa sur le cou de l'immense pachyd et observa le moutonnement des cuirasses grises et des défenses acérées. Endigué par les parois du défilé, il écrasait tout sur son passage, des mottes de terre aux scorps retardataires qui avaient glissé sur le rebord de leurs repaires. Les pachyds finirent par s'égailler dans la plaine, à l'autre extrémité de la gorge ombragée.

Lorsque le calme revint, Akilàm eut un vertige. Le silence était lui aussi assourdissant. Il entendit résonner son souffle rauque, son cœur qui battait à tout rompre. Que s'était-il passé ? Qu'avait-il vraiment provoqué ? Comme dans un rêve, la poussière retomba en volutes légères sur le sol et saupoudra le paysage de teintes ocre.

— Descends, maintenant, Nia'mu ! criait la voix d'Ethàn comme à travers un brouillard.

Akilàm vit jaillir le nukùm qui dégringola des épaules du jeune chasseur et atterrit sur la rocaille avec souplesse. Il fut bientôt suivi par Ethàn dont les vêtements en lambeaux pendaient sur ses jambes ensanglantées. Il essaya de tirer son liopàr de l'anfractuosité étroite qui leur avait servi de cachette, mais la bête rugissait et refusait de sortir à reculons. Il grondait de rage, mais à force de paroles réconfortantes, son maître le tira de là.

Enfin, ils se tournèrent vers Akilàm et prêtèrent attention au spectacle stupéfiant qui se dressait au milieu du passage. Le prince était toujours juché sur le pachyderme écroulé. Ha'sad était assis entre les pattes énormes aux ongles crochus plantés dans le sol, il dégustait à grande lampée la cervelle répandue.

— Par Oxèn ! Que s'est-il passé ? s'exclama Ethàn, stupéfait à la vue la blessure géante dans la carapace qu'il croyait inattaquable.

Son liopàr s'approcha pour se régaler à son tour.

— Il vaut mieux que tu ne le saches pas, souffla Akilàm, haletant.

Il n'était pas certain de le savoir lui-même. Était-il à l'origine de ce carnage ? Pouvait-on provoquer de tels dégâts physiques par la force du mental ? Il reprit son souffle avec difficulté et évita de regarder le triste spectacle.

— Apparemment le nukùm… heu, Nia'mu avait raison, remarqua Ethàn enthousiaste, tu peux tuer par la pensée, mon prince !

Contrairement à son ami, il n'était pas bouleversé mais plutôt fier. Il fit le tour du cadavre en sifflant d'admiration. Il s'avança vers une défense qui avait labouré le sol profondément et caressa l'ivoire avec respect. Lui aussi voyait un pachyd pour la première fois, et même si le grand mâle était mort, il n'en restait pas moins impressionnant.

« Bravo ! » grinça la voix de Nia'mu dans la tête du prince, *« occire le chef magnifique qu'elle-même a éveillé par ignorance, quel beau geste ! Pour véritel bravo ! A prouvé la supériorité des grandzoms sans respect pour Nature la mère ! »*

— J'ai demandé pardon à Trà, bredouilla Akilàm, mais je n'ai pas pu faire autrement… je… ai-je vraiment fait ça ?

« Qu'est-ce qu'elle s'en fouchtre, Trà déesse de bren ! Akilàm a pris une vie inutilement. Sert plus à rien de

pleurnicher. Cheminons lestement céans, c'est les charognards qui vont ripailler. Décanillons. »

— Je sais que tu as raison, Nia'mu, mais…

— Arrêtez de faire ça, protesta Ethàn, je ne sais jamais de quoi vous parlez vraiment. C'est désagréable.

— Pas tant que pour moi, ronchonna Akilàm.

— Descamper prestement, répéta Nia'mu à voix haute, à l'intention du jeune homme qui s'extasiait encore sur la taille du pachyd et la longueur de ses défenses.

— Dommage qu'on ne puisse pas les ramener, ça coûte une fortune !

— Ça pèse surtout une tonne, argua Akilàm pour se donner une contenance.

Les deux jeunes gens tirèrent les liopàrs par la crinière pour les faire renoncer à leur festin et les enfourchèrent en toute hâte.

— Rentrons avant la nuit, nous avons fort à faire pour préparer notre départ, dit Akilàm en évitant de regarder le Nuclémute.

Traquenard

Du haut de son perchoir, sur la muraille chauffée à blanc, Akilàm surveillait avec attention l'installation de la caravane sur l'esplanade. Comme l'avait annoncé la Khawàn, il avait fallu patienter trois jours avant de voir apparaître la longue file de drùms, de chariots et de troupeaux dans la poussière rouge de l'horizon. Le prince exhala un soupir de soulagement.

Aujourd'hui prendrait fin l'attente insupportable, la vie étouffante entre les enceintes de pierre. Depuis qu'ils étaient revenus de leur périple secret, les trois compagnons partageaient un étrange quotidien, mêlé d'anxiété et d'espoir.

Malgré un doute raisonnable, faire pénétrer un nukùm dans la cité de Barkàn avait été plus simple que prévu. Grâce à sa petite taille, Nia'mu tint roulé en boule dans la besace pendue à la selle du liopàr d'Ethàn. L'animal n'appréciait pas d'être soumis à la proximité d'un mutant et il avait fallu toute la dextérité d'un cavalier confirmé pour le maintenir sur le chemin. Pourtant, le subterfuge réussit.

Ils rejoignirent sans encombre la file des agricultrices et des guerriers-chasseurs qui avaient repris le rythme des journées barkànes. Ils passèrent la porte du sud de façon anonyme, personne ne semblait se soucier de deux jeunes nobles inoffensifs. Personne sauf un discret individu, caché sous un djelh sombre, qui avait épié leurs moindres faits et gestes avant leur départ pour l'antre de la Khawàn et reprit son rôle discret dès leur retour.

Une fois parvenus au palais, les amis cachèrent Nia'mu dans les propres appartements du prince. Là encore, ils ne se heurtèrent à aucune difficulté. Les effectifs des servants étaient toujours aussi réduits, l'endroit était quasi désert. Le serviteur Islem s'occupait quotidiennement du nettoyage et de l'aération de la chambre, mais les dons télépathiques du Nuclémute lui permettaient d'anticiper sa venue et de filer à temps. Si l'imperturbable servant se douta un jour d'une présence étrangère, il n'en fit jamais la remarque.

Profitant de la grande agitation qui régnait toujours dans la cité, Akilàm et son ami ne rejoignirent pas leur càsrn d'entraînement. Ils préparaient en secret leur expédition, tout en ayant l'air de deux jeunes gens affairés aux activités de rénovation de la ville. Personne ne s'intéressait plus à eux depuis que le prince n'avait pas obtenu l'épreuve suprême. Il ne pouvait être rétrogradé au rôle de servant, car il avait réussi l'Adùl, mais il ne pouvait pas prétendre au trône. Nul doute qu'il finirait un jour avec une charge d'honneur au conseil des ministres du futur roi Zàim, ou parmi ses généraux les plus renommés.

Sahàr elle-même semblait lui porter moins d'attention. L'Adùl-royal ne s'était certes pas soldé par la mort du prince, comme elle l'avait souhaité, mais son aura en était amoindrie. Avec la chance incroyable qui le caractérisait depuis sa naissance, Akilàm avait échappé une fois de plus à une tentative d'assassinat. Revenu avant la date prévue, il avait déjoué sans le savoir la troupe armée qu'elle avait postée pour l'accueillir. Au lieu d'un jeune homme épuisé et affaibli, les sbires de la prêtresse avaient vu passer un fringant cavalier à dos de liopàr sauvage et n'avaient pu l'intercepter.

Néanmoins, son échec à l'Exl royal correspondait à une sorte de mort sociale dans la cité de Barkàn, un effacement complet du personnage princier qui ne représentait plus de danger immédiat. Elle était préoccupée par le nombre important des élèves prêtresses-apothicaires qui avaient été enlevées. Cela n'allait pas sans de nombreux remaniements au sein de ses càsrns sacrées. La brillante Hassoudà, qu'elle avait réussi à influencer de façon non négligeable, manquait à l'appel. Un pion de perdu dans l'échiquier de ses complots politiques. C'est pourquoi la grande-prêtresse se contentait de faire surveiller Akilàm par un espion dévoué et se consacrait à d'autres tâches plus urgentes.

Le prince usa de cet anonymat relatif avec efficacité. Il multiplia les efforts pour réunir le nécessaire à son barda d'expéditionnaire et sa réserve de turquoises. Il essaya également de retrouver la trace du fameux Qàdim, qui colportait la rumeur du meurtre de Nàssih, mais jusqu'à ce jour, il revenait bredouille de ses investigations. Il ne ménageait pourtant pas sa peine et interrogeait tous les individus qui avaient croisé la route du servant disparu.

De son côté, Ethàn, dont la présence n'était pas nécessaire au palais, rejoignit sa mère dans le quartier des coloristes. Il l'aida de son mieux à réparer les dégâts causés sur le bâtiment et les précieuses plantations. C'était pour lui une façon silencieuse de profiter de derniers instants en sa compagnie. Le jeune homme ne savait pas quand il reviendrait, ou s'il reviendrait, vivant de cette quête insensée à travers le désert de Méditrà.

Pendant ces journées d'attente interminable, Akilàm essaya d'apprendre les rudiments de la télépathie raisonnée avec Nia'mu. Le gnome était un instructeur farfelu, dénué de méthode. Même si le prince, dévoré de curiosité, apprenait vite et bien, le résultat n'était pas convaincant. Akilàm était habitué à la rigueur de ses maîtres de càsrn et se trouvait désorienté par la technique imprévisible du nukùm.

Tout cela sans compter la souffrance que Nia'mu éprouvait à vivre enfermé dans une habitation de pierre. Cela affectait encore plus son humeur. Au beau milieu d'un exercice pendant lequel Akilàm tentait de maîtriser une sortie de corps sans affaiblir son enveloppe charnelle, Nia'mu pouvait soudain se mettre à bondir dans la chambre comme un forcené. Il se cognait contre les murs, renversait les meubles. L'exercice manquait à coup sûr et le prince revenait à lui, hébété et déçu.

C'est pourquoi, après de longues heures d'expériences et d'apprentissages irréguliers, Akilàm se sentait presque aussi démuni qu'auparavant. Il lui semblait n'avoir appris que des ficelles d'illusionniste, des tours de passe-passe, plus ou moins aboutis. Il ne maîtrisait pas vraiment le don étrange qu'il possédait. Il en ressentait de la frustration, car Nia'mu lui faisait entrevoir des merveilles qu'il ne parvenait pas à atteindre.

De son côté, le Nuclémute s'impatientait. Il ne trouvait pas la méthode adéquate et se sentait lui aussi dépouillé. Peut-être était-ce cette situation qu'avait redoutée la Khawàn ? Ils devaient pourtant s'en contenter tous deux et avançaient cahin-caha sur les sentiers de l'initiation.

En vingt-quatre heures, Akilàm put néanmoins répondre à Nia'mu par l'esprit, sans provoquer de désastre. Il repérait par la pensée, de façon moins confuse, l'aura des autres personnes. Il n'était plus livré à un magma de sensations, mais distinguait les individus. Il apprit à se garantir de l'attaque des émotions extérieures, même si elle n'était pas intentionnelle. C'est ainsi qu'il se rendit compte qu'il avait toujours été sensible à ce genre d'émanations, positives ou négatives, et en conclut que c'était cela qu'il appelait son instinct.

Il réussit aussi à appliquer ce genre de défense aux intrusions mentales de Nia'mu, ce qui eut pour effet de le plonger dans un silence invraisemblable. Il commanda à ses sens avec plus d'habileté. Il ne croyait plus que c'était une capacité magique incontrôlable. Il apprit à imprimer aux êtres les plus réceptifs, des ordres simples, comme ceux qu'on donne aux chiencàls. Il s'épuisait encore trop facilement à ce genre d'exercice, mais ne résistait pas à la tentation de jouer avec ce fluide mental. Assis à l'abri des regards entre les créneaux, en compagnie du nukùm hilare, il pouvait repérer les passants au caractère malléable et leur faire accomplir des allées et venues inutiles.

C'est ainsi qu'il découvrit qu'un prêtre-apothicaire déguisé en servant le surveillait. Cela aiguisa sa curiosité, car il pensait que Sahàr en avait terminé avec lui. Il n'avait plus besoin d'être destitué, il s'était chargé lui-même de saborder son héritage. Il réalisa que cela avait un rapport avec son enquête quand il apprit, en fouillant subtilement la mémoire du prêtre-espion, que le dernier endroit où on avait vu Qàdim avant sa disparition était l'antichambre de la grande-prêtresse elle-même.

L'arrivée de la caravane interrompit ses investigations et il fila rejoindre Ethàn dans la ville-marchande pour le prévenir. Pour aller plus vite, il décida de passer par la réserve qui surplombait l'atelier des coloristes. À peine eut-il rejoint le bâtiment qu'il tomba nez à nez avec un guerrier masqué qui l'attendait en embuscade. Ce n'était pas l'espion habituel dont Akilàm décelait facilement la présence. L'attaquant avait une force mentale inattendue et, Akilàm allait en faire les frais, une force physique comparable.

Le prince, surpris, eut le réflexe de s'écarter pour éviter la lame qui frôla son cou, mais il ne riposta pas aussitôt. L'homme en profita pour reprendre son équilibre et lui assener un violent coup dans les reins. Akilàm se plia en deux, lança instinctivement son coude dans les côtes de son adversaire. Il rétablit son assiette et lui tordit le bras pour le désarmer. Le coutelas tomba non loin sur le sable. Les voilà à égalité.

Ils se ruèrent alors l'un sur l'autre dans un corps à corps serré et se rouèrent de coups de poing en désordre. Emportés par leur rage, ils enfoncèrent la porte et roulèrent dans la réserve. On était loin des combats réguliers, organisés avec une belle maîtrise, dans les gymnases militaires. Les ennemis frappèrent sans viser : côtes, mâchoires, sternum, reçurent leur part sans interruption. De nombreuses bourrades n'atteignirent même pas leur but. Les coups de pied irréfléchis leur firent perdre l'équilibre, mais pas leur hargne. Ils renversèrent un plein garde-manger qui s'écroula à grand fracas sur le sol.

Le traître profita du désordre pour s'emparer d'un crochet à viande. Il attaqua avec la même violence désordonnée qu'au début. Akilàm esquiva chacun des coups de boutoir infructueux. Le crochet meurtrier vola dangereusement vers son visage. Il finit par se planter avec une telle véhémence dans un pilier de bois qu'il y resta fiché. Le guerrier à nouveau désarmé, le prince ne baissa pas sa garde, il se rua sur lui avec impétuosité.

Ethàn, alerté par le remue-ménage, s'engouffra dans le cellier. C'est le moment que choisit l'autre pour envoyer son pied dans l'entre-jambes du prince, pensant susciter une douleur insoutenable. Pourtant, Akilàm resta bien campé sur ses deux jambes. L'autre n'eut pas le temps de manifester sa surprise, il reçut de plein fouet le front du prince dans le nez. On entendit un craquement sinistre et l'homme masqué tomba à genoux en hurlant. Ni ses mains en coupe ni son turban ne suffirent à endiguer le flot de sang qui ruissela de ses narines.

— Pourquoi t'en es-tu pris au prince ? hurla Ethàn en menaçant l'inconnu de son épée.

— Cet imposteur n'est pas le vrai prince ! répondit l'autre, les yeux hallucinés dans les fentes de son bandeau, il n'aurait jamais dû survivre !

— C'est la rengaine chère aux partisans de Sahàr…

— Tu es une créature dénaturée, j'en ai maintenant la preuve, cracha le traître dans un gargouillis.

Akilàm sentit un frisson glacé lui parcourir l'échine. Le coup de pied mal placé de son assaillant avait trahi son secret. L'homme, malgré sa position à genoux, le fixait, plein de morgue.

— Je vais te faire entrer tes insultes dans la gorge, menaça Ethan en lui arrachant son masque.

— Grand prêtre Othmàn ? s'écrièrent les adolescents figés de surprise.

— Pourquoi avoir attaqué le prince en personne ? s'écria Ethàn, éberlué.

— Je ne suis même plus le prince, haleta Akilàm, quel intérêt ?

— Tes manigances ne sont pas restées secrètes ! Nous savons que tu organises un coup d'État ! éructa Othmàn dans un filet de sang, ta seule présence représente un danger pour le pouvoir, héritier de pacotille !

Akilàm soupira. Son enquête sur Qàdim l'avait rapproché dangereusement de la vérité, mais ses ennemis s'étaient mépris sur ses intentions.

— Ton geste ne restera pas impuni, par Brùl ! Nous avons enfin une preuve de la traîtrise de ta maîtresse ! gronda Ethàn en rapprochant encore la lame de son cou, tu vas nous suivre jusqu'au poste de garde !

— La malédiction de Brùl est sur ta tête Akilàm ! jeta l'homme sans se soucier de l'arme pointée sur lui, la grande-prêtresse veillera à l'accomplissement de la volonté des dieux-majeurs ! Une telle créature impure ne peut survivre dans la cité-état de Barkàn !

Sous le regard ébahi des jeunes gens, il se redressa en un éclair malgré ses blessures. Il se précipita par la fenêtre et atterrit dans l'arrière-cour du bâtiment des coloristes. Les jeunes gens le prirent aussitôt en chasse le long des ruelles, jusqu'à la dernière limite de la ville-marchande. La poursuite dans le labyrinthe des rues qu'ils connaissaient parfaitement depuis l'enfance ne dura guère. Le traître n'avait aucune chance de trouver une échappatoire. Quand il se sentit acculé, Othmàn grimpa sur la muraille de la dernière enceinte et s'élança dans le vide en hurlant des imprécations, heureusement incompréhensibles.

— Peux-tu m'expliquer ce qui vient de se passer, Akilàm ? fit Ethàn en se penchant par-dessus le parapet pour observer le corps disloqué du grand prêtre.

— Je pense que tu viens d'assister à une tentative de meurtre soldée par un suicide, déclara le prince sur un ton placide.

— En plein jour, par le grand-prêtre en personne ? Par Oxèn ! Ce n'est pas croyable…

— Je sais, personne ne nous croira, admit Akilàm, d'habitude, les sbires de Sahàr sont plus discrets…

— D'habitude ? Tu veux dire que cette situation n'est pas une surprise ? s'étrangla Ethàn avec un demi-sourire, la vie avec toi n'est pas de tout repos, mon ami ! Les scorps, les nukùms, et maintenant, les assassins fanatiques ! Je ne sais pas si je vais partir en voyage en ta compagnie !

— Trop tard, tu m'as donné ta parole, renchérit Akilàm sur le même ton, mais je ne peux pas quitter ma ville sans éliminer le serpent qui se love en son sein. Il faut démasquer Sahàr devant le conseil des sages !

— Que vas-tu faire ? Notre seul témoin est mort écrasé comme un insecte !

— Laisse-moi réfléchir. Le temps presse, car nous ne pouvons manquer le départ de la caravane, fit Akilàm en désignant l'esplanade des marchands, pourtant, employer la force est inutile avec Sahàr, elle a plus d'un tour dans son sac...

— Tu vas donc ruser comme un renard du désert ?

— Ou comme un nukùm, murmura le prince pris d'une subite inspiration, suis-moi, mon ami !

Dans l'escalier à flanc de muraille qui descendait sur l'esplanade déserte, Akilàm se remémorait tous les derniers événements à vive allure. Il ignora les élancements de ses diverses blessures. Son arcade sourcilière entaillée, sa joue gonflée, la paroi intérieure déchiquetée par ses propres dents, ses côtes brisées sur le côté gauche, rien de tout cela ne lui importait vraiment.

Il se concentra sur les confidences d'Islem à propos de son oncle Qàdim et réalisa l'ampleur du projet de Sahàr. Il n'était pas le seul dans sa ligne de mire. Elle sapait depuis toujours tous les fondements du pouvoir en place dans la cité-état, soit par le meurtre, soit par la manipulation. Sans ses fidèles ministres, sans son héritier, le roi Jàhlel serait affaibli au point d'être destitué en toute légalité. Comment mettre fin à ces agissements sans preuve ? Le seul témoin du meurtre de

Nàssih s'était volatilisé, sûrement de la même manière qu'Othmàn.

— Crois-tu vraiment que nous devons récupérer le corps ? protesta Ethàn une fois au pied de la muraille, dans l'état où il est, il pourrait passer pour une victime des êtres de lumière.

— Nous en avons besoin pour provoquer un nouvel esclandre et obliger Sahàr à se découvrir, fit Akilàm, mystérieux.

Il chargea la dépouille d'Othmàn sur le dos d'Ha'sad qui était apparu comme par magie au coin de la ruelle. Ils se dirigèrent aussitôt vers le palais avec leur triste trophée. Le prince élaborait un plan à vive allure et ne prit pas le temps d'informer Ethàn des détails.

Contrairement à son habitude, Akilàm contacta Nia'mu par la pensée et lui réclama de l'aide. Le nukùm, circonscrit dans les appartements princiers, ne se fit pas prier à l'idée de participer à une mise en scène complètement insensée. Pendant que les jeunes gens atteignaient la salle du grand conseil, il s'enveloppa dans un djelh brun et les rejoignit discrètement derrière les portes.

Le projet fut établi en quelques minutes avec l'efficacité de l'urgence et ils pénétrèrent sans y avoir été invités dans la vaste salle lumineuse sous son toit en coupole.

Pantomime

Comme Akilàm l'avait prévu, l'agitation fut à son comble quand ils déposèrent le prêtre désarticulé sur la table des ministres.

— Prêtresse Sahàr, je te livre ton commanditaire, déclara le prince sans préambule, contrairement à la dernière fois où tu l'as envoyé assassiner quelqu'un, il a manqué son objectif.

— Il faut dire que le prince Akilàm est un adversaire plus robuste que maître Nàssih, persifla Ethàn d'une voix forte.

Le roi les dévisagea, mais n'intervint pas. Tous les membres du clergé se mirent à croasser de concert, les prêtresses manquèrent de défaillir et les ministres s'agitèrent autour du monarque. Maître Fàhres porta la main à son épée pour mettre bon ordre à l'agitation.

— Le prince est devenu fou ! s'insurgea la grande prêtresse qui, malgré la surprise, se ressaisit rapidement.

— Je t'accuse de vouloir usurper le trône depuis des années, insista Akilàm, tu as essayé de manipuler ma sœur Hassoudà, mon neveu Zàim, en profitant de leur besoin de reconnaissance. Tu as fait assassiner le Premier ministre

Nàssih, fidèle entre tous, et tu as essayé de m'éliminer à mon retour de l'Exl, puis ce soir même.

— N'écoutez pas ce prince déchu, son discours est dicté par l'amertume ! riposta la grande-prêtresse qui masquait parfaitement sa stupeur, il ne supporte pas d'avoir raté son Adùl-royal. Il invente n'importe quoi pour se disculper de ses propres fautes !

Akilàm sentit la haine de cette femme refluer vers lui comme un poison. Il recula d'un pas et fixa sa splendide adversaire. Elle possédait un grand pouvoir psychique, mais n'en avait pas conscience. Grâce aux maigres enseignements du nukùm, Akilàm pouvait visualiser l'aura de la prêtresse, elle émanait d'elle comme un tourbillon de colère et de passion. La vue du corps de son amant dévoué la faisait trembler de douleur, cela pouvait décupler sa force ou causer sa perte.

— Ce n'est pas l'avis de ton homme de main, Sahàr, déclara Akilàm en pointant le cadavre du doigt.

C'est alors que, sous le regard horrifié de toute l'assemblée, Othmàn ouvrit les yeux. Sa tête pivota sur le côté pour retrouver un angle logique et dans un craquement sinistre, sa mâchoire se mit à béer.

« *J'ai assassiné Nàssih et tenté de tuer le prince sur ordre de la grande-prêtresse Sahàr...* »

La voix vrilla les tympans de chacun de telle sorte que personne ne réalisa que le grand prêtre n'avait pas vraiment articulé les mots.

— Quelle est cette supercherie, siffla la femme entre ses dents, tais-toi, sombre fou !

Elle se précipita sur Othmàn qu'elle croyait mourant et pris d'un accès de repentir. Elle lui planta sa lame de prêtresse dans le cœur.

— Pas de pitié pour les menteurs et les traîtres, hurla-t-elle sous les yeux ébahis de dizaines de témoins, cet homme a tout inventé !

Akilàm se contenta se soupirer quand les guerriers-chasseurs entourèrent la prêtresse pour l'arrêter. Son geste passionné valait plus que tous les aveux. Elle fut conduite au cachot sans autre forme de procès. Dans la confusion générale, personne ne remarqua la petite silhouette qui se glissait entre les colonnades en ricanant, cachée dans un djelh brun. Akilàm et Ethàn furent sommés de donner des explications, ce qu'ils firent sans hésiter. L'arrestation de la prêtresse délia les langues et on retrouva sans mal le corps à demi putréfié de Qàdim dans les sous-sols de son palais.

Dans la même journée, on intronisa une nouvelle grande-prêtresse, et le prince Zàim sur les rangs des prétendants au trône. Il lui restait cinq ans pour se préparer dans les règles à l'Adùl-royal et Akilàm vint en personne lui souhaiter bonne chance.

— Tu ne m'en veux donc pas, mon oncle ? demanda le jeune homme qui avait perdu toute trace de morgue.

— Ma place n'est pas sur le trône, je l'ai toujours su, avoua Akilàm.

— Tu aurais pu me le dire avant ! Cela nous aurait évité bien des disputes ! plaisanta Zàim.

— Et notre vie en càsrn aurait été bien ennuyeuse, avoua Akilàm heureux de retrouver leur ancienne relation, faite de concurrence et d'émulation.

— Que vas-tu faire maintenant ? Tu vas briguer un poste au Gouvernement, je suppose. Je te ferai mon Premier ministre quand je serai roi, fit le jeune homme sur un ton sincère.

— Peut-être, lui accorda Akilàm dans un sourire

— J'ai hâte de voir comment nous pourrions secouer les rênes de cette vieille cité !

— Ça ne serait pas de tout repos pour les habitants de Barkàn, mais j'ai une mission à accomplir, une quête personnelle à achever.

Zàim hocha la tête sans l'interroger plus avant. Il montrait déjà des prédispositions au discernement d'un bon parlementaire. Son jeune oncle prit congé avec l'assurance que le pays serait entre de bonnes mains, sans l'influence néfaste de Sahàr, en espérant qu'elle ne sortirait jamais de sa prison.

Sur le chemin qui menait à ses appartements, il fut rejoint par un Nia'mu claudiquant et un Ethàn brûlant de curiosité.

— Comment avez-vous fait pour ramener un mort à la vie ! chuchota l'apprenti guerrier, incapable d'attendre plus longtemps.

— C'est complètement impossible, nous n'avons pas fait ça, assura Akilàm avec une étincelle dans le regard.

— Je connais vos manigances de télépathes, insista Ethàn, pas d'entourloupe ! J'ai vu et entendu un cadavre ressusciter et prendre la parole !

— Il faut alors te nettoyer les yeux et les oreilles, car rien de tel ne s'est produit, déclara Akilàm tandis que Nia'mu ricanait de plus belle.

— Ne me faites pas languir plus longtemps, ragea Ethàn en verrouillant les portes des appartements princiers, quelle était cette magie ?

— Ce n'était pas de la magie, avoua Akilàm en ficelant son paquetage.

— Véritelle pantomime drolatique, s'esclaffa Nia'mu d'une voix éraillée.

— Tu te rappelles que je peux provoquer des mouvements par la force de ma pensée ? Je peux faire bouger des objets, mais aussi des corps. J'ai juste remué la tête d'Othmàn, révéla le prince en haussant les épaules.

— Mais on l'a entendu témoigner, tout le monde l'a entendu, je n'ai pas rêvé ! insista Ethàn.

— C'est là que Nia'mu, avec sa grande force de persuasion, est entré en scène !

— Nia'mu grand et mirifique ! s'exclama le gnome en se redressant sur ses jambes torves.

— Je n'ai pas assez de maîtrise de mes dons pour faire cela correctement, mais on peut envoyer un message télépathique de façon que tous entendent une vraie voix. Vous avez seulement perçu une information erronée, expliqua Akilàm comme si ce discours était naturel.

— Ces pouvoirs sont dangereux, remarqua son ami, ils nous ont sauvé la mise, mais je persiste à penser que ce n'est pas un don, c'est plutôt une malédiction, par Oxèn !

— Ne fais pas ton oiseau de mauvais augure et aide-moi à cacher ces turquoises ! Si je me rappelle bien, les nmàds ont un flair infaillible pour les repérer, les soupeser et nous en délester ? se moqua Akilàm en reprenant les avertissements d'Ethàn des années plus tôt.

C'est avec un soulagement visible qu'ils assistèrent donc à l'installation des Nmàds. Le spectacle ne fut pas aussi joyeux ni tumultueux qu'à l'habitude. Les tentes bariolées eurent beau pousser comme des champignons sur l'esplanade, personne n'oubliait que c'était le lieu qui avait servi à parquer les jeunes Barkànes. Les nomades semblaient en avoir conscience et aucun conteur, aucun jongleur ne se mit à l'œuvre, aucune musique ne s'éleva de leur camp.

Au cours de la journée, on apprit qu'ils apportaient de bien mauvaises nouvelles du désert. Chaque cité-état de Méditrà avait été attaquée de la même manière que Barkàn. Les prêtres-marchands se précipitèrent alors à leur rencontre pour activer les négociations. Ils achetèrent en toute hâte les plantes médicinales les plus rares et les denrées qui manquaient déjà dans la ville. Ils leur fourguèrent leurs turquoises habituelles et leur signifièrent de lever le camp le plus tôt possible. Le départ était prévu pour le lendemain.

De leur côté, Akilàm et ses compagnons ne se firent pas prier pour plier bagage. Les jeunes gens réunirent leur paquetage en un tournemain. Il leur fallait partir en toute hâte, sans un mot d'adieu pour quiconque. Ethàn se rendit chez sa mère comme à son habitude et l'aida à des travaux de charpente pendant presque toute la journée.

Akilàm, pour sa part, rôda une dernière fois dans la salle du grand conseil où le roi, plus affairé que jamais, réglait les conflits de ses citoyens et gérait les projets de reconstruction. Le prince l'examina depuis la colonnade qui soutenait la coupole du toit. Puis il appela doucement l'esprit de son père vers lui. Jàhlel leva les yeux machinalement des rouleaux de parchemin qu'il était en train d'étudier et son regard croisa celui de son enfant, à demi caché sous son djelh. Le monarque hocha la tête, il faisait mine d'écouter ses ministres, mais par ce signe, il adressa un dernier adieu à son invraisemblable héritier.

C'est alors qu'Akilàm ne put s'empêcher de tenter une expérience. Il se concentra et atteignit l'esprit de son père sans effort. Avec une précision chirurgicale, il lui envoya un au revoir empreint de tendresse. C'était la première fois qu'il agissait ainsi avec quelqu'un d'autre que Nia'mu, mais il vit les traits du roi se détendre imperceptiblement. L'ébauche d'un sourire flotta sur ses lèvres. Akilàm se détourna précipitamment. D'autres adieux l'attendaient à la porte du sud.

En compagnie d'Ethàn, qui le suivait comme son ombre, et de Nia'mu enveloppé comme un paquet dans son djelh, il conduisit Ha'sad à l'extérieur de la ville. Sans l'aide télépathique du nukùm, il lui intima l'ordre de retourner parmi les siens. Le liopàr feula, secoua son admirable crinière. Sa robe tachetée, devenue luisante et fournie pendant son séjour gourmand chez les humains, tressaillait. Sa queue battait l'air de protestation. Tandis que le fauve le fixait intensément de son regard d'ambre, Akilàm ressentit le mot :

« Désert. »

Il caressa la crinière soyeuse et posa son front contre le museau armé de canines démesurées.

— Je vais moi aussi dans le désert, mais nous n'allons pas suivre le même chemin, soupira-t-il.

Contre toute attente, le grand félin se dégagea de l'étreinte du jeune humain et bondit vers les collines rouges qui moutonnaient au sud de Barkàn. Il disparut en un clin d'œil.

— Il va me manquer, remarqua Ethàn, pourquoi ne pas l'emmener, au moins jusqu'aux portes de Mégasilia ?

— Je ne crois pas que les Nmàds accepteraient qu'un liopàr sauvage côtoie de trop près leurs troupeaux, véritables friandises à portée de crocs. De plus, nous ne serions plus incognito en compagnie de ce monstre, tout le monde me reconnaîtrait !

Pour masquer leur peine, Ethàn et Akilàm s'esclaffèrent. Nia'mu aussi, ce qui fit taire les deux autres aussitôt, car ils se rendirent compte qu'ils allaient effectivement voyager avec un monstre.

Marchandages

Le Nmàd aux traits burinés par le grand air plissa le nez, ce qui le fit encore plus ressembler à un vieux pruneau, se dit Akilàm. Sa peau sombre était creusée de ridules qui partaient en tous sens, même le long de son nez en bec d'aigle. Ses cheveux crépus dépassaient de son bonnet traditionnel. Il se tenait droit, dans son manteau chamarré, les mains sur les hanches, l'air résolu.

— Je n'emmène pas les enfants. C'est d'accord pour vous deux, mais je refuse de prendre le risque de voyager avec un petit de Barkàn.

Ce disant, il jaugeait avec méfiance la menue silhouette bien enveloppée dans un djelh et un turban. Ses mains étaient gantées, mais l'une d'elles pendait lamentablement. Le bambin avait dû être blessé pendant l'attaque des vaisseaux volants et les jeunes gens qui en avaient la garde essayaient sûrement de cacher de bien vilaines cicatrices avec cet accoutrement. Les deux autres n'étaient pas en reste, pour ce qui était des meurtrissures. Le plus grand arborait un gros bandage sous sa manche et le plus mince avait le visage en piteux état, la joue tuméfiée et l'arcade sourcilière fendue.

— Chef Ra’hal, ce n’est pas un enfant, c’est un nain, chuchota le plus jeune des deux adolescents qui disait se nommer Aki.

Ses grands yeux bleus avaient un air candide que démentaient ces paroles éhontées.

— Je ne vous crois pas ! s’esclaffa le Nmàd, je sais que vos coutumes vous obligent à éliminer les êtres atteints de la moindre différence. Ce n’est pas possible de trouver un seul nain dans toute la demi-lune.

— Vous nous avez percés à jour, soupira le jeune imposteur, qui pourtant disait vrai, il est impératif que nous conduisions cet enfant hors de la ville. Il en va de sa sécurité. Sa famille a péri dans l’attaque, personne ne peut le prendre en charge. Selon nos coutumes, que vous connaissez si bien, il va mourir seul.

Le Nmàd hésitait. Il observa le trio avec méfiance. Le petit personnage appelé Nia’mu se dandinait, mal à l’aise dans ses vêtements trop larges. Le plus grand des adolescents, le plus silencieux, attendait paisiblement, le regard aussi doux que celui des drùms. Le dénommé Aki, plus mince et plus jeune, mais aussi le plus autoritaire, prit la parole à nouveau.

— Il ne sera pas un poids pour la caravane, je m’en porte garant. S’il n’obéit pas ou s’il ne suit pas le rythme, je m’engage à accepter sans protester et sans remboursement qu’on l’abandonne à son sort dans le désert, ajouta-t-il avec une candeur glaçante.

Nia’mu eut un hoquet, mais ne protesta pas, apparemment soumis. Heureusement que personne d’autre qu’Akilàm ne pouvait saisir la bordée d’injures mentales qui suivit ! Ra’hal, le chef de la tribu nomade, hocha la tête, pesant le pour et le contre. Il finit par céder, comme à contrecœur.

— Ça fera quatre turquoises montées en broche de plus que celles que vous m’avez avancées. Ne comptez pas sur ma bienveillance. Si le petit ne suit pas, je serai inflexible. Je n’oublierai pas votre promesse. Je ne rendrai pas les pierres.

— Quatre brutes et vous avez ma parole que nous ne vous causerons aucun souci, déclara Akilàm fermement.

Il avait l'impression qu'il recommençait la scène qui s'était déroulée plus tôt, quand ils avaient été conduits sous la tente du chef Nmàd afin de négocier leur place dans la prochaine caravane.

— Trois pierres brutes et une broche. C'est mon dernier prix.

— Quatre turquoises brutes, c'est tout ce que je peux vous accorder.

— Deux brutes et une broche.

— Entendu, chef Ra'hal, fit l'adolescent avec un clin d'œil.

— Faites voir, insista le Nmàd, vexé d'avoir cédé si vite.

Le dénommé Aki extirpa de la bourse en cuir que l'autre portait, attachée à sa ceinture, trois magnifiques turquoises grosses comme des dattes, dont l'une sertissait une broche d'argent finement ciselée. Il les posa dans la paume tannée du chef qui fit mine de les examiner avec attention.

Son œil de marchand aguerri avait repéré aussitôt le produit de qualité supérieure.

« Voilà de jeunes imprudents qui voulaient voyager dans le désert avec une petite fortune, peut-être dérobée à leurs parents de famille-majeure », se dit-il, *« autant faire mine de céder à leur marchandage puéril, il serait toujours temps de les berner en plein milieu de Méditrà. »*

Ra'hal referma les doigts comme des serres et fourra les pierres bleues dans un coffret posé derrière lui.

— Marché conclu, jeunes Barkàns. Je rappelle les termes du contrat. Le prix déjà avancé concerne le passage de trois personnes et leurs fournitures. Toile de tente, arceaux et piquets, nattes, couvertures. Vous nous achetez également les deux drùms nécessaires au voyage et leur harnachement.

— C'est ce qui est prévu…

— Montures que nous vous rachèterons une fois à destination, car, là où vous vous rendez, vous n'aurez pas le droit d'avoir d'animaux.

— Je suppose que les prix auront fortement baissé et que nos drùms ne vaudront plus les turquoises que nous avons déboursées tout à l'heure pour eux ? lança le plus mince d'un ton acerbe.

— C'est évident, jeune Aki. Ils auront parcouru des centaines de kilomètres dans le désert ! Ils seront fourbus et ne vaudront plus grand-chose, rétorqua Ra'hal avec malice, je continue mon rappel : à votre charge, l'achat de leur fourrage et la location de votre emplacement, quand nous serons à l'abri dans les cités-étapes.

— C'est compris.

— Je vous rappelle que la ville de Ghoùr fait partie de nos haltes commerciales. Vous ne vous montrerez pas avec cet accoutrement de Barkàns, sinon vous serez exclus de la caravane et livrés au sort qui est réservé à leurs ennemis jurés. Si vous marchandez bien, vous obtiendrez que nos femmes vous fabriquent des manteaux nmàds très seyants, pour un prix modique.

Le chef caravanier avait du mal à réprimer son sourire devant les mines décomposées des jeunes gens.

— C'est entendu, finit par lâcher Aki.

— Je n'ai pas terminé. À votre charge : vos repas personnels. Pour la viande fraîche, des temps de chasse sont prévus à chaque bivouac. Sinon, vous pouvez nous acheter toute autre denrée de première nécessité. Sel, farine, graisse, sucre améliorent bien l'ordinaire. Nos femmes préparent des petits pains et de très bons ragoûts…

— Pour un prix modique, coupa l'adolescent avec ironie.

— Je me demande pourquoi nous avons payé cinq broches et quatre turquoises si tout le quotidien nécessite un supplément ? demanda Ethàn maîtrisant de moins en moins sa colère.

Comme tout bon Barkàn, il se méfiait des Nmàds et l'idée de subir leur compagnie durant ce long voyage était une torture. La tournure que prenait ces barguignages ne faisait que consolider son opinion.

— Mais voyons, jeune impétueux, vous devez payer pour *l'eau* ! révéla Ra'hal en se rengorgeant, seuls les clans nmàds connaissent tous les puits cachés. Voyager en notre compagnie est indispensable pour atteindre ceux qui jalonnent le parcours. Si vous pensez que cet inestimable savoir ne vaut pas quelques turquoises, libre à vous de voyager à votre manière.

— Et de crever brûlés après mille détours inutiles dans un désert inconnu…

— C'est une possibilité, jeune homme, s'esclaffa le chef, sûr de lui, je continue donc ma liste. À votre charge d'assurer la sécurité de votre bagage, de vos personnes et de votre… petit frère.

— C'est une évidence…

— Dernier point, et c'est le plus important : il est interdit de fricoter avec nos filles, sinon vous tâterez de mon fouet.

Les deux jeunes gens échangèrent des regards médusés.

— Mais si ce sont elles qui nous abordent ? s'enquit Ethàn crânement, même si l'idée de flirter avec une étrangère était impensable pour un Barkàn.

— Vous croyez, dans vos cités pudibondes et recluses, que parce qu'elles montrent leur peau, nos filles ont les mœurs légères. Vous pourrez constater que ce n'est pas le cas. Ne cherchez pas à les séduire ou il vous en cuira, répéta le Nmàd d'un ton sans réplique.

— Vous avez notre parole, lança Aki pour couper court à la digression, conter fleurette à qui que ce soit ne fait pas partie de nos priorités, chef Ra'hal.

— Bien, je vois que vous êtes sérieux. Restez-le pendant tout le trajet, conseilla le Nmàd sans saisir l'allusion, une fois arrivés à destination…

— Tu veux bien dire Mégasilia…

— Malheureux ! Ne prononce pas ce nom ici, chuchota le Nmàd comme si les pans de la tente n'étaient pas assez protecteurs, une fois arrivés *à destination*, nous vous accompagnons à la mégadouane comme si vous faisiez partie de notre tribu. Vous obtenez une autorisation de transit et nos routes se séparent. Compris ?

Les futurs voyageurs hochèrent la tête avec un bel ensemble, même Nia'mu resté jusqu'alors sans réaction.

— Bien, suivez-moi.

Ra'hal s'empara de la lampe à huile qui brûlait sur un guéridon et souleva le pan de toile qui servait d'entrée. Dehors, le campement était plongé dans l'obscurité. Toutes les ouvertures des tentes pointues étaient soigneusement rabattues et attachées pour la nuit. Les drùms à trois bosses, parqués dans leur enclos, dormaient paisiblement. Le calme régnait sur l'esplanade. Au-delà des murs de la deuxième enceinte s'élevait la masse sombre de la ville, à peine trouée par le scintillement des foyers domestiques.

Ra'hal les conduisit sans hésiter à travers le dédale des dais colorés, plantés d'une façon apparemment anarchique. Au fond du camp, tout près des enclos, ils découvrirent une petite tente qui, même à la faible lueur de la calbombe, paraissait fort rapiécée. Devant l'ouverture, une forme sombre se tenait accroupie et semblait attendre.

— Vous m'avez assuré que votre disparition n'alerterait personne, murmura le chef de la caravane en levant la lampe vers leur visage pour les scruter à nouveau.

— Toute notre famille a disparu dans l'attaque des mauvais esprits en voulant défendre nos sœurs, pendant que nous étions dans nos cellules de càsrn, impuissants, chuchota Ethàn, la voix tremblante.

Il ne mentait presque pas et les traces de blessures qu'ils portaient tous attestaient de la violence des derniers événements de leur quotidien.

— Donc nous pouvons vous accepter dès ce soir dans notre camp. Comme un avant-goût d'aventure, n'est-ce pas ? se moqua le chef.

Il dirigea la lumière vers le garçon qui s'était relevé à leur approche.

— Voici Fau'del, le bien nommé. Il vous expliquera comment démonter la tente à l'aube, puis comment seller vos drùms.

Les jeunes gens se saluèrent mutuellement d'un signe de tête.

— Attention, Fau'del n'est pas un servant ! prévint Ra'hal avec hauteur, dans notre tribu, tout le monde s'entre-aide, chacun essaie d'être utile à la communauté dans la mesure de ses possibilités.

— Nous comprenons, c'est la loi du désert...

— Bien sûr, vous ne faites pas partie intégrante de notre clan, vous êtes des *j'idrs*, des enracinés, souligna le chef avec mépris, mais tant que vous nous accompagnerez, vous devrez vous plier à nos coutumes. Ni maîtres ni servants dans ma caravane. Le seul qui donne des ordres ici, c'est moi, ajouta Ra'hal en se frappant la poitrine avec énergie.

Akilàm et Ethàn acquiescèrent en silence.

— Fau'del, voici nos *invités*, Aki, Ethàn et Nia'mu. Occupe-toi de les installer. Tout est dit pour cette nuit.

Le vieux chef tourna les talons, emportant la petite lampe avec lui. Le jeune homme, jusqu'alors immobile dans l'obscurité, se pencha pour rouler la toile rayée qui servait d'entrée.

— Par ici, nobles j'idrs, fit-il en désignant le trou béant.

Bivouac

Comme les Barkàns hésitaient, Fau'del se glissa le premier à l'intérieur, il tâtonna à la recherche du briquet. Il alluma la mèche d'une bougie qui diffusa bientôt une odeur de suif ranci. Le visage du jeune Nmàd apparut dans la lueur jaunâtre. Un menton fin, des pommettes saillantes flanquant un nez pointu et des joues creuses à la peau brune lui donnaient l'air d'un de ces renards ingénieux qu'Akilàm avait rencontrés dans le désert. De même, les mèches blondes teintées de roux, qui se dressaient sur son front, rappelaient la houppette qu'ils avaient aux oreilles. Pour couronner le tout, ses yeux fauves luisaient d'un éclat rusé.

— Admirez votre palace, chuchota-t-il en désignant d'un geste ample le petit espace faiblement éclairé.

Akilàm tenait à peine debout au niveau du pied central. Ethàn, quant à lui, était obligé de courber la tête. Nia'mu toussa. Sur le sol, deux nattes étaient déroulées, ainsi que deux couvertures élimées. Dans un coin, comble du luxe, un récipient ébréché et un broc vide étaient empilés près de deux petits pots en terre soigneusement bouchés.

Le côté spartiate du décor ne dérangea pas les deux Barkàns qui avaient l'habitude de dormir à même le sol dans les cellules des càsrns. Néanmoins, l'aspect usé et sale des objets qu'on leur louait chèrement les rebuta. Nia'mu fureta à la recherche d'une troisième couverture. Ethàn secoua l'une d'elles en grommelant.

— J'espère qu'il n'y a pas de puces, au moins.

Fau'del haussa les sourcils, qu'il avait déjà naturellement arqués, ce qui lui donna un air sardonique.

— Pas de régime de faveur pour Vos Altesses barkhanes. Ra'hal l'a bien dit, répéta-t-il sur un ton moqueur, vous vivrez avec nous sur un pied d'égalité. Vous partagerez, comme nous, la compagnie de nos affectueuses bestioles, puces, tiques et sauterelles ! Elles font partie des petits suppléments incontournables d'une caravane dans le fabuleux désert de Méditrà !

Ethàn allait protester, mais Akilàm leva la main en signe de paix.

— Merci de ton accueil, Fau'del. Nous sommes épuisés et nous allons nous coucher. Inutile de t'inquiéter pour les couvertures, nous avons apporté notre paquetage. Nous t'attendrons à l'aube pour tes précieux conseils sur le démontage de la tente. Tu peux aller te reposer toi aussi.

— Je n'ai pas terminé, noble j'idr ! Si Ra'hal apprend que j'ai bâclé votre instruction, mes oreilles vont chauffer, s'exclama le jeune homme sans la moindre trace de crainte.

Il s'accroupit et attrapa un petit pot d'argile dont il déboucha le couvercle.

— Je vous ai dit qu'il n'y a pas de régime de faveur pour les étrangers, mais nous ne vous laissons pas vivre non plus dans des conditions pires que les nôtres. Ce ne serait pas juste par rapport à la belle égalité dont parlait notre chef bien aimé, fanfaronna-t-il en leur faisant renifler le contenu du pot.

Ils s'exécutèrent avec une certaine réticence, mais l'odeur qui leur parvint était agréable.

— Voici un onguent très précieux, fabriqué à base de citronnelle et de… mais je ne vais pas vous livrer les recettes de mère Cha'fia, elle m'étriperait sur place, affirma-t-il avec un sérieux qui montrait qu'il craignait cette femme plus que le chef de la tribu, contentez-vous de savoir que c'est un fort répulsif contre les insectes. Il faut vous enduire les bras, le visage et le cou chaque soir, cela vous évitera de pénibles démangeaisons.

Fau'del s'exprimait toujours avec force mimiques et avait un air espiègle qui réussit même à dérider Ethàn. Il leur tendit le pot qui dégagcait, outre celle de la citronnelle, une forte odeur de géranium, de menthe et de romarin. Akilàm se garda bien de signaler que les prêtresses-apothicaires de Barkàn avaient sûrement la même recette.

— N'ayez pas peur, c'est vraiment efficace. N'hésitez pas, c'est compris dans le prix du voyage, fit-il avec une révérence grotesque.

— Tu lis dans nos pensées, fit Akilàm qui s'attendait à un nouveau marchandage.

— Onguent à ne pas confondre avec celui-ci, dit Fau'del en s'emparant du deuxième petit pot qu'il déboucha prestement.

Une odeur douceâtre et vanillée se répandit dans l'abri.

— Il faut impérativement l'appliquer le matin avant de sortir de la tente. C'est la recette miracle de mère Cha'fia pour nous prémunir contre les morsures des rayons du soleil. Vous enduirez toutes les parties que vous exposerez, bras, cou, visage, surtout le nez… et vous ne risquerez ainsi aucune brûlure.

— Nous, les guerriers Barkàns, n'exposons aucune partie de notre corps au dieu-majeur Brùl, affirma Ethàn avec fierté, pas besoin de cette pâte écœurante.

— Lorsque nous allons dans le désert, nous portons toujours une tenue réglementaire qui nous protège parfaitement, précisa Akilàm en montrant ses gants de cuir et son turban.

— Je le sais bien, s'esclaffa le jeune Nmàd.

Il jeta un regard amusé sur Nia'mu affublé du djelh complet, dont la gaze grillagée était rabattue devant les yeux.

— C'est pour ça qu'on vous appelle aussi *ka'yals*. Parce que vous ressemblez à des fantômes, ajouta-t-il en riant, ce déguisement peut être efficace pour vous-autres, les rares fois où vous vous aventurez dans le désert, avant de vite rentrer quand on vous sonne comme des chiencàls, dans votre cité.

Ethàn esquissa un mouvement vers son épée, aussitôt interrompu par Akilàm. Fau'del fit mine d'ignorer leur colère et continua sur le même ton.

— Une petite chasse par-ci, une petite guérilla par-là. Vous n'affrontez jamais vraiment le désert, vous les j'idrs, enracinés dans vos villes. Moi, je parle de jours entiers, de décades, de cycles passés dans un univers inondé de lumière et de feu, sans la moindre parcelle d'ombre. Vos petits voiles ne vous protégeront pas efficacement et vous serez brûlés comme des fétus de paille.

— Je n'aime pas ce ton, grinça Ethàn.

— Croyez-moi, mes amis, je ne veux pas vous offenser, affirma le Nmàd avec des accents sincères, mais dès que nous serons hors des murs, je vous conseille d'adopter nos tenues vestimentaires et nos onguents. Si vous voulez survivre, bien sûr. Le harnachement inconfortable dont vous vous affublez ne fera que vous blesser et vous étouffer.

Fau'del désigna d'un doigt prudent les ceintures-corsets, les épaisseurs triples du tissu, les lacets qui saucissonnaient les poignets et les chevilles des Barkàns.

— Nos amples tuniques, sans laçages ni fronces, permettent à l'air de circuler, à la sueur de sécher. Cela évite les frottements et les irritations. Enfin, vous verrez à l'usage. L'expérience fait loi.

— Mais nos vêtements sont obligatoires ! Leur agencement est régi par notre religion. Nous n'avons pas le choix, insista Ethàn avec ferveur.

Fau'del eut un regard amusé et renifla.

— Oui, bien sûr. Mais vos lois interdisent aussi de quitter Barkàn sans autorisation, n'est-ce pas ?

Les Barkàns hochèrent la tête en silence.

— Je ne chercherai pas à vous convaincre, le désert s'en chargera, ajouta Fau'del.

Il se tut un instant, observant d'un air presque attendri Nia'mu qui s'était roulé en boule depuis de début de la conversation et semblait dormir paisiblement, à même le sol.

— Je ne m'attarderai pas bien longtemps encore. Voici deux paires de lunettes.

— Des *lu-net-tes* ? À quoi ça sert ? demanda Akilàm, toujours avide de découvrir des objets venus d'ailleurs.

— Elles protégeront efficacement vos yeux aux heures les plus ensoleillées. Il n'y en a que deux paires. Nous n'avions pas prévu le petit, je m'occuperai de ça demain.

Devant l'air intrigué des Barkàns, il chaussa les grosses lunettes noires et leur sourit de toutes ses dents.

« Céans n'est plus un renard, adoncque une grosse mouche, » fusa la voix intérieure de Nia'mu qui ne dormait pas.

Akilàm retint un rire et se dépêcha de fermer son esprit de façon hermétique. Dès qu'il baissait sa garde, le nukùm en profitait pour s'inviter sans crier gare.

— Vous verrez, c'est efficace, affirma le Nmàd en repliant les branches métalliques avec soin, enfin, dernière chose, ce broc que voici est à remplir chaque fois que nous atteignons un point d'eau. Il servira à vos besoins en plus de vos gourdes personnelles. C'est votre ration, ne la gaspillez pas, vous ne pourrez pas en réclamer davantage.

— Mais nous sommes trois, c'est insuffisant ! se récria Ethàn.

— Je sais, mais c'est ainsi, fit le Nmàd en lui tapotant l'épaule en signe d'apaisement, il faut préserver l'intégrité de nos points d'eau. Nous ne sommes pas les seuls caravaniers dans Méditrà. Vous dites que vos lois sont strictes, mais les nôtres aussi et elles sont dictées par l'entre-aide et le respect du prochain, pour la survie de tous.

Akilàm se dit que les Nmàds insistaient pour montrer qu'ils n'étaient pas les sauvages désorganisés qu'imaginaient les Barkàns. Il trouva cela rassurant, à l'orée d'un périple de plusieurs décades en leur compagnie.

— Pour l'instant, vous réagissez encore comme des j'idrs, égoïstement plantés dans vos villes approvisionnées par vos rivières souterraines, vous n'avez cure de vos voisins, insista le Nmàd sans arrogance, l'expérience dans le désert modifiera votre comportement, soyez-en sûrs. Méditrà façonne les âmes comme les roches, il vient à bout des plus résistantes.

Fau'del réprima un bâillement et eut un sourire à peu près sincère.

— Je vais vous laisser prendre du repos. Nous aurons tout le loisir de philosopher pendant le voyage qui va durer plusieurs décades.

Il se baissa vers la fente qui faisait office de porte et les gratifia d'un petit signe qui se voulait sympathique. C'est alors que, sans prévenir, Nia'mu lui fit un croche-patte tandis qu'Akilàm l'empoigna par les cheveux et lui glissa son coutelas sous la gorge.

— Nous sommes peut-être de gros balourds de j'idrs aux pieds plantés dans la terre, mais nous n'avons pas les yeux dans nos bottes. Rends à mon ami ce que tu lui as emprunté, cingla-t-il à son oreille.

L'autre feignit d'abord la surprise, mais quand il sentit la lame s'enfoncer durement, il haussa les mains en signe de reddition.

— Ce n'était qu'un jeu ! Un petit tour de passe-passe de saltimbanque nmàd ! plaisanta-t-il.

— Obéis.

— D'accord. C'est bon. Doucement.

Le Nmàd fit glisser habilement de son ample manche colorée, une broche ornée d'une turquoise nervurée et la tendit à Ethàn qui la récupéra, l'air impassible.

— Nous ne jouons pas ce genre de jeu, dit calmement le prince, surtout quand on abreuve les autres de leçons de morale.

— Oh, ça va, les j'idrs. C'était pour vous tester !

— Tu parles, maugréa Ethàn, vexé.

Fau'del se dégagea en massant sa gorge. Il ne put s'empêcher de reprendre son air malicieux.

— Je voulais m'accorder un petit bonus. Pour tous les renseignements précieux que je vous ai donnés.

— Nous avons largement payé ton chef pour votre hospitalité et vos renseignements. Si tu veux une récompense, il faut t'adresser à lui.

— Chef Ra'hal est d'une pingrerie inimaginable, vous l'avez vu à l'œuvre !

Au lieu de regimber, Fau'del éclata de rire et leur jeta un bonsoir espiègle, il quitta la tente avec plus de précautions qu'il n'en fallait.

— Quelle journée, soupira Akilàm en nouant avec soin les pans de l'entrée.

— Comment as-tu réussi à repérer ce voleur ? grommela Ethàn, je n'y ai vu que du feu, pourtant j'étais sur mes gardes, car il ne m'inspirait pas confiance.

Le prince se contenta de sourire. Il s'agenouilla près du nukùm et souleva le voile de gaze de son costume pour le regarder dans les yeux.

— Merci pour le coup de main, Nia'mu… ou plutôt le coup de pied, précisa-t-il en souriant.

— Aspirer, coassa le petit homme en défaisant son turban avec hâte.

Il avala avidement une longue bouffée d'air.

— Jacter dans la caboche, ajouta-t-il en pointant vers Akilàm le gant empli de bourre qui masquait son moignon.

— Pas question. Tu m'as appris à fermer mon esprit et je trouve ça merveilleux. Je n'ai plus l'impression de me promener nu devant toi. C'est très bien comme ça, s'exclama le prince avec soulagement. Quant à toi, tu n'as qu'à apprendre à t'exprimer correctement, ça te permettra de t'intégrer un peu mieux, ajouta-t-il en déroulant sa natte et installant la couverture.

— Nia'mu meilleur alerté dans l'esprit, meilleure jactance, si assaut, dégoiser important lestement.

Le petit homme s'agita et trépigna.

— On ne comprend rien, s'étonna Ethàn qui préparait sa couche également, arrête ce manège, Nia'mu !

— Tu vas alerter nos voisins avec tes cris de bête, ajouta Akilàm qui savait comment le vexer.

L'autre débita encore des mots sans interruption. De guerre lasse, le prince ouvrit une brèche dans son esprit et Nia'mu s'y engouffra avec colère.

« Espèce de fouchtre caboche de drùm ! Nia'mu a pas enseigné à fermer l'esprit pour ce verrouillage de bren, mais pour la protégeance. A jamais encontré apprenti aussi mal embouché. Aurait pu prévenir Màlika bien à l'avance et sans laisser paraître. Nia'mu peut mirer, oïr et sentir bien meilleur que les grandzoms. Assez de verrouillage ! »

— Arrête de jacasser, Nia'mu. J'ai compris, tu es précieux, tu comprends tout, tu vois tout. Bravo ! Mais même sans ton intervention, j'aurais déjoué les intentions de Fau'del. Et tu pourrais fournir un effort pour communiquer autrement. Si tu n'apprends jamais, tu ne progresseras pas.

« *Nenni ! Trop grande cuisance ! Demande trop d'esforcement. Devons rester vigilants. Nia'mu doit pouvoir desceller avertissements à tout temps* ! » insista le nukùm avant de prendre un air résigné, *« cuide-t-elle véritel que Nia'mu l'a une chance d'intégrance ? Mire celui qui se tient là ? »*

Le Nuclémute déroula son turban et offrit pleinement à la lumière vacillante sa figure au teint cireux. Le front proéminent garni de maigres poils qui pouvaient à peine passer pour des cheveux, les yeux pers, la bouche trop grande, le nez écrasé. Le prince détourna le regard. Un lourd silence s'installa dans la tente exiguë.

— Pardon, Nia'mu, je pensais bien faire en te forçant un peu, finit par avouer Akilàm.

Il défit un de leurs sacs personnels et sortit une couverture de laine neuve et propre.

« Mieux vaut clore que déplore, princesse », émit le nukùm qui jeta son djelh en boule sur le sol, « *avait envie de se débrouiller seule. En celant l'esprit, elle est rendue sourde à toutes autres ondes. Pas laisser entourloupe de ces chiencàls de Nmàds bréneux et puants. »*

— C'est toi qui pues, Nia'mu, lança Akilàm en riant.

Ethàn, déjà allongé sur son lit de fortune, eut un petit rire aussi discret que possible, mais on voyait son torse tressauter. Il se rappelait sûrement le jour où Akilàm et lui avaient tenté de traîner la créature dans les étuves du palais.

— Pas drôle, articula Nia'mu en colère.

— Allez. Ne te vexe pas. Tiens, je n'en ai pas besoin, dit Akilàm d'une voix radoucie. Je garde celle qui a les puces !

Il lui tendit la couverture qu'il avait apportée de sa chambre princière. Le petit être s'en empara, sans un merci, et l'entortilla pour en faire un nid douillet. Il s'y lova avec une réelle satisfaction et ferma les yeux aussitôt. C'est alors qu'il sentit le prince frôler son esprit. C'était très rare, même si maintenant Akilàm maîtrisait à peu près la technique, il répugnait à communiquer de cette manière.

« Je te promets de laisser un filet à ta portée, Nia'mu, si tu me promets de ne plus employer mon nom secret. »

« C'est que ça, que veut la morgueuse pucelote ? Nia'mu promet ! » répondit le nukùm sans dessiller, oubliant qu'il avait déjà fait cette promesse dans l'oàz.

Akilàm se coucha tout habillé. Pour cette première nuit dans le camp nmàd, même s'il était encore planté dans une enceinte de la ville, les adolescents n'étaient pas assez détendus pour rechercher le confort. Ils s'apprêtaient à passer une nuit sur le qui-vive, vêtus à la mode guerrière. Le prince rabattit les pans de son djelh sur son front et ferma les yeux, mais le sommeil ne vint pas. Il envia la respiration régulière de son ami et les petits ronflements saccadés du Nuclémute. Il se rendit compte que visualiser ses narines atrophiées ne le dégoûtait plus autant.

Il se tourna sur sa maigre natte, il avait beau essayer d'oublier la douleur, il lui semblait que ses côtes le transperçaient comme des poignards à chaque mouvement du buste. Il sentit le sable crisser sous son épaule. Autrefois, il avait visité des tentes bien plus confortables, au cours de ses folles virées enfantines dans les campements nmàds. Elles étaient garnies d'épais tapis aux couleurs chatoyantes, meublées de lits bas et pliants aux matelas moelleux, de coffres et de braseros fleurant bon l'encens.

Il soupira. Peu importait, après tout. Cet abri de fortune au lieu du luxe, cette tribu de voleurs comme guides, ces drùms placides comme montures à la place du fringant Ha'sad. Cela servirait quand même à quitter Barkàn dans une sécurité relative. Il concentra son attention sur les respirations régulières de ses compagnons qui dormaient à poings fermés. Il finit par sombrer lui aussi.

Prémices

— Debout, les j'idrs !

La voix malicieuse de Fau'del les tira de leurs rêves.

— J'aurais pu vous voler bien plus qu'une simple broche, ce matin. Vous dormez comme des cailloux !

Un rai de lumière blafarde traversa la fente dont le pan était négligemment relevé. Akilàm sursauta et jeta un œil sur Nia'mu. Heureusement, celui-ci était emmitouflé de telle façon qu'on ne distinguait rien de son affreux visage. D'ailleurs, il ne fit pas signe de se relever, lové dans son nid douillet. Ethàn roula sur le dos en grognant :

— On ne te paie pas pour nous insulter ou nous voler, Fau'del, mais pour nous aider, tu comprends ça ?

— Oh, pas vraiment ! Je suis un pauvre Nmàd, chapardeur et bonimenteur comme tous ceux de ma race. C'est bien connu. Je n'y peux rien. Vous ne pourrez pas voyager avec moi en toute confiance, je m'y engage, annonça-t-il avec son sourire ironique et un sourcil arqué, allez ! Debout. Nous sommes priés de vider les lieux au plus tôt par les prêtres-marchands de Barkàn. Venez avec moi prendre la collation du matin. Emportez votre broc. Ensuite, on quitte la ville dans l'heure.

Dehors, les premières lueurs de l'aube jetaient des reflets roses et des ombres bleutées sur les murs de Barkàn et les pointes des tentes nmàds. Fau'del les conduisit d'un pas leste vers un endroit aménagé en cuisine commune. Deux grandes tentes aux pans latéraux relevés abritaient des nattes couvertes de jattes et de plats fumants. De part et d'autre, de petits fours creusés dans le sol diffusaient l'odeur alléchante des pains azymes.

Une rangée de femmes de tous âges, coiffées du bonnet coloré traditionnel, servaient les hommes qui se présentaient en file indienne. Ils tendaient leur écuelle, puis mangeaient sur place avec les doigts, formant de petits groupes ou retournant vers leurs tentes respectives. Malgré le calme apparent, on sentait bien que le camp était en effervescence, comme chaque fois que sonnait l'heure du départ.

Akilàm et Ethàn rajustèrent leur djelh, honteux d'avoir l'air dépenaillé et bouffi de sommeil alors que le camp bourdonnait déjà d'une activité organisée. Pour ce premier matin, Fau'del leur fournit des écuelles et les plaça dans la file. Quand vint leur tour, ils furent sujets à une inspection en règle de la part des femmes qui les apostrophèrent joyeusement. Ils furent cependant servis aussi copieusement que les autres, ils emportèrent un bol supplémentaire et trois pains chauds.

— Vous avez laissé le petit frère seul sous la tente ? s'enquit Fau'del avec curiosité.

— Il dormait profondément, le pauvre, mentit Akilàm en souriant, on va lui rapporter à manger là-bas. L'odeur de ce bon ragoût va sûrement le mettre sur pied.

— Il y a intérêt ! Je vous rejoins dans dix minutes. N'oubliez pas votre eau.

Il leur tendit négligemment leur broc, qu'une femme avait rempli à la citerne mise à disposition par les autorités de Barkàn. Les deux jeunes gens se dépêchèrent de rapporter leur repas sous la tente où Nia'mu attendait en trépignant. Il dut soulever son voile pour avaler le bol de gruau mélangé de viande de mouton qu'ils lui avaient rapporté. Akilàm se rendit compte que le voyage avec cette créature si différente n'allait pas être aussi simple que prévu.

En effet, pour éviter qu'aucun Nmàd n'aperçût son visage, ils allaient devoir manger dans la tente et ils ne pourraient pas se mêler aux repas communs, ce qui aurait pu les faire accepter plus aisément. Leur discrétion passerait peut-être pour du mépris et leur intégration se ferait difficilement.

Tandis que Nia'mu s'empiffrait bruyamment, ravi que la nourriture ait une consistance de bouillie, Akilàm l'observa avec attention. Les traits sans âge, les yeux globuleux toujours en mouvement, le nez épaté, la bouche immense. Impossible de passer inaperçu. Sans parler de ce que le turban et les vêtements empilés parvenaient à cacher. Le gros crâne, les cheveux épars, le maigre corps difforme, le moignon.

— Quoi ? aboya Nia'mu conscient de l'examen qu'il subissait.

— Comment est-ce arrivé ? demanda soudain Akilàm, en désignant du menton le poignet sectionné.

Nia'mu observa à son tour la peau grumeleuse et mutilée de son bras, comme s'il la voyait pour la première fois.

— Gémelle à Nia'mu coupée, bien ripaillée par la horde.

Ethàn eut une moue intriguée, mais ne fit aucun commentaire.

— Que veux-tu dire ? insista Akilàm en léchant le bord de son écuelle.

« Nia'mu cuide entrer ! » résonna la voix dans son crâne.

« J'aime mieux ça. Enfin un peu de politesse ! » répondit Akilàm par le même moyen.

« A fait des progrès, la tiote pucelote. Répond prestement céans ! » s'étonna le nukùm.

— Allez, tu en meurs d'envie, raconte-moi comment tu as perdu ta main, demanda Akilàm à voix haute.

« Nia'mu avait pas de main, à l'autre bout. L'avait une sœur gémelle », expliqua le gnome avec une soudaine nostalgie, *« étions collés par le bras. L'était esbaudissant. La rappelle bien. Courions à toutes parts conjointement, ripaillions conjointement. S'mignotions, s'mordions. Jamais*

l'étions asseulés. Un soir, ceux de la horde sont retournés quinauds de la chasse, adoncques ont décidé de ripailler les tiots. Ont commencé par elle ! »

— Quoi ? cria Akilàm, réprimant un accès de nausée. Est-ce la vérité ?

« Ça arrive maintes fois. Nia'mu a jà mangé des tiots de sa horde », fit le mutant en haussant ce qui lui servait d'épaules, *« les plus forts résistent, les plus faibles périssent. Comme dans la grande cité Barkàn ! »*

— Arrête ces comparaisons tout de suite, intervint le prince.

« Fouchtre, comme elle prend la mouche, l'Altesse barkàne qu'a survécu à la rosserie des prêtres bernés par le roitelet son père ! » remarqua le nukùm avec cruauté, *« que serait advenu de la mignarde pucelote, si l'avait pas fait partie des puissants ? Nia'mu l'en fait partie céans. A rampé pendant la nuitée, le plus loin possible. L'avaient attaché, mais a rongé les liens et a pris l'escampette. Loin. Très loin. L'ancêtre a trouvé Nia'mu et soigné. »*

— Qu'est-ce que vous êtes en train de vous raconter ? s'enquit Ethàn en rangeant le paquetage.

Il s'était finalement habitué à ces échanges singuliers dont il n'entendait qu'une partie, quand Akilàm interrompait Nia'mu. Le prince résuma brièvement les faits, incapable de terminer son ragoût, dont la graisse se figeait au fond du bol. Ethàn, sans mot dire, aida le nukùm à fixer le gant rempli de bourre, pour donner l'illusion qu'il avait deux mains.

— Si fait, ça humain, chevrota le petit bonhomme à son attention, esquissant une grimace.

Puis il rabattit le voile grillagé devant sa face.

— Nous devrons faire comme lui pour qu'il ne soit pas considéré autrement, déclara Akilàm en rangeant les fameuses lunettes et les onguents dans son sac, tous solidaires, tous pareils. Nous gardons nos vêtements traditionnels. Ne perdons pas de temps.

Après avoir endossé leurs multiples protections, ils roulèrent les nattes et empilèrent les écuelles. Fau'del fit soudain son apparition dans l'entrée.

— Oh là ! Les ka'yals sont de sortie, s'exclama-t-il sans prendre le soin de cacher son amusement devant leur accoutrement, allez, les fantômes, on démonte !

Les trois compagnons quittèrent l'abri et le jeune Nmàd se lança dans une série d'explications brèves et précises, joignant le geste à la parole. Après avoir roulé les pans latéraux et les avoir attachés serrés, il leur montra comment retirer les crochets qui maintenaient les arceaux en place, puis il roula les ficelles dans un ordre précis. Enfin, il déplia avec habileté les longues tiges souples qui formaient l'ossature de la tente. L'opération, effectuée avec méthode, ne dura pas plus de cinq minutes. Les instruments étaient disposés dans un ordre précis, afin de faciliter le remontage, qui s'effectuait souvent le soir, dans la faible lumière du crépuscule.

Malgré leur bonne volonté, Akilàm et Ethàn emmêlèrent quelques cordes et tordirent un crochet en forçant du mauvais côté, sous l'œil amusé de leur jeune instructeur. Eux, qui étaient rompus aux exercices guerriers les plus difficiles, étaient mis en échec par un bivouac original.

— Vous verrez, à force de faire ces gestes de façon systématique, vous y arriverez bientôt les yeux fermés.

— Merci de l'encouragement, grommela le prince qui rangeait dans les sacoches prévues à cet effet, la tente réduite à sa plus petite taille.

Autour d'eux, les chapiteaux se replièrent à vive allure. Les troupeaux furent réunis et surveillés par des chiencàls dressés. Les objets volumineux furent chargés sur les chariots auxquels on attelait de larges buffles à bosse, aux cornes imposantes et aux sabots crochus. On aurait dit que le campement se dégonflait comme par magie.

Fau'del les conduisit à l'enclos où la plupart des drùms étaient déjà sellés et harnachés.

— Voici vos montures, nobles j'idrs, s'esclaffa-t-il en désignant deux vieilles carnes en train de ruminer paresseusement, vous les reconnaîtrez sans peine, je présume.

Ses yeux pétillaient de malice devant l'air déconfit des adolescents.

— Savez-vous comment on selle ces animaux ou bien ne connaissez-vous que les fiers liopàrs apprêtés par vos servants ?

Akilàm lui jeta un regard furtif. Seuls les nobles barkàns possédaient des félins de guerre. Par cette remarque Fau'del leur montrait-il qu'il avait deviné leur rang social ? Ou bien allait-il simplement à la pêche aux informations ?

— Sache que les guerriers-chasseurs prennent soin de leur monture personnellement. Je vois que nous ne sommes pas les seuls à véhiculer des idées reçues sur nos voisins, ironisa le prince, nous nous en sortirons, je pense.

— Ces doubles selles sont très compliquées à installer entre les trois bosses, déclara Fau'del en éludant la pique.

— Je vous conseille d'utiliser le plus grand des drùms pour transporter ce robuste gaillard et le paquetage, interrompit une voix grave déjà connue.

Ra'hal se portait à leur rencontre à grands pas. Après de rapides salutations, il ne put s'empêcher de les abreuver de ses fameux conseils.

— La femelle que voici est plus maigre, mais assez forte pour le poids de l'enfant et du tien, jeune Aki. Pensez toujours à mettre les charges les plus lourdes sur la selle de devant. Les drùms ont plus de puissance dans les épaules et le cou, alors qu'ils ont les reins fragiles. Si vous les abîmez, nous ne les rembourserons pas. Ne vous tenez pas aux bosses pour grimper sur leur dos, ce n'est pas douloureux pour eux, mais ça les déstabilise et ils risquent de tomber à genoux sans crier gare. S'ils se blessent, vous devrez débourser la somme nécessaire pour les soins.

Les jeunes Barkàns acquiesçaient à chaque conseil. Akilàm rongeait son frein devant l'aspect minable des deux bêtes.

— Apprenez les ordres pour les faire mettre à genoux sans risque. *Abah*, dit-il en flattant l'encolure du plus vieux des drùms.

Celui-ci s'exécuta avec mauvaise grâce et Ethàn, à qui il avait été dévolu d'office, commença à le seller avec une certaine dextérité. En effet, il avait l'habitude des drùms, sa mère utilisait souvent ce moyen de transport, rapide et peu encombrant, pour les matières premières de ses ateliers.

L'autre animal, plus rétif, n'obéit pas à Akilàm et il fallut user de quelques coups de cravache pour obtenir un résultat. Il réussit tant bien que mal à le harnacher, sous l'œil vigilant du chef de caravane. Heureusement que la vie spartiate de la càsrn l'avait habitué, sinon à ce genre de situation, du moins à une grande adaptabilité.

— Pour les faire lever, il suffit de dire : *Haba*. Attention à bien placer l'accent tonique si vous ne voulez pas obtenir le résultat inverse ! Ensuite, vous les dirigez comme n'importe quelle monture, sans trop tirer sur les rênes ni les tenir trop hautes, ça leur blesse la mâchoire. Si leur bouche est abîmée, ils vont mal se nourrir, dépérir et vous n'aurez plus de moyen de transport. Il faut les dorloter. Compris ?

— Oui. Sans compter que les soins dentaires doivent coûter cher aussi, marmonna Akilàm, moqueur.

Ethàn lui lança un coup d'œil complice. Il s'assit sur la large selle de cuir et lança l'ordre indiqué. Son vieux drùm réagit lentement, il manifesta son mécontentement en mâchant son mors. Il ne s'en dressa pas moins sur ses longues pattes, au prix d'un balancement extraordinaire qui aurait pu faire tomber son cavalier, si Ethàn n'avait pas fortement enfoncé ses bottes dans les étriers.

Akilàm s'apprêtait à soulever Nia'mu, comme on le fait avec un enfant pour l'installer, quand ce dernier décida de bondir lui-même sur la selle. La femelle drùm se mit à blatérer avec force et tira sur sa longe. Elle redressa ses pattes arrière ce qui fit basculer le nukùm qui roula sur le sol. Débarrassée de l'indésirable, la bête continua de ruer et de protester. Fau'del qui les observait avec amusement depuis le début, intervint à coup de cravache, mais sans résultats. Quelques voyageurs interrompirent leurs préparatifs et s'attroupèrent. Akilàm s'approcha doucement de la bête rétive.

— Écarte-toi, jeune imprudent ! cria Ra'hal qui s'était éloigné pour se procurer un véritable fouet.

Le prince attrapa la femelle drùm par le mors et la força à courber la tête à son niveau. Pour donner le change, il lui parla avec douceur et lui caressa les naseaux, donnant l'impression aux spectateurs de calmer l'animal avec des paroles réconfortantes. Pourtant, c'est en la fixant intensément qu'il lui imprima l'ordre de se tenir tranquille. Il devait agir vite, car Ra'hal revenait à grandes enjambées.

« Calme. Nia'mu ami. Akilàm ami. Accepte. »

Akilàm lança des ordres simples et rapides dans le cerveau de la bête qui se calma aussitôt. Elle s'agenouilla docilement, retrouvant sa position initiale, les pattes repliées sous elle. Le jeune prince reçut les félicitations étonnées des Nmàds qui avaient assisté à la scène.

— Tu es bien jeune pour connaître nos bêtes de cette manière. Comment as-tu fait, toi un j'idr ? interrogea Ra'hal plus curieux que méfiant.

— Je travaillais aux écuries royales. J'ai l'habitude du dressage, mentit Akilàm avec aplomb, vos drùms ne sont pas bien différents des nôtres. Il suffit de savoir leur *parler*…

— C'est une bonne chose pour un voyageur. C'est bien. Mais je me demande pourquoi tout ce chahut ?

— C'est quand le petit a voulu brusquement monter en selle, intervint Fau'del, il a effrayé la monture.

Il avait voulu aider Nia'mu à se relever, mais ce dernier s'était dégagé prestement, comme un enfant intimidé.

— J'ai vu un taon tourner autour de son arrière-train, interrompit Ethàn, fermement juché sur son immense drùm.

— Je ne pense pas qu'elle ait été piquée, mais elle a dû s'effrayer de l'entendre vrombir, ajouta Akilàm avec conviction.

Le regard perçant de Fau'del alla de l'un à l'autre, il était certain que les adolescents avaient trouvé un prétexte.

Cependant, il ne dit mot. Akilàm prit Nia'mu dans ses bras pour l'installer en douceur sur la selle postérieure.

— Reste sage, mon petit, il ne faut pas effrayer la grosse bête, hein. Tu as écouté ce qu'a dit notre gentil guide Fau'del ? dit-il en se retenant de rire.

Le drùm ne broncha pas, pas plus que lorsque le prince se hissa sur l'avant et saisit les rênes. Tout en regardant le jeune Nmàd avec un petit haussement d'épaules, il prononça le bon terme avec un accent parfait. La vieille carne se leva, étape par étape, elle fit brinquebaler ses passagers sans douceur.

En quelques heures, la caravane fut fin prête à quitter la ville. Suivant un protocole bien précis, le chef avait rempli les registres des prêtres-marchands, partagé les réserves d'eau et de céréales, organisé le rang des voyageurs en fonction des préséances et des susceptibilités des diverses familles qui constituaient son clan.

C'est ainsi que les trois Barkàns se trouvèrent en queue de colonne, après les chariots de nourriture et de marchandises, mais avant les troupeaux de chèvres et de moutons encadrés par quelques bergers à la haute stature. Ethàn se retournait de temps à autre, il observait Akilàm, certain que cette place le ferait fulminer.

Cependant, le jeune prince avait perdu de sa superbe en même temps que l'accès au trône. Il ne semblait plus affecté par le manque de respect avec lequel on le traitait. Il avait l'air tellement pressé d'accomplir son périple vers la mégacité que le reste importait peu. Il laissait sa cité entre de bonnes mains, il avait débarrassé le gouvernement de Sahàr et écarté le danger d'un coup d'État, il pouvait se tourner vers d'autres horizons. Il en avait fini avec Barkàn, les intrigues de pouvoir et la vie de prince fantoche.

Juché sur son drùm pouilleux, Akilàm avait quand même fière allure. Il sentait son cœur palpiter. Il avait enfin atteint un de ses objectifs. Il se demanda avec lucidité si le but véritable de ce voyage était de trouver les jeunes filles enlevées ou de découvrir la cité mythique.

Puis, les portes majestueuses s'ouvrirent sur un horizon pourpre et les questions s'évaporèrent. Akilàm savait qu'il laissait derrière lui son enfance, que son destin l'attendait au-delà des confins et qu'aucune muraille ne contiendrait plus jamais son âme.

Suite des CHRONIQUES DU MONDE-HORS
dans le Livre 2 du Cycle d'Akilàm

LA CITÉ MYTHIQUE

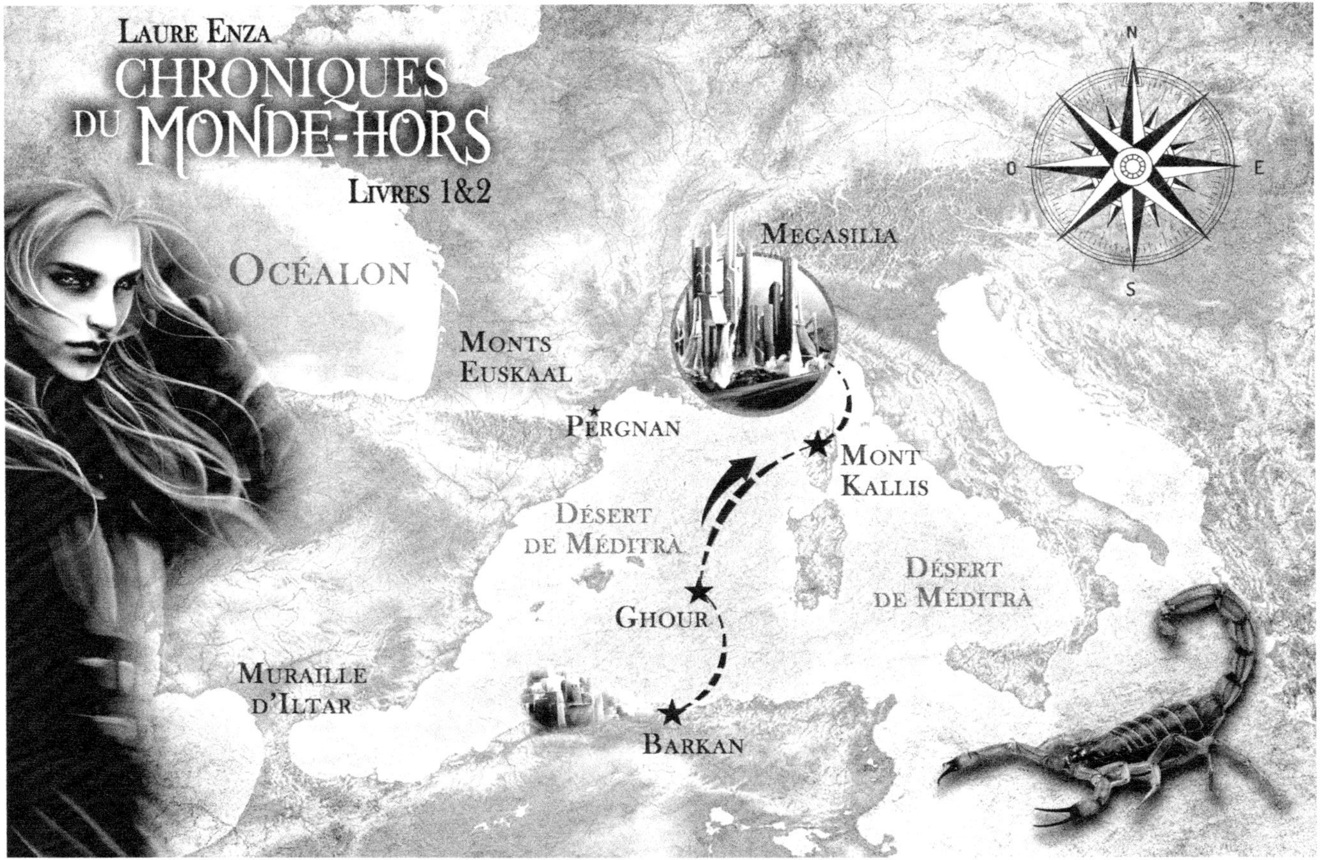

Laure Enza
Chroniques du Monde-Hors
Livres 1&2
N
O
E
S
Megasilia
Océalon
Monts Euskaal
Pergnan
Mont Kallis
Désert de Méditrà
Désert de Méditrà
Ghour
Muraille d'Iltar
Barkan

TABLE DES MATIÈRES

GALERIE DE PERSONNAGES

Barkàns

Akilàm (?) : prince héritier de la cité de Barkàn
Badirà (lune) : cuisinière en chef du palais
Chàhid (témoin de la vérité) : maître de théologie en càsrn
Dàrih (instruit) : chef de càsrn
Doujà (qui protège) : nourrice de tous les enfants princiers
Ethàn (compagnon) : ami d'enfance du prince Akilàm
Fàres (cavalier) : maître d'arme des enfants royaux et général
Firouz : reine de Barkàn, mère d'Akilàm, épouse du roi Jàhlel
Hàdil (juste) : capitaine de la garde des murailles
Ha'sad (lion) : liopàr du prince Akilàm
Hassoudà (jalouse) : sœur du prince Akilàm
Hetim (juge) : juge suprême de la cité
Ilhàm (inspiration) : sœur préférée d'Akilàm
Jàhid (qui s'efforce) : garde de la muraille
Jàhlel (Majesté, grandeur) : monarque de la cité-état
Khawàn (traître) : femme-médecine exilée dans le désert
Nàssih (conseiller véridique) : premier ministre
Othmàn (serpent) : grand prêtre des dieux-majeurs
Oùakil (celui à qui on confie ses affaires) : précepteur des princesses
Qàdim (serviteur) : servant fidèle du ministre Nàssih
Sahàr (magicienne) : grande prêtresse suprême
Sihàm (flèche) : fille de maître Fàres
Zàim (prince) : fils de Zakià, neveu du prince Akilàm
Zàki (vertueux) : jeune garde des murailles
Zakià (pure) : sœur du prince Akilàm

Nmàds
Cha'fia (guérit, apaise) : vieille guérisseuse de la tribu
Fau'del (honnête) : jeune nmàd facétieux habile à l'arc
Is'hen (vertu) : jeune guérisseuse, aide de la mère Cha'fia
Li'lia (fidélité) : jeune guérisseuse, sœur d'Is'hen
Na'ji (qui échappe au danger) : petit frère des guérisseuses
Ra'hal (nomade) : chef de la tribu nmàde
Ta'rik (conteur) : vieux conteur édenté

Nuclémute
Nia'mu (?) : mutant facétieux et télépathe

REMERCIEMENTS

Merci d'avoir lu ce roman. J'espère que vous avez pris du plaisir à découvrir l'évolution de ces personnages et leurs aventures dans le désert de Méditrà.

Si c'est le cas, n'hésitez pas à publier un commentaire sur le site d'achat, sur un réseau social ou plateforme littéraire… ou à faire fonctionner le bon vieux bouche à oreille. Pour vous prouver ma reconnaissance, je m'engage à écrire d'autres histoires.

Si vous n'avez pas apprécié, ne vous découragez pas, le prochain roman sera peut-être meilleur !

Si mes univers littéraires vous plaisent, vous pouvez prolonger l'expérience et recevoir des cadeaux bonus en vous inscrivant à l'infolettre (newsletter) de mon site : chapitres bonus, albums photos, liste de lecture (playlist), carnet de recettes, nouvelles et promotions en avant-première.

Je vous donne rendez-vous en suivant ce lien :

https://laure-enza.com/newsletter

À très vite !

Du même auteur

Collection Bonne humeur

Souris des Villes
Oiseau des îles
Pas de Chichis entre amies
Comme un Parfum d'immortelle (*Prix des Plumes Francophones 2021*)
Mon voisin, mes amours et autres contrariétés
Poing de départ
La Mélodie oubliée

Collection Science-fiction

Chroniques du Monde-Hors
1-L'Héritier des sables
2-La Cité mythique
3-Le Prince des abysses
4-La Prophétie perdue
5-L'Enfant de la sylve
6-La Créature Pouvoir

Collection fantasy urbaine

Alnaïr, le Souffle de la sorcière

Collection Sept Mots (7-10 ans)

Nathan et les Territoires maudits
Anaé et le Dragon de papier
Marylou et l'Ogre végétarien
Valentin et la révolte des gnomes

Participation à des ouvrages collectifs

Bouses de Mammouth (*Les collectifs de JDH Éditions*)
Hommage au Petit Prince, 80 ans, 80 talents, (*Éditions Rencontres des Auteurs francophones*)
Le Sortilège de la Lune noire *(Éditions le Héron d'Argent)*

À PROPOS DE LAURE ENZA

Dévoreuse de littérature depuis l'enfance, après des études littéraires et un certain nombre d'années dans l'enseignement, je me consacre à ma passion : l'écriture.

C'est en 2019 que je publie des romans sous le nom de plume Laure Enza. Certains sont récompensés dans des concours.

Auteur hybride (à la fois en autoédition et en maison d'édition), lectrice éclectique, romancière plurielle, mes romans sont également de styles différents : comédies contemporaines, saga de science-fiction ou fantasy, livres pour enfants. Ils abordent cependant des thèmes parallèles, empreints d'humour et d'optimisme.

Proche de mes lecteurs, j'aime échanger avec eux sur tout ce qui concerne mon univers romanesque, que ce soit sur les réseaux sociaux (Facebook : Laure Enza Romancière, Instagram : laureenzaromanciere) ou par courriel via mon site :

Laure-Enza.com.

Laure ENZA romans

Printed by Amazon Italia Logistica S.r.l.
Torrazza Piemonte (TO), Italy

58417260R00172